講談社文庫

イクサガミ　地

今村翔吾

講談社

目次

東海道地図

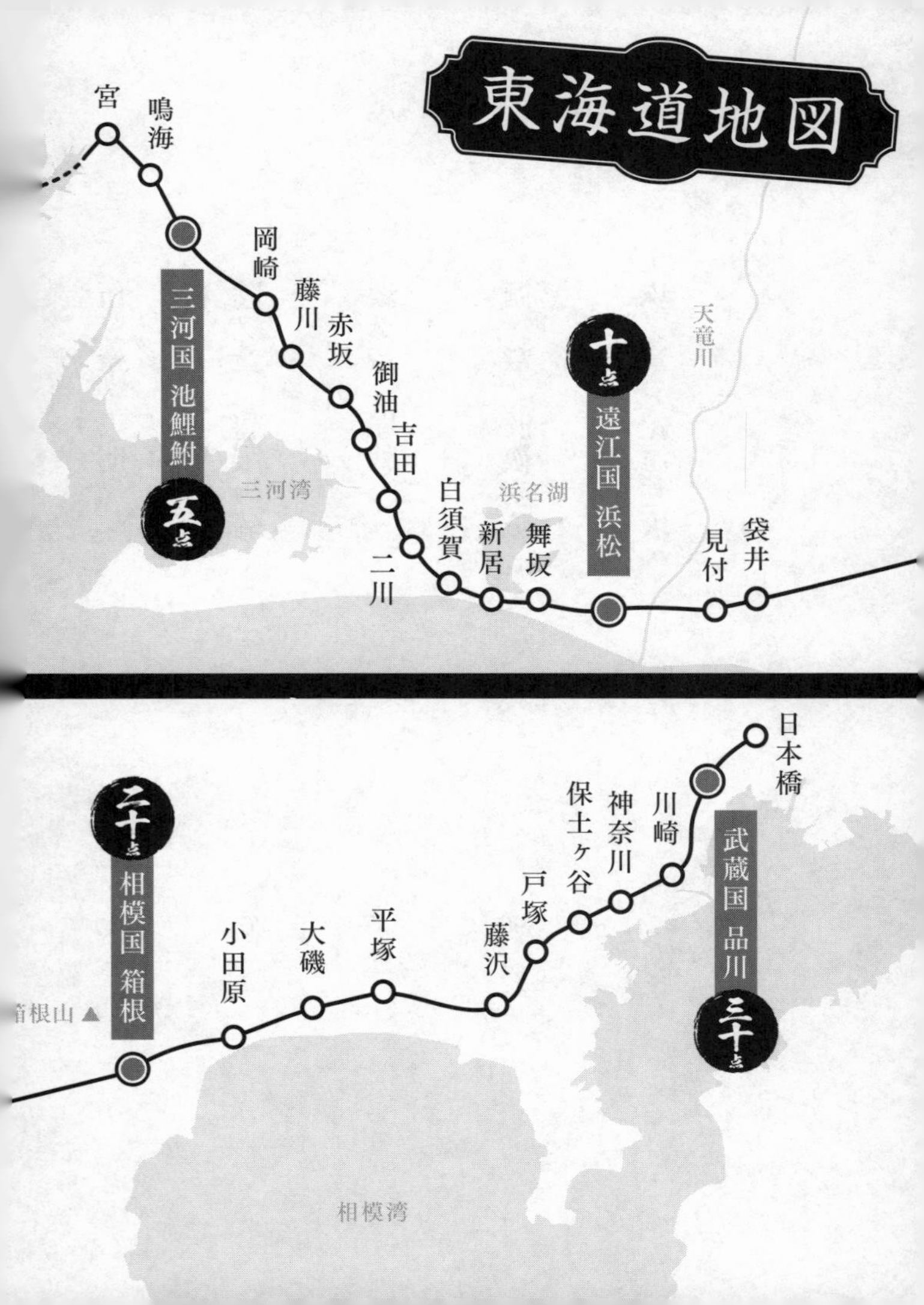
宮
鳴海
三河国 池鯉鮒
五点
岡崎
藤川
赤坂
御油
吉田
三河湾
二川
白須賀
新居
舞坂
浜名湖
十点
遠江国 浜松
天竜川
見付
袋井
日本橋
三十点
武蔵国 品川
川崎
神奈川
保土ヶ谷
戸塚
藤沢
平塚
大磯
小田原
二十点
相模国 箱根
箱根山
相模湾

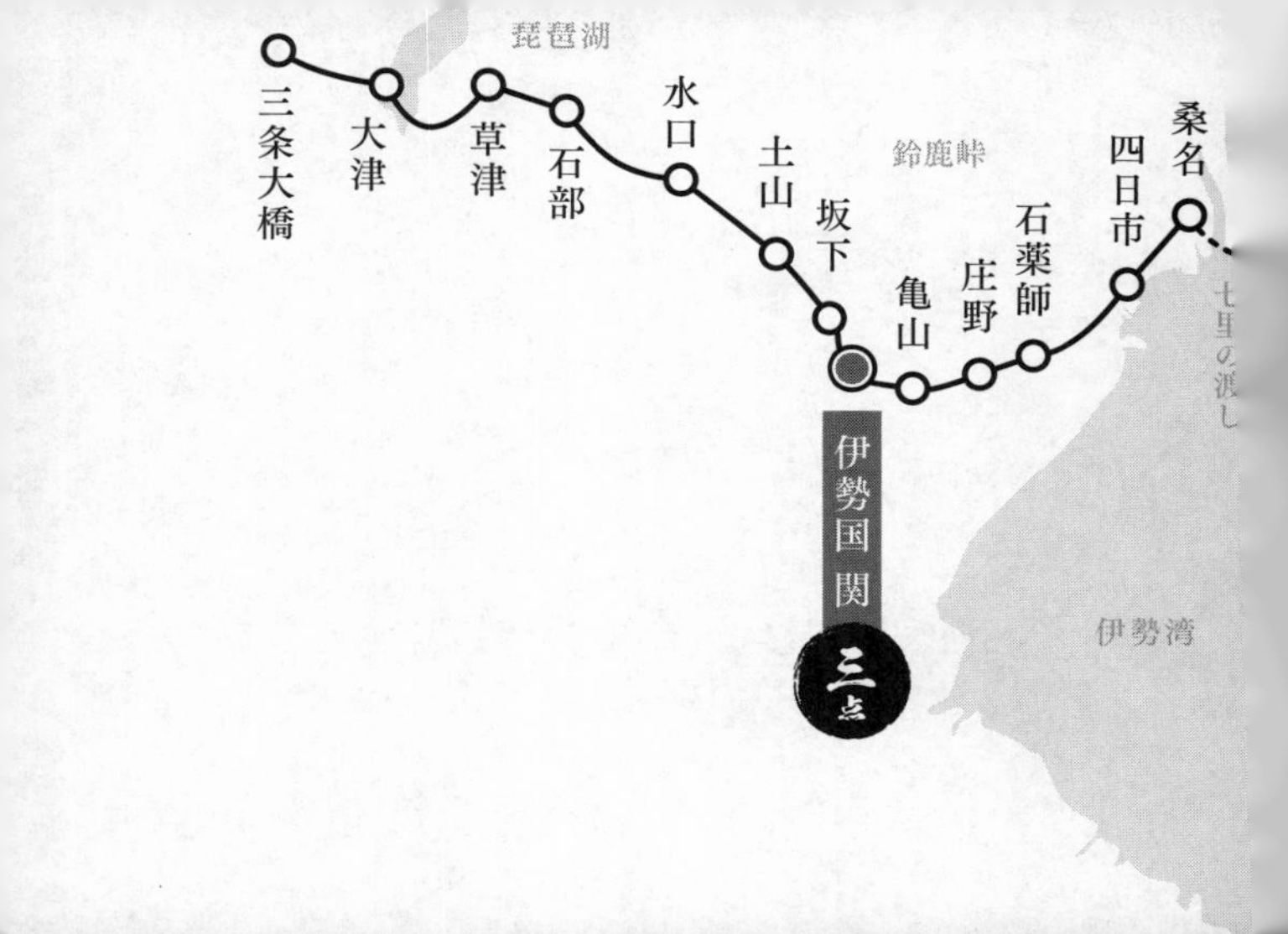

琵琶湖
三条大橋
大津
草津
石部
水口
土山
坂下
鈴鹿峠
亀山
庄野
石薬師
四日市
桑名
七里の渡し
伊勢国 関
三点
伊勢湾

天竜川
大井川
▲富士山
十五点
駿河国 島田
掛川
日坂
金谷
藤枝
岡部
丸子
府中
江尻
興津
由比
蒲原
吉原
原
沼津
三島
駿河湾

イクサガミ　地

壱《イチ》ノ章　仏生寺弥助

＊

豊次郎《とよじろう》は格子窓から道場の中を覗《のぞ》き見ていた。

男たちの雄叫《おたけ》びと、竹刀の乾いた音が響き渡る。中が蒸し風呂の如《ごと》くなっているのは、格子の隙間から生温かい風が零《こぼ》れ出て来ることからも解《わか》る。

道場の名を練兵館《れんぺいかん》と謂《い》う。道場主の斎藤弥九郎《さいとうやくろう》は、二十歳を過ぎた頃には神道無念流岡田道場撃剣館《りゅうおかだげつけんかん》の師範代にまで上り詰め、二十九歳の時に九段坂下 俎 橋《くだんさかしたまないたばし》近くのこの場所に練兵館を開いた。今では鏡新明智流士学館《きょうしんめいちりゅうしがくかん》、北辰一刀流玄武館《ほくしんいっとうりゅうげんぶかん》と並び、

——江戸《えど》三大道場。

とまで言われるほどの隆盛を誇っている。

豊次郎は越中《えっちゅう》国射水《いみず》郡仏生寺《ぶっしょうじ》村の百姓の家に生まれた。次男である。猫の額ほどの

田畑しかなく、長男が暮らしを立てるだけでやっと。土地を分け与えられて分家するなど夢のまた夢で、碌《ろく》な暮らしが出来ないことは明白であった。故に、豊次郎は物心が付いた時から己の一生に絶望していたのである。

だが、豊次郎は絶望を克服したいと思った。長男の手伝いでなんとか食いつなぐ境遇から抜け出す道を模索したのである。

真っ先に思い付くのは、男子のいない百姓の婿養子になることである。しかし、これも長じるにつれて、

──無理だろう。

と、ぼんやりと判《わか》るようになってしまった。

己は相当に容姿が悪いらしい。

すれ違う村の女たちは顔を背けることもしばしば、中にはこそこそと囁《ささや》き合って嗤き出している者もいた。加えて身丈も低く、碌なものが食えぬためか躰《からだ》も細い。それが余計に貧相さに拍車を掛けるのだろう。

別に容姿が悪くとも婿養子の話が来ない訳ではない。が、豊次郎の場合は度が過ぎている、あるいは人に嗤《わら》われているうちに心に澱《おり》が溜《た》まり、全身から暗い雰囲気を放って、それが不気味に思えるのかもしれない。

よく、豊次郎は水を張った盥《たらい》を覗き込んだ。他人よりもやや頬骨が出て、眼窩《がんか》も深いように思う。村の寺にある絵巻の餓鬼に似ているといえば似ている。

「おい」

豊次郎は水面に映る自分の顔を拳で叩《たた》いた。水に波紋が浮かんで己が歪《ゆが》む。己を嗤う女たちへの憎しみか、こうすれば少しましに見えると思ったか、あるいは人並みの容姿すら持ち合わせていない己への苛立《いらだ》ちか。豊次郎自身さえもよく解らなかった。

豊次郎に転機が来たのは十四歳の春のことであった。村に斎藤弥九郎と謂う人が来て、誰か江戸に出て働く者がいないか探しているというのだ。

豊次郎もその名を聞いたことがあった。斎藤弥九郎はこの仏生寺村の出身であったのだ。弥九郎もまた豊次郎と同じく百姓の身分でありながら、何を思ったか剣術を学ぶために江戸へ出た。村の者たちからは相当な奇人だと嗤われたらしい。

だが、やがて弥九郎は江戸で頭角を現し、練兵館なる道場を開き、続々と入門してくる者がいて隆盛は凄《すさ》まじいものであるという。その噂《うわさ》は弥九郎の親戚を通じ、遠くこの仏生寺村にも伝わって来ていたのだ。

弥九郎は練兵館の雑用係を探しているらしい。雑用係など江戸でも幾らでも見つかるだろう。わざわざ故郷に来て探す意味は何かと豊次郎は首を捻《ひね》ったが、村の者たちはそのような考えには至らぬらしい。かつて馬鹿にしていたことも忘れ、掌《てのひら》を返して弥九郎を持て囃《はや》した。江戸に出たいという一心か、それとも村の出世頭である弥九郎に付いていけば甘い汁を吸えると思ったか、雑用係に志願する者は後を絶たなかった。

――俺も村を出たい。

豊次郎もまたその一心で申し込んだが、正直なところ期待はしていなかった。弥九郎が募っている雑用係は一人。それに対して何と二十五人もの申し込みが殺到したのだ。弥九郎としても、どうせ江戸に連れていくなら目端が利き、見た目もよい者のほうがよかろう。

だが弥九郎は集まった面々を順に見ていくと、豊次郎の前で足を止め、

「うむ。お主が良い」

と、言ったのである。皆が仰天したが、それ以上に豊次郎自身が驚いた。

「真《まこと》に……？」

「ああ」

まだ俄《にわ》かには信じられぬ豊次郎に向け、弥九郎はにこりと微笑《ほほえ》んだ。

こうして豊次郎は江戸に出て、練兵館の雑用係をするようになった。江戸での暮ら

しは、控えめに言っても最高であった。洗濯、掃除、風呂焚《た》きなど忙しくはあるが、田畑を耕すのと別に変わらない。白飯を食え、綿の多い布団で眠れ、皆の最後でよければ風呂にも入れる。それで給金が出て、休みも貰《もら》えて華やかな江戸の町で遊ぶことも出来るのだ。豊次郎にとってはまるで夢のような暮らしである。

「何故《なぜ》、私を選んで下すったのでしょうか……」

三月《みつき》ほどして、豊次郎は思い切って弥九郎に尋ねてみた。

「昔の俺を見ているようでな」

弥九郎はしみじみと語った。豊次郎が村の者よりどう思われているのか、弥九郎には薄々解ってしまったらしい。弥九郎も昔は、江戸に出て、一端《いっぱし》の剣士になりたいなどと語っていたものだから、冷ややかな目で見られていたという。その時の自分と重なり、どうせならば最も恵まれない者を連れ出してやりたいと思ったらしい。

「それに……お主は何かありそうだとも思った」

弥九郎がそう付け加えたので、豊次郎は怪訝《けげん》そうに眉を寄せた。

「何か……とは何でしょう？」

「いや、それは気のせいかもしれぬ。まあ、気張ってやれ」

弥九郎はそのように濁したが、十分満足ゆく暮らしをさせて貰っている豊次郎としては、さして気にすることもなかった。こうして二年の月日が流れ、豊次郎は齢《よわい》十六となった。

時折、豊次郎は雑用の合間に道場を覗いた。初めは恩人である弥九郎が興した剣術とは、どのようなものだろうという興味であった。雑用に慣れて時間に余裕が生まれたこともあるが、豊次郎には気に掛かることもあったからである。

――あれは何だ？

剣術の稽古に励む男たちの背から、何かが立ち上っているような気がするのだ。実際に見えているというより、何かを感じるといったほうが適当である。その「何か」の大きさは人それぞれで違う。細く頼りない者もいれば、轟々《ごうごう》と噴き出しているように見える者もいる。中でも弥九郎のそれは、他の者よりも圧倒的に大きく、鋭く、力強く見えた。

「権藤《ごんどう》様の勝ちか……？」

と、その日も道場を覗いた豊次郎は呟《つぶや》いた。

背から立ち上るそれの大小、鋭鈍、強弱によって勝負が決まっていると、豊次郎はある時に気付いたのである。

「何故、そう思う？」

背後から声を掛けられ、豊次郎ははっと振り向いた。そこには好々爺然《こうこうや》とした老人が立っていたのである。

「ご隠居先生……」

名を岡田利貞《おかだとしさだ》と謂う弥九郎の師で、皆からはご隠居先生と呼ばれている。時々、道場を見に顔を出しているので、豊次郎も知っていた。

「お主、確か豊……」

「豊次郎でございます」

深々と頭を下げ、道場を覗き見したことを詫《わ》びようとしたが、利貞は遮るように訊《き》いた。

「今、権藤が勝つと呟いたな」

「それは……も、申し訳……」

「よいのだ。何故、そう思ったか教えてくれ」

利貞に迫られ、豊次郎は恐る恐るその訳を話した。その間、豊次郎の見立て通りに権藤が相手から一本を奪っていた。

「ふむ。では、次はどう思う？」

「多田《ただ》様が……強いと」

「相手は津山《つやま》だが？」

利貞は眉を上げて訊いた。津山という門弟はかなり強く、いずれは師範代になると噂されている男である。一方、多田はここのところ伸び悩んでいるらしく、道場の中では中の下といった実力であった。

「今日は多田様が勝つと思います。ご隠居先生、私の戯言《たわごと》など……」

「儂《わし》もそう思う」

「えっ……」

豊次郎が小さく吃驚《きっきょう》の声を上げた次の瞬間、乾いた音が格子窓の隙間から飛んで来た。道場の中を見ると、多田が津山の胴を見事に撃って抜けたところであった。

「お主、剣をやりたくはないのか？」

「わ、私が……」

一生、剣など握らぬままに生きていくと思っていただけに、豊次郎は返答に窮して固まってしまった。

「どうだ」

「やってみたい……です」

。

「よし、弥九郎に言ってやろう」

利貞は豊次郎の肩をぽんと叩くと、道場の中へと消えていった。

その言葉通り、弥九郎は豊次郎に剣を学ぶ許しを出し、その日のうちに道場に出ることになった。初めて防具を身に付け、初めて竹刀を握る。あまりにたどたどしかったからか、嘲笑を浮かべる若い門弟もいる。豊次郎の脳裏に蘇《よみがえ》ったのは、己を馬鹿にする村の者たちの顔である。

「立ち合ってみろ」

防具を付け終わると、弥九郎はそう言った。

「い、いきなり……」

「ご隠居先生がそう仰せだ」

利貞もまた、道場に座って見ている。ちらりと見ると、利貞も鷹揚《おうよう》に頷《うなず》いた。

相手はあの多田である。これまで伸び悩んでいたが、その壁を超えて飛躍的に強くなった故に津山にも勝ったらしい。らしいというのは、そう聞いたからに過ぎず、豊次郎はただ感じたままに予想した。

——殺生な。

と、思う。何一つ習っていないのだ。稽古に励む門弟の姿を思い出し、豊次郎はすっと竹刀を握った。

「む……」

弥九郎が唸《うな》り、利貞のほうを見る。利貞はまたもや頷いた。

「始め！」

合図と同時に多田が構える。確か正眼《せいがん》という名のはずである。豊次郎もまた見様見真似《みようみまね》で正眼に構えた。多田の背より、例のあれが立ち上るのが見えた。弥九郎には遥《はる》かに及ばないが、大きく、そして力強い。が、豊次郎は不思議と恐ろしくなかった。正面から見れば、

――この程度か。

と、思ってしまったほどである。

豊次郎は動かない。いや、どう動いてよいのかよく解らない。多田は座興に付き合わされていると思ったのだろう。さっさと終わらせようと、すぐに竹刀を打ち込んで来た。

豊次郎はぎょっとした。多田が幾人にも分かれて見えたのである。ただそのほとんどが陽炎《かげろう》のように揺らいでいる。

――なるほど。

揺らいでいないのは一体のみ。それが本当の多田らしく、他はどうやら、この後に動く軌跡だと本能が告げた。刹那のことだと解っている。だが豊次郎にはそれが十を数えるほどに長い時のように感じた。

小気味よい音が道場を跳ねまわる。はっとした時、豊次郎は身を開いて躱《かわ》し、多田の脳天をしたたかに打っていた。

多田は茫然《ぼうぜん》とする。皆も唖然《あぜん》となる。弥九郎や、勧めた利貞ですら、目を見開いて吃驚しているようであった。何より豊次郎本人が驚いている。

「いい……」

豊次郎は思わず呟いた。かつてないほどの悦が胸に込み上げて来たのだ。弥九郎がゆっくりと近付いて来る。

「豊次郎」

「はい」

「明日から正式に門弟とする。修行に励め」

「仕事は……」

「他の者を見繕う。剣に専念しろ」

「真に」

豊次郎はまだ信じられず、声が裏返ってしまった。

「何か姓を名乗れ」

弥九郎は別に百姓だから剣をしてはいけないとは思っていない。己が百姓上がりだと馬鹿にされぬための配慮ではないか。

「学がありませんので……」

「村の名から取って仏生寺とすればどうだ。仏生寺豊次郎……ちと収まりが悪いか。この際、名も改めてはどうか」

弥九郎は暫《しば》し考えた後、二度三度頷いて続けた。

「俺の一字から取って弥助《やすけ》はどうだ」

「ありがとうございます」

「仏生寺弥助。よいではないか」

弥九郎は不敵に笑うと、利貞のもとに行って何やら話していた。皆の己を見る目が一変していることに気付き、豊次郎、いや弥助は小さく身震いをした。

こうして仏生寺弥助は練兵館で修行に励んだ。数日のうちに練達者を次々に打ち負かし、半年もしたころには師範代をも凌《しの》ぐほどになった。

剣を握って一年ほど経《た》った頃、長州《ちょうしゅう》藩士の宇野《うの》金太郎《きんたろう》という者が手合わせに現れ、練兵館でも三本の指に入ると言われ、後に大村《おおむら》藩の剣術指南役となった弥九郎の三男、斎藤歓之助《さいとうかんのすけ》を打ち倒した。

このままでは練兵館の面子《メンツ》は丸潰れである。ただ弥九郎は焦る様子は微塵《みじん》も見せず、弥助に立ち合うように命じた。

三本勝負。弥助は三本ともに宇野から取り、最後の立ち合いでは喉を突いて失神させたほど圧倒した。この頃になると、弥助の腕前は師の弥九郎と同等、あるいはそれ以上ではないかと噂する者も出てきた。仏生寺弥助、十七歳のことである。

一

愁二郎《しゅうじろう》は街道を駆け抜けた。

近江《おうみ》から伊勢《いせ》までの道程と異なり勾配は緩やかなものである。すでに喧騒《けんそう》は遠のいており、この辺りを歩く人々は宮《みや》宿での凶行を知らず慌てる様子はない。むしろ疾駆する己にこそ驚くようで、西に向かう者は驚いて振り返ってくる。

――右京《うきょう》。

愁二郎は感謝の念を唱えた。

己の油断から双葉《ふたば》を攫《さら》われた。追い掛けている最中、いきなり斬り掛かってきたのは悪名高き貫地谷無骨《かんじやぶこつ》である。何とか振り払って行こうとすると、無骨は今度は全く関係のない者たちを殺し始めた。そればかりは愁二郎も見過ごせず、刃を交えようとした時、菊臣《きくおみ》右京が間に入って無骨を引き受けてくれたのだ。

右京が助けてくれたのはこれが初めてではない。庄野《しょうの》宿の先の山道で双葉が危険に晒《さら》された時にも救ってくれたので、これで二度目である。蠱毒《こどく》に参加するほとんどの者が己のことだけを考える中、あきらかに異質な男である。

一度目は、信用を得て、後で何かに利用しようと企《たく》んでいるのではないかとも疑った。しかし、二度目、しかも相手が無骨となった時点で、どう考えても利より害が大きい。右京は正しくありたいと言ったがそれは真。そうでなくてはならぬ過去を背負っているのだろう。

――あの男は強い。

かなりのものである。だが無骨もまた相当な腕前。実力が伯仲していても、ほんの些細《ささい》なことで勝負は一瞬のうちに決する。剣とはそういうものである。

それは右京も重々判っているだろうし、決して無理はしないだろう。あれほどの騒ぎだ。間もなく警察も駆け付けるはず。そうなれば無骨も流石《さすが》に退《ひ》くに違いない。右京も警察に捕まらずにいられれば、改めて感謝を述べ、恩を返すと愁二郎は心に決めた。

「くそっ」

緩やかな道を曲がり終えた時、思わず声が零れた。

宮宿より一里半先、鳴海《なるみ》宿が遠くに見えた。が、その間の道に三助《さんすけ》と思《おぼ》しき者の姿は見えなかったからである。

己の方が三助より足が速いとはいえ、無骨に手間取った時間は致命的であった。なかなか差が詰まらないし、あるいは見失ったうちに三助がどこかに身を隠したことも考えられる。こうなってしまっては、一度落ち着いて考えたほうが良いと、愁二郎は足を緩めた。

――宿場にいることも有り得る。

人を隠すならば、人の中という考えである。

東海道《とうかいどう》最大の宿場である宮宿に比べれば、鳴海宿は見劣りすると言わざるを得ない。とはいえ、距離が約十五町、本陣一、脇本陣二、旅籠《はたご》六十八、という規模は、東海道の中でも大きい方に類する。鳴海宿は宿場の東西に常夜灯があることで知られるが、愁二郎が宿場に足を踏み入れた時には、当然まだ火は灯《とも》されていなかった。

鳴海宿には鳴海城跡がある。かの有名な桶狭間《おけはざま》の戦いの折、今川義元《いまがわよしもと》配下の武将である岡部元信《おかべもとのぶ》が戦った城だ。即《すなわ》ち、戦場だったといわれている場所もここから程近い。

「平日は掛かる」

疎《まば》らに人が行き交う中、愁二郎は足を進めながら苛立ちの言葉を発した。鳴海宿には様々な物を売る店、旅籠だけでなく、多くの寺社が立ち並んでいる。その全てを一人で改めようとすれば、どうしてもそれくらいの時は要してしまう。

しかも相手は京八流《きょうはちりゅう》の耳に特化した奥義、「禄存《ろくぞん》」を持つ三助である。常人では考えられぬほど遠くの音を聴き、自らの跫音《あしおと》も消し去る。己の接近を察し、いち早くその場を離れられたら絶対に追いつけない。

——何が目的だ。

物売りが威勢よく声を掛ける中、愁二郎は思案した。

三助と双葉に接点はないだろう。つまり双葉を連れ去ることそのものが目的とは思えない。やはり己を狙っている。

——双葉を人質にして己を殺《や》るつもりか。

ただ宮宿では人目に付き過ぎる。故に一度攫って逃げ、何処かで対峙《たいじ》するつもりではないか。そうだとすると、その何処かを己に示す必要があるのではないか。

そこまで考えた時、愁二郎ははっとした。双葉を担いで立ち去る時、三助は振り返りもせずに左手を天に掲げた。勝ち誇った仕草かと思ったが、そのような無駄なことをする男ではないと、共に育った義弟だからこそ知っている。

では、あれは何を示したものか。愁二郎はもしやと思い、切り裂かれた自らの左袖を探る。案の定、そこには小さく折り畳まれた紙が入っていた。双葉を連れ去る時、三助が忍ばせたものだろう。愁二郎は急いで紙を開く。

「これは……」

掌一つ分ほどの紙に文字が書かれている。そこには義兄を懐かしむ言葉はおろか、恨み節の一つも書かれてはいない。ただ一言、

——十日午前二時、戦人塚。

と、あった。

「戦人塚《せんにんづか》……」

地名であろうが聞き覚えが無い。宿場の者ならば知っているのかと、旅籠の客引きをしている年増の女に声を掛けた。愁二郎が問うと女は、

「ええ、知っていますとも」

と、呆気《あっけ》ないほどすぐに答えた。

「何処です」

「阿野一里塚《あのいちりづか》の手前、ここから一里ほど先を北にいったところさ」

　そこに雑木林に囲まれた小高い丘が見え、戦人塚はその頂にあるという。塚の上にある石柱の東側に「永禄《えいろく》三年庚申《こうしん》五月十九日」と、西側に「南無阿弥陀仏《なむあみだぶつ》」と、そして南側に「戦人塚」と、刻まれている。曹源寺《そうげんじ》二世快翁竜喜《りゅうき》が桶狭間の戦の戦死者を供養した塚だとされているらしい。

「そこには他に何かあるのですか？」

「いいえ。塚の他は特に何も。ただ織田信長《おだのぶなが》公が奇襲したという田楽《でんがく》ケ窪《くぼ》は一望出来て……」

「いや、それなら結構。手間を取らせました」

「あれに行くのなら止《や》めておきなよ」

　女は心配そうに言った。

「あれとは？」

　愁二郎が眉間に皺《しわ》を寄せたので、女は首を捻った。

「違うのかい。私はてっきり、あの張り紙を見たのかと……」

「張り紙とは何です」

愁二郎が顔を寄せたので、女は少し怯《ひる》んで後ずさりした。

「あ、あれさ」

女が指し示したのは道の斜向《はすむ》かい。大きな立て看板のようである。

「有松宿《ありまつ》と間違う旅人が多いからね」

有松宿とは鳴海宿と池鯉鮒宿《ちりゅう》の間に造られた「間の宿」である。この有松宿はそれなりに大きい宿場であるが、東海道五十三次には数えられていない。次の宿場で、三つ先の宿場で、などと旅人どうしが落ち合おうとしても、勘違いを起こして、擦れ違ってしまうことが間々《まま》起きた。

故に鳴海、有松、池鯉鮒の三宿では、宿場の者たちがいつからかこのような大看板を掲げるようになった。ここに名を記した木簡を掛けると、そこから二十二日はそのままにして貰える。それによって旅人の擦れ違いは格段に減ったらしい。

これは何も親切心からだけではない。宿場ではその木簡を一つ三十二文で販売していたのである。御一新《ごいっしん》の後、紙が安価に手に入るようになったこともあり、木簡からより多くの情報を記載出来るそちらへと変わったが、この大看板は今なお当時のまま残っているという訳だ。

愁二郎は大看板の前に立った。女も世話焼きなようで、呼び込みを止めてついて来てくれた。

「これだよ。皆、気味悪がっているよ」

「これは……」

縦一尺、横二尺ほどの紙が貼られている。そこには墨で、

――五月十日、午前二時。戦人塚にて、京の八頭の竜を待つ。禄存より。

と、書かれていた。

五月十日、つまりは明日未明である。京の八頭の竜とは、あきらかに「京八流」のことを指している。禄存とはその奥義を持つ三助のこと。すなわちこれは言い換えれば、

――明日未明、兄弟妹を戦人塚で待つ。三助より。

ということになるのだ。

「どういうことだ」

愁二郎は眉間に皺を作った。

三助は己を狙って双葉を攫ったのだと思った。だがどうやら己だけではなく、他の兄弟が参加していることも知っており、それら全てを集めようとしている。理由とし

てまず考えられるのは、皆で己を討たんとしているということか。それならば双葉のことがなければ己が戦人塚に足を向けることは無いため、このような手段に出たのも納得出来る。

だが、訝《いぶか》しい点も幾つかある。まず一つ目はこの手段は目立ち過ぎるということ。己は別としても、他に蠱毒に参加している四蔵《しくら》、甚六《じんろく》、彩八《いろは》に結託され、三助が危険に晒されることも有り得る。兄弟妹のうちで憎まれているのは己だけで、他とはむしろ協力し合えると信じ抜いているのか。

二つ目は一つ目の理由と正反対。看板に気付かずに鳴海宿を一気に突破してしまえばどうなる。張り紙をした時点でもうすでに抜けていたり、あるいは最後方にいて今宵に間に合わなかったりすることもあるだろう。

さらに三つ目は、この張り紙に他の蠱毒参加者が引き寄せられる可能性があるということ。この異様な「遊び」の最中、必ず通る鳴海宿に、また異様な張り紙がある。京八流のことなど知らずとも、誰か参加者の仕業ではないかと思い、札を求めて戦人塚に向かうかもしれない。しかも罠《わな》と疑ってしまうこの張り紙。足を向けるのは罠とも思わぬ阿呆《あほう》、どうにかなるという驕慢《きようまん》な者、集まった者を鏖《みなごろし》に出来る余程腕に自信のある者しかいない。

つまりこの手法は、兄弟妹を招集する手としてはあまりに杜撰《ずさん》で、さらには危険過ぎる。ここから導かれる結論は一つ。

――三助は相当に焦っている。

と、いうことである。漏れ落ちることが有り得るのは重々承知で、それでも気付いた者だけでも集めねばならぬほど逼迫《ひっぱく》しているのではないか。

「この張り紙は何時《いつ》から」

「三日前の朝だったよ」

滅多に見ぬ異様な内容だったから、宿場の者の間でも噂になり、女はきと覚えていた。張り紙を頼んだのは旅人で、人に頼まれたと語った。怪しいとはいえ、今の時点で何か法を犯している訳でもなく、そのまま貼り続けることと決まったらしい。

「三日前……」

三助の腕前ならば、雑魚を音も無く仕留め、札を早々に集めることは難しくないだろう。だが、天龍寺で蠱毒が始まったのは四日前のこと。かなりの早さで、開始早々から先頭に躍り出るつもりでなければ有り得ない。実際、鳴海宿に着いたのは三助が一番だったのではないかとさえ思える。しかも注目すべき点は、

――鳴海宿に辿《たど》り着いていながら宮宿に戻った。

ということだ。東京《とうきょう》まで向かわねばならぬ蠱毒で逆走しているのだ。先行し過ぎたがために、札を奪う相手がいなくなってしまったことも考えられなくはない。しかし、それだとわざわざ逆戻りする必要はなく、鳴海宿近辺で待ち伏せをすればよい。先に地形を知って利用出来たり、それこそ罠を張ったり、そのほうが有利に進められるはずなのだ。あくまで推察であるが、三助は、兄弟妹の中で唯一張り紙を見ても足を向けないであろう人物、つまり、

——俺を探していた。

のではないか。先に双葉を連れていることも見ていたか、あるいは戻る中で遭遇して気付いたか、どちらにせよ人質に取れば己も来ると考えた。

兄弟妹を雑なやり方でも急いで集めようとし、さらに己までを呼び込もうとした。

三助が焦っている理由は何か。有り得るのは二つ。

一つは先ほど頭を過《よ》ぎったように、皆で己を討たんとしていること。ただこの場合、己もそう易々《やすやす》と討たれないことを皆が知っているし、まだ先々の道程がある。何より双葉を攫った時、己の脾腹《ひばら》に刀を捻じ込めば済む話である。殺気が立てば瞬時に躱して死は免れたかもしれないが、かなりの深手を負っただろうことは間違いない。それほど三助は完璧に気配を断っていた。

ならばもう一つのほう。京八流継承者にとって、最ものっぴきならないあの男に絡むことではないか。これならば「裏切り者」の己さえ頭数にしたいと思うのは納得出来る。

——行くしかないな。

そこまで考えた時、愁二郎は心中で呟いた。どちらにせよ己にはその道しかない。

「警察にも念の為《ため》に報《しら》せてあるんだけどね」

女は張り紙を見ながら言った。それならば警察も来るかもしれない。三助もそれは織り込み済み。やはりそれほど切羽《せっぱ》詰まっている。

「旅籠に入っても良いか？」

「あっ、思い止《とど》まったのだね。少し安くしておくよ」

親身に話した甲斐《かい》があったと思ったのだろう。女はぱっと表情を明るくして自身の旅籠へと案内してくれた。愁二郎は先に金を払った。夜も更けた頃、旅籠を抜けて向かうつもりである。義弟の待つ戦人塚へ。

——残り、七十六人。

弐《ニ》ノ章　戦人塚

一

夜半、愁二郎は旅籠を出た。目的の地は山というより、緩やかな斜面の続く丘である。長短の草が群生する原。申し訳程度に作られた小道がそれを割って伸びる。西に沈んでゆく上弦の月が、緩やかな風に揺れる草木を茫《ぼう》と照らしている。

遠くに四角い影が見えた。客引きの女の言っていた塚であろう。愁二郎は歩を進めつつ、周囲への警戒は怠ることはなかった。義弟三助の禄存は遠くの些細な音を拾う。自らが発する僅かな音にも気付くことで、それを消し去るということにも繋《つな》げる。京八流の奥義において、最も暗殺に長《た》けた技だ。とはいえ、自身が触れる物の音を消すなどの芸当は出来るはずもなく、背の高い草も生えるこの辺りは相性が悪いはず。それを承知で呼びつけるあたり、こちらの油断を誘っているとも取れる。そもそもこのように思考を割いて、集中力を削《そ》ぐことが三助の狙いでは――。と、考えてもきりがない。ただ一つだけ判っているのは、京八流を駆使する義弟妹は並の達人とは一線を画すということだ。

「三助、俺だ」

塚の前に来たが人影は無く、愁二郎は呼び掛けた。しかし、返事は風の鳴き声と、草木の揺れる音だけ。やや、約束の時間よりは早いはず。まだ到着していないのか、あるいは何処かで息を潜めているのか。

愁二郎は周囲をぐるりと見渡す。今登って来たのと反対側、塚の向こうには森が広がっている。双葉を奪還した後、そちらに逃げ込むのは一手になるだろう。さらに視線を動かした時、異様なものを視界に捉えた。

「双葉！」

大木の幹に項垂《うなだ》れた双葉が縄で縛られている。それまで気を失っていたのか、双葉ははっと顔を上げた。

「愁二郎さん！」

「今、助け――」

「ようやく気付いたか。随分と衰えたようだな」

大木の陰から、音も無く姿を現した男。間違いない。祇園《ぎおん》三助である。

「黙っていろ」

三助は手を刀に見立てるようにして双葉の首に添えた。その気になればすぐに斬れる。あるいは縊《くび》り殺すことが出来ると言いたいのだ。

「三助……放せ」

「それは出来ない。動けば命は無いと思え」

三助は風の音の隙間を縫うように応じた。

「俺が狙いだろう。ならばやってやる」

愁二郎が鯉口《こいぐち》を切るが、三助は動かない。目で見えているのに気配が薄い。月明かりに作られた影さえも滲《にじ》んでいるような錯覚を受ける。これが禄存の恐ろしさである。

「あんたも討つ」

「も……か」

「ああ、蠱毒には他の兄弟もいる。ここに集めた」

やはりあの看板に紙を貼ったのは三助で間違いない。そして、何人まで摑《つか》んでいるのかはともかく、蠱毒に京八流の者が加わっているのも知っている。

「四蔵か」

かまを掛けると、三助は草木の揺れに合わせるように首を横に振る。

「甚六、彩八もな」

「知っていたか。真に来ると思うのか」

「来るさ。継承戦を終わらせる……誰かが来るのではないかと、藁《わら》をも掴む想《おも》いで天《てん》龍寺《りゅうじ》に向かう。それ以外に蠱毒に参加する訳など無いだろう。あんた以外はな」

「だから双葉を攫ったということか」

「天龍寺で助けるのを見た。きっと救いに来ると思ったよ」

「どうしてもやるのだな……」

すでに覚悟を決めて来たはず。歳《とし》は食っているものの、三助の声色はさほど変わらない。それが懐かしい、辛くも楽しかった修行の日々を思い出させて胸が騒いだ。

「ああ、だが暫し待て」

「他が来るまでか。揃《そろ》うとは限らないぞ」

看板に貼られた紙を見逃すかもしれない。気付いたとしても罠であると見て来ないかもしれないのだ。

「まだ十五分ほどある。待つさ」

十五分。明治《めいじ》になってから出来た単位が三助の口から出たことで、時の流れを感じずにはいられなかった。三助は音なく一歩前へと踏み出して言った。

「一つ訊く。何故、逃げた」

「俺は殺し合いたくなかった。ただそれだけだ」

「幻刀斎《げんとうさい》が来る。逃げ切れると思うか」

「それは師匠の脅しかもしれない」

京八流の継承戦から逃げた者は、朧《おぼろ》流の岡部《おかべ》幻刀斎が狩る。師匠からはそう聞かされてきたし、かつて四蔵はそれらしい者を見たことがあるとも言っていた。御一新から十一年、幻刀斎は己の前に姿を見せていない。師匠が、いや代々京八流の継承者が、次代を逃げさせぬための嘘《うそ》なのではないかという思いが微塵もないと言えば嘘となる。

「いや、幻刀斎はいる」

「何だと……会ったのか！」

「俺は無い」

「俺は……？」

「七弥《しちや》だ」

烏丸《からすま》七弥。七番目の義弟である。兄弟妹の中でも一際優しく、常に皆に気を配る義弟であった。

「七弥は今……」

「幻刀斎に斬られた。四年前のことだ」

三助の声に怒気が籠もっていた。

「そんな……まさか……お前は何故それを……」

「七弥とは文の往来があった」

愁二郎が逃走してから暫くして師が死んだこともあり、継承戦はうやむやになっていた。何時までも愁二郎の戻りを待っている訳にもいかず、一人、また一人と鞍馬山《くらまやま》を離れていったという。その後、それぞれの明治維新を迎えた。

当初、三助と七弥は共に行動していた。明治二年（一八六九年）、箱館《はこだて》戦争が終わった頃になっても、幻刀斎は姿を見せない。故に二人は、

――幻刀斎などいないのではないか。

と、結論付けたらしい。

「お前たちは何を」

剣以外を教えられていない者たちである。仕事を求めたとてそうありつける訳ではない。明治に入って一気に需要が増えたこともあり、俥夫ならば体力さえあれば誰でも良いと求人があったことで三助はそこへ行った。

「俺は俥夫《しやふ》だ」

「七弥は良い職にありつけたよ。何と言っても役人だからな」

切っ掛けはひょんなことであった。東京で職探しをしていた時、暴漢に襲われている女を助けた。女は一目で七弥に惚《ほ》れたらしい。後に女の父が礼に来たのだが、七弥の人柄に惹《ひ》かれ、暫しの交流があった後、婿養子にならぬかと持ち掛けられたという。その父は旧佐賀《さが》藩士で、今は佐賀県の役人。東京に一年の出張に来ていたという。女はその一人娘で、母はすでに亡くなっていたことで帯同していたらしい。

「七弥は優しいからな……」

三助は夜天を見上げて細く息を吐いた。

――俺が幸せになってもよいのかな？

戸惑いながら訊いた七弥に、三助はそれでいいと背を押したという。

七弥はそれで婿養子の口を受け、義父の伝手《つて》で同じ佐賀県の役人となった。七弥が東京を離れる時、三助はそれを見送った。その時、互いに所を教え合って文の往来を約束したのだという。

その後、七弥は妻との間に息子も生まれた。途中、佐賀に騒乱が起こったものの、それも何とか乗り越え、家族と幸せに暮らしていたという。

「幻刀斎に追われている。七弥がそう文を寄越したのは、明治七年八月のことだ」

七弥はお役目で同じ佐賀県の唐津《からつ》へと移っていた。ある日、佐賀に残っていた義父が何者かに無残に殺されたらしい。妻も戻ると主張したが、七弥はまずは一人で帰ることを決めた。この時点で嫌な予感がしていたらしい。

そして、その予感は的中した。義父は袈裟《けさ》斬りに胴を斜めに切られ、首を切り裂かれているという無残な姿であった。その傷を見て、まず胴を切られ、前につんのめるより早く首を斬られたのだと見抜いた。

義父は佐賀藩士時代から道場に通いつめるほど武芸好きで、明治となってからも決して鍛錬を怠っていなかった。その義父が一歩も動けず。しかも斬り口は、かつて見たことがないほどに鮮やかであった。

これほどの腕前の者はそうはいない。七弥に思い当たるのは、かつて共に過ごした兄弟たち。もしくは、

――岡部幻刀斎。

である。ただ七弥の知る限り、太刀筋が兄弟の誰とも違うように見えた。となると、残すところは幻刀斎。七弥は三助宛てに救援を求める文を出し、自身は唐津の妻子のもとへと急いで舞い戻った。

「俺は即座に唐津へと向かった」

三助は重々しく語った。

東京から遥か西。船を用いても相当な時を要する。そもそも文が三助のもとに届いた時点で、十日以上の月日が経っている。七弥が己の到着まで堪えられるか。三助は逸《はや》る気持ちを押し殺して唐津を目指した。

「七弥は……」

愁二郎は絞るように言った。

七弥は漁業を監督する部署に配属されていた。自宅はすぐに嗅ぎつかれると考え、お役目で知った漁師の空き家に逃げ込んだのである。その場所は海辺に立つ茅舎《ぼうしゃ》。三助にも文でこの場所を報せていた。

「無残な姿だった」

まず、七弥は茅舎の前でこと切れていた。中にいる妻子を守ろうとしたのだろう。躰中に刀傷があり、激闘が繰り広げられたことが解る。では、七弥がそこまでして守ろうとした妻子はどうなったのか。

「妻も……幼い子もだ」

三助は唸るように続けた。妻は心の臓を一突き、子は口にするのも痛ましい姿であったという。

「七弥は『廉貞《れんじょう》』を使わなかったのか」

「使ったようだ。躰中の骨が折れていた」

「それでも幻刀斎に……」

「勝てぬということだ」

烏丸七弥が受け継いだ京八流の奥義は「廉貞」と謂う。これは口に拠《よ》る奥義で、独自の呼吸法を用いることで一時的に身体能力を飛躍的に上げる。この時の七弥の強さは、兄弟の中でも頭一つ抜ける。最も剣才のある四蔵ですら敵《かな》わぬほどに。ただ廉貞は長く維持出来ない。明治の時法で測ったことはないが、おおよそ三分ほどだったと思う。故に複数の敵を相手にするには向かぬが、一騎打ちならば無類の強さを誇るのが廉貞なのだ。

それを駆使し、七弥は負けた。骨がばらばらになっていたというのは、限界を過ぎてなお廉貞を使い続けた時に起きると師が言っていたのを覚えている。

「幻刀斎の強さは異常だ。勝てぬ……しかも妻子まで殺すことは明らかだ」

「まさか、お前も……」

「ああ、俺にも妻と二人の子がいる。上の希恵《きえ》は五つ、下の松太郎《まつたろう》はまだ二つだ……」

三助は感情の昂《たかぶ》りを抑えるように細く息を吐き、さらに言葉を継いだ。

「継承戦を終わらせる。何としてもな」

「だから蠱毒に……」

「一人や二人は参加するのではないかと思った。あとは芋蔓《いもづる》式に見つけられると。だがまさか俺の他に四人もいるとはな。だが継承戦から逃げたあんたは乗ってこないと思った。そこで一計を案じたという訳だ」

「双葉を放せ。関係ない。代わりに……共に幻刀斎と戦うと約束する。二人ならば——」

「無理だ」

「ならば何故、皆を一処《ひとところ》に集めようとする」

吐き捨てる三助に向け、愁二郎は強く迫った。三助が継承戦を勝ち抜こうとするならば、一人ずつ仕留めたほうが確実である。それなのに皆を集めようとするのは、皆で幻刀斎と戦うという道に希望を抱いているからではないか。

「一刻も惜しいのだ」

何故、七弥の居所が幻刀斎に露見したか判らない。だが見つかったら最後、当人だけでなく縁者まで殺されているのは明白。幻刀斎がいる限り、妻子は危険に晒され続ける。

「仮に俺が敗れて死のうとも」

三助はきっと睨《にら》みつけて続けた。自らが勝ち残るのが最良。だが、仮に死んだとしても、家族に危害が及ばぬように、一刻も早く継承戦を終わらせたいと望んでいるということだ。

「まずは二人で共に幻刀斎と戦おう。俺が命を懸けて止める。お前はその隙を衝《つ》いてやればいい」

愁二郎は諦めずに説得するが、三助は静かに答えた。

「七弥の傷口を見て悟った。幻刀斎こそ二人かもしれぬ」

「二人だと……まさか」

京八流の対ともいえる朧流もまた一子相伝。師の口振りからしても、幻刀斎は一人のはず。

「妻子のいた小屋の中に、二種類の刀傷があった」

刀とは全てが違う。刀身の厚みなどもそうだ。故に刀傷から同異を判別することが出来る。三助が言うには、七弥の刀とは別に、二つの刀傷が存在したという。

「誰が戦うのだ」

七弥は表で倒されたのだ。仮に幻刀斎が二人だとして、壁や柱に傷が付くほどの戦いが起こるとは思えない。

「七弥は初め室内で戦って斬られ、助けを呼びに出たところで斃《たお》れたのだと見ている」

三助は様々な痕跡からそう結論付けるほか無いと語った。だが、愁二郎は、己が知っていて、三助が知らぬことがあると確信した。

「廉貞はどうなったか知っているか」

「七弥は誰に渡すことなく幻刀斎に討たれたのだ。俺の『禄存』の他、残る六つを集めれば終わると見ている」

「違う」

「何……」

今度は三助が驚きの色を見せた。

「四蔵が『廉貞』を持っている。それだけでなく風五郎《ふうごろう》の『巨門《こもん》』も」

「馬鹿な」

「俺も彩八から聞いただけだ」

「ならば本人に訊こう」

三助の視線が己より後ろにあるのに気付き、愁二郎は振り返った。誰の姿も無い。だが、暫くすると坂道を上って来る者の頭が見え、やがて全身が露わとなった。彩八である。

二

——跫音で判ったのか。

禄存を持つ三助の耳は、常人とは比べものにならぬ。こうして会話している最中から、誰かが上ってくることに気付いていたのだろう。跫音の軽さからそれが女、彩八であることも。

「彩八」

「あんたがいるとはね」

彩八の顔に淡い驚きの色があった。継承戦から逃げた己である。三助の誘いに乗ることはないと踏んでいたのだろう。

「そういうことか」

木に縛られている双葉に気付き、彩八は零《こぼ》した。

「三助兄さん、久しぶり」

彩八は静かに言った。己に対してとは異なり、その声にあからさまな敵意はない。やはり彩八は己を最も憎悪しているのだろう。

「ああ、山を下りて以来だな」

「継承戦を今更？」

「岡部幻刀斎に七弥が斬られた。家族もろともな……継承戦を終えるしか妻子を守る術《すべ》は無い」

様々なことを一気に知り過ぎて、彩八はやや戸惑っている。が、すぐに落ち着きを取り戻し、

「そういうことか。理解した」

と、ぽつりと答えた。

「彩八、一つ訊く。四蔵が『廉貞』と『巨門』を持つのは真か」

「間違いない」

彩八は断言した。愁二郎もそのことを彩八から聞いただけ。何故、知っているのかは聞いてはいないが、彩八の口振りからすれば確信しているらしい。

「どういうことだ……」

三助は思案するように俯《うつむ》く。風五郎の巨門はともかく、七弥の廉貞を持っている理由を解しかねている様子である。だが、今は考えていても仕方が無いと思ったのだろう。三助はゆっくりと頭を擡《もた》げて続けた。

「時間だ。揃ったのは三人のみ。四蔵と甚六は現れ……」

三助はそこで言葉を途切らせた。

「三助、彩八、共に――」

「静かにしろ」

三助にも迷いがある。そう思って愁二郎が説得しようとするのを、三助は鋭く制して続けた。

「来たな」

それで愁二郎と彩八は意味を察した。己たちには聞こえぬものを、三助の耳朶《じだ》ははきと捉えている。口に出さずとも、自然と互いに距離を取ったのは、新たな参集者によってすぐさま戦いが始まるかもしれぬから。どちらかと固唾を呑んで待っていると、やがて愁二郎の耳にも跫音が届いた。夜と添い寝するような静かな跫音である。

やがて、彩八の時と同様に先に顔が見えた。切れ長の涼やかな目、凛々《りり》しく尖《とが》ったような眉、高く中央を走る鼻梁《びりょう》、唇は薄いが角の締まった口。茫とした月灯りの下、相貌がはきと見える。間違いない。四人目の兄弟。化野《あだしの》四蔵である。

「四蔵……」

「来たか」

愁二郎、三助の声が続く。彩八は何も言わずにさらに殺気を漲《みなぎ》らせる。

やがて四蔵の全身が目に捉えられた。ざっと見て六尺に少し足りぬものの、あの頃より遥かに身丈が伸びている。四蔵は再会の感想もなく、ざっと周囲を見渡し、

「甚六以外か」

と、静かに言った。すでに四蔵も蠱毒に参加している兄弟を把握しているらしい。

「四蔵、継承戦を終わらせる」

「やはりな。今になってか？」

彩八と同じような問いである。ただ四蔵が違ったのはより平静なことである。

「何を……お前は風五郎から奪っただろう。どうやったかは判らぬが七弥からも」

「なるほど」

二人の奥義を奪ったことを知っていたのか、という意味の反応であろう。

「念の為に訊く。止めても無駄か？」

四蔵は三助に尋ねる。

「どうしてもやる」

「彩八も同じか。俺には勝てぬと解っているだろう」

四蔵は彩八のほうへと視線を走らせる。

「今度は仕留める」

彩八は歯を食いしばって睨みつけた。今の会話から、蠱毒の途中、四蔵と彩八の間ですでに一戦があったのだと確信した。故に彩八は四蔵が奥義を三つ持っていると知ったのだろう。

「四蔵……皆を止めてくれ」

もはや一刻の猶予も無い。愁二郎は藁にも縋る思いで、十三年振りに再会した義弟を頼った。だが四蔵は氷河を思わす冷たい目を向け、

「お前が口を挟むな」

と、唾棄するかのように言い放った。

「すまない……俺はこのようにしたくなかったから……」

「そのせいでさらなる地獄を味わった。まずはお前を斬る」

四蔵はすうと柄に手を落とす。

「綺麗《きれい》ごとを言うな。お前も一兄から『北辰《ほくしん》』を奪ったくせに」

彩八が言うと、三助は小さく声を上げて驚き、四蔵もぴくりと肩を動かす。

「違う！　一貫《いっかん》は——」

「黙れ」

場には糸がぴんと張り詰めたような緊張が走る。今にも切れそうなほど。

「彩八、分が悪い。まずは」

「うん」

三助が呼び掛け、彩八は応じた。彩八の返事は、昔の頃を彷彿《ほうふつ》とさせる素直なものであった。

暫し無言の時が流れる。哭《な》いているのは風だけか。四人の間に満ちたものが今、弾《はじ》けるのを確かに感じた。長きに亘《わた》って止まっていた継承戦。再開の合図となったのは、

「行くぞ」

という四蔵の声であった。

四蔵は一気に間を詰め、強烈な斬撃を繰り出した。愁二郎は足を高速で動かす。大地に律動を刻み、踵《かかとね》を捩じり、膝を折り、身を捻る。四蔵の猛攻は端から武曲《ぶきょく》を出さねば躱せぬものである。

「逝け」

敵は四蔵だけではない。三助の声が聞こえた時には、喉元に刃が迫っていた。が、それは直前に北辰の目で捉えている。全身を脱力して刃を潜《くぐ》るように躱した時、愁二郎は目の端に見た。刀を振りかぶる四蔵の背後から、彩八が襲い掛かるのが――。

「来い」

四蔵が振り返り様に斬撃を飛ばす。

「彩八！　受けるな！」

破軍《はぐん》の一撃は武器を滅する。三助の忠告を聞くまでもなく、彩八の剣の軌道が曲がり、四蔵の刀を擦り抜けるようにして襲う。互いの斬撃が絡み合うような恰好《かっこう》である。彩八の零れた髪が宙を舞い、四蔵は大袈裟なほど仰《の》け反《ぞ》って避けた。

彩八は四蔵を無視し、そのままこちらに突っ込んで来る。文曲《ぶんきょく》は紙一重で躱しては死ぬ。愁二郎も先ほどよりも大きく躱さざるを得ず、自然と歩幅も大きくなって隙が生じる。そこに、四蔵の疾風の如き刺突が来た。

——これも破軍。

北辰を得ていたから看破出来た。かつて破軍での攻撃は斬撃しか出来なかったが、歳月を経て刺突も出来るようになっている。愁二郎は何とか躱したものの刀が頬を掠《かす》めた。やはり破軍である。通常と違い、鋸《のこぎり》を擦《こす》ったかのような痛みが走った。

その時、いつの間にか四蔵の脇に、三助が音も無く屈《かが》むように迫っている。三助は喉を目掛け、刀を旋回させるように斬り上げた。

——取った。

躱す間は無い。三助の刃が四蔵の喉を掻《か》き切ると見た。が、四蔵は左腕で刃を受け止めたのである。四蔵は片手で反撃に転じ、三助は飛ぶようにして避けた。

もはや四蔵の左手は使い物にならぬだろう。三助だけでなく、愁二郎も思った。ただ一人、彩八だけが、

「巨門だ！」

と、鋭く三助に伝える。四蔵は腕が痺《しび》れただけのように左手を宙に振った。微《かす》かに血が飛ぶが、斬撃を受けたとは思えぬ程度。京八流の奥義のうち、壬生《みぶ》風五郎が受け

継いでいた最も防御に優れた技。「巨門」で凌《しの》いだのだ。

巨門は胴に拠る奥義と言われるが、厳密には筋を使っているといってよい。筋を硬化させ、並の斬撃程度ならば皮が切れるだけで、骨はおろか、筋すら割くことは出来ぬ。

「破軍と巨門は最良の取り合わせだな」

三助は間合いを取りつつ唾を地に吐いた。最も攻撃に特化したのが「破軍」と言われる。四蔵は京八流の矛と楯《たて》を手に入れたことになるのだ。

「私たちにとっては最悪。さらに廉貞まで……」

彩八も体勢を整えるために大きく飛び退いた。廉貞は基礎能力を一時的に上げる奥義。無双の矛と楯を持って駆使されれば、絶大な力を発揮することになるだろう。

「それにこっちは、当てにくい技を二つも」

三助は忌々しそうにこちらを見た。

「俺が討つまで待てばいい」

四蔵は冷ややかに言い放った。

「口車に乗らないで。五つ持たれたら終わりよ」

「俺は殺されても技を伝えるつもりはない」

愁二郎は正眼から車《しゃ》に構えを変えつつ言った。

「兄から奪っていながらよく言う。そこまで腐ったか」

三助は鋭い眼光を向けた。

「三助、頼む。俺たち四人なら、きっと幻刀斎を倒せる」

愁二郎はなおも懸命に訴え掛けたが、横から四蔵が口を挟んだ。

「無理だ。今でも、俺たちの敵う相手ではない」

「何……まさかお前……」

三助は声を詰まらせた。

「明治に入ってから幻刀斎を見た」

「どんな男だ!?」

「まず、大きくは無い。むしろ小男だ。そして……」

四蔵が語り始めたのに、三助はさっと手で制した。そして残る一方の手を耳朶に添えて目を細める。

「誰か……もう一人、来る」

「甚六ね」

彩八は小脇差を逆手に持ち替えると、腰からさらに刺刀《さすが》を抜いて二刀となった。今でさえ乱戦だったのが、さらに混迷を極めることが予想出来る。

「甚六まで……」

愁二郎は下唇を嚙《か》みしめた。明治となって妻を娶《めと》り、子が出来、慎《つつ》ましいながら幸せな暮らしを送る中、山での暮らしは夢だったのではないかと思ったこともある。だが違った。京八流の定めはこうして文明開化の世にまで纏《まと》わりついて来て、再び兄弟たちに殺し合いをさせようとしている。

三

──逃げ切ってやる。

猿轡《さるぐつわ》を嚙《か》まされた双葉を見た。双葉は微かに頷く。甚六が姿を見せた時、僅かに生まれるだろう隙を衝き、双葉を救い出して遁走《とんそう》するつもりである。

「来たぞ。彩八、引き込むぞ」

三助が言った。四蔵と己が死んだ義兄弟の奥義を持っている以上、甚六は自身の奥義である「貪狼《とんろう》」しか持っていない。三助、彩八、甚六で同盟を組み、まずは二人を屠《ほふ》ることを持ちかけるつもりだ。

「む……」

三助が目を凝らす。三度《みたび》、坂を上って来る者の頭が見えた。その頭、月光を受けて白く光っている。

「三助兄、彩八、愁兄！」

突如、四蔵が名を連呼した。これまでこの場で誰より冷静だったのに、その顔が酷《ひど》く強張《こわば》っている。しかも、己のことさえ昔のように呼んでいる。

「何だ⁉」

「逃げろ！　幻刀斎だ！」

四蔵が吼《ほ》えた次の瞬間、男は突如として駆け出した。頭が光って見えたのは総白髪であるため。頬が裂けているかと思うほどの醜悪な笑みを浮かべ、恐るべき速さで近付いてくる。その顔、愁二郎は忘れもしない。天龍寺で見た、あの怪老である。

「あれが幻刀斎だと……」

では何故、あの時に己を襲わなかったのか。いや、知らなかったのか。ならば他の兄弟のことは何故知っているのか。

様々な事が脳裡《のうり》を駆け巡るが、今はそれどころではない。幻刀斎はもう十間と少しの距離まですでに迫っている。

「迎え撃とう！」

三助は先ほどまで継承戦を終わらせることを第一と考えていた。だが、この状況で方針を転じた。

「駄目だ！　あいつは全盛期の師匠より強い！」

「なっ――」

四蔵は一言で幻刀斎の実力を理解させた。

「散れ！」

愁二郎の声で皆が身を翻す。向かうは双葉のところである。月光に細い葉を艶めかせる草木を掻き分けて双葉のもとへと駆け付けた。

「双葉、動くな」

愁二郎は縄を一刀のもとに断ち切り、双葉の口から猿轡を外してやった。

「愁二郎さん、ごめんなさい……」

目に涙を湛《たた》えながら双葉は詫びた。

「謝るのは俺の方だ。逃げるぞ」

双葉の手を引いて駆け出そうとした時、四蔵の悲痛な声が聞こえた。

「彩八!!」

幻刀斎は彩八に狙いを定め、その距離は三間を切っている。能面の翁《おきな》の如き相貌。それでいて足は若者のように旋回しているのは異様である。

彩八はすぐ後ろまで追いつかれており、上半身を捻って幻刀斎に一撃を放つ。

うねる文曲の斬撃。だが、幻刀斎は仕込み杖《づえ》を抜いて正確に弾き飛ばす。刹那、幻刀斎の手首はぎゅるんと人外の回りを見せ、彩八に向けて斬り掛かった。

「京八流継承者の八、衣笠《きぬがさ》彩八」

幻刀斎の声が聞こえた。全身が粟立《あわだ》つほど不気味な滑《ぬめ》りのある声である。

「彩八!」

愁二郎は叫んだ。間に合わない。北辰のせいで景色がゆっくり流れ、彩八が顔を顰《しか》めるのもはきと見えた。

「逃げろ……」

四蔵である。間に長刀を差し込んで、幻刀斎の剣を止めた。

「京八流継承者の四、化野四蔵……此度《こたび》は逃がさぬぞ」

「化物め」

四蔵は撥《は》ね除けて連撃を繰り出すが、幻刀斎には掠りもしない。流派の名の如く、まさしく朧を彷彿とさせる。

「四蔵兄さん！」

幻刀斎がふわりと振った刀が、四蔵の肩を斬り割いた。破軍と巨門は同時に出せぬということか。深くは無いもののすぐに血が滲む。

「三助兄！　彩八を連れて行ってくれ！」

「わ、解った！」

三助は彩八の手を取って引き寄せた。その間、四蔵の呼吸に変化が生じる。浅く、浅く、深く、浅く、深く。廉貞を呼び起こす息遣いである。

「廉貞は面倒よ」

幻刀斎はけけと喉を鳴らし、刺突の嵐を見舞う。

「殺してやる」

四蔵は突きを潜り抜けて反撃に転じる。

「それは無理じゃろ。よいとこ腕一本」

「では奪ってやる」

激しい応酬であるが、四蔵が押されているのは素人目にも明らかであった。

「愁二郎さん」

双葉は手を引き返し、じっと目を見つめた。何が言いたいのかは解っている。幻刀斎は天龍寺では実力の半分も見せていなかった。二人掛かりでも勝てるかどうか怪しい。敗れれば三助、彩八でさえ危ういのである。双葉一人では絶対に逃げ切れない。

「四蔵兄さん！」

三助に連れられた彩八が叫ぶ。また四蔵が斬撃を受けた。今度は巨門を使ったらしく傷は浅いものの、やがて四蔵が負けるのは明白であった。

彩八は三助の手を払って戻ろうとしている。その三助も戻るべきか葛藤している。それが解るのは、共に育った兄弟だから——。

「三助、彩八！」

「何だ!?」

「俺も残る。双葉を連れて行ってくれ」

「何だと……」

三助は戸惑い、彩八は啞然とするが、双葉は困惑も見せずに大きく頷く。

「何もされていない。大丈夫」

「ああ、解っている。池鯉鮒宿で落ち合おう」

それが叶《かな》わず、三助が人質に取り続けるかもしれない。その時は三助の申し出を受けてやる覚悟である。

「三助！」

「くそっ……解った」

「頼む」

愁二郎はすでに走り出し、擦れ違い様に三助に向けて言う。

四蔵の剣が宙を斬り体が崩れる。幻刀斎の返し手が繰り出される瞬間、愁二郎は激闘の渦中に向けて一閃《いっせん》を放った。

「お前も継承者だったのかえ」

幻刀斎は四蔵への反撃を止め、愁二郎の剣を受け止めた。今の言い様、やはり幻刀斎は己が誰かを知らぬ。

幻刀斎は交わる刀を押す。この老人の何処にそのような膂力《りょりょく》が眠っているのか。いや、己の躰の使い方を知り抜いているような力の掛け方である。愁二郎は身を回転させ、その勢いのまま一撃を放った。

「京八流継承者の二、嵯峨《さが》愁二郎か」

幻刀斎が囁くように言うのを、愁二郎は確かに聞いた。愁二郎の回転からの斬撃も躱し、幻刀斎はひょいと後ろへ飛び退いた。

「確かに面影があるな。天龍寺では気付かなかったわい。歳を取りたくないものよ」

幻刀斎は恐らく、幼い頃の己たちのことは見ている。だが成長と共に顔付きも変わるものである。最終的に継承者か否かの判断は、各々の奥義を見ているのだと確信した。

「何故、来た」

四蔵は正眼に構えつつ低く言った。

「二人でやるぞ」

「共に死ぬことになる」

その見立ては凡《おおよ》そ的を射ている。愁二郎も二人掛かりで相討ちに持ち込めるかどうかだと、幻刀斎の実力を見立てていた。

「それでも……共に生き抜いてみせる」

「また綺麗ごとか」

「すまない」

「やるぞ」

四蔵が幻刀斎に向けて飛びかかった。愁二郎が幻刀斎を牽制《けんせい》している間に、かつて七弥が持っていた奥義、廉貞を呼び起こしている。

唸る剣撃の群れが、幻刀斎を襲う。そこに愁二郎の剣の乱撃、足の連打が加わる。

幻刀斎は何とか躱すものの、先刻より余裕はない。三本の刃が高速で飛び交い、けたたましい金属音が巻き起こる。

幻刀斎は得物を粉砕する四蔵の剣は躱し、愁二郎の剣は受けるといったように瞬時に判断している。恐るべき達人である。

「小僧ども――」

避けるだけでは埒《らち》が明かぬと見て、幻刀斎が剣を振りかぶる。それを愁二郎の、一貫から受け継いだ北辰の目は見抜いている。幻刀斎の脇を目掛けて胴払いを放った。

幻刀斎は紙一重で躱す。一瞬のうちに躰が薄くなり、加えてぐにゃりと曲がったのだ。愁二郎は振り抜いた勢いのままに回転して足払いを放つ。幻刀斎は飛び上がるが、そこに四蔵の強烈な一刀が襲う。幻刀斎は白鞘《しらさや》で受けた。いや、いなすように流した。

「破軍は恐ろしい」

白鞘には虎の爪に抉《えぐ》られたような傷が付いている。幻刀斎は地に降り立つなり四蔵に突きを繰り出し、ひょいと足を後ろに突き出して愁二郎の胸を蹴り飛ばした。四蔵は横っ飛びで躱して土埃《つちぼこり》が舞い上がる。幻刀斎は蔑むように吐き捨てた。

「このハン、ハン、ガミどもめ」

「黙れ」

愁二郎と四蔵の声がぴたりと重なった。京八流継承者にしか解らぬ言葉。いや、今思えば師の造語だったのかもしれない。ただ師の口から出るのは、決まって脅しの時。子どもの頃の恐怖が、四蔵も蘇りそうになったのだろう。それは愁二郎も同じ。恐れを振り払うようにさらに攻めの手を強める。

だが、幻刀斎に剣は届かない。

「さすがに三つ持ちと、二つ持ちを同時に相手にすれば時を食う……勿体《もったい》ない」

その間、ぶつぶつと独《ひと》り言《ご》つと、何かを思いついたように、にっかりと笑った。三日月を傾けたかのような、柘榴《ざくろ》を割ったかのような奇怪な笑みである。

「待て！」

四蔵が叫んだ時、幻刀斎は身を翻して走り始めている。己たちは後にし、三助と彩八を先に仕留めるつもりなのだ。

「追うぞ」

愁二郎は地を蹴って駆け出し、四蔵も続く。

「何て脚だ」

四蔵が愕然《がくぜん》とするのも無理はない。幻刀斎は平地を馬のように駆け、大石を兎《うさぎ》のように飛び越える。脚に特化した武曲を持つ己でさえ、引き離されぬようにするのが精一杯。四蔵は遅れ始めていた。幻刀斎は戦人塚の脇を擦り抜け、三人が逃げていった裏手の森へと飛び込んだ。闇が幻刀斎を包み込んでその姿を消していく。

「追いつくのは無理だ。三助たちを探す」

愁二郎だけ追いついても、幻刀斎に五分もせずに斬られる。二人掛かりで僅かに希望の光が見える程度だと刃を交えて思い知った。

「三助兄が俺たちに気付いても、こちらから知る術が無い……」

四蔵は舌打ちをした。こちらが叫べば、三助の耳は必ず捉える。だが三助が場所を示そうとすれば、幻刀斎にも察知されてしまう。

「三人の足跡を追う」

「見えるのだな」

愁二郎は頷いた。北辰を使えば、月光を遮る森の中でもはきと見える。特に達人ではない双葉の足跡は追いやすい。森に入ると、愁二郎を先に四蔵が続く。

「斬るとは思わないのか」

四蔵が言った。背後に気を配っていないことを、四蔵ほどになれば解る。

「余裕が無いだけだ」

幻刀斎が待ち伏せしていることも有り得るため、神経を尖らせねばならない。

「今はお前の力がいる」

「解っている……唐津で幻刀斎と戦ったのだな」

七弥を殺したのは、幻刀斎ではなく四蔵だったのかと頭を過ぎったが、それはすぐに打ち消された。己が知る四蔵は、無関係の家族まで惨殺するような男ではない。さらに七弥の住む小屋には三種の刃の痕が残されていたという。であれば、そう考えるのが最も適当である。

「七弥と繋がったのは、三助と別れた後だ」

東京で三助と別れ、七弥は佐賀へと赴いた。その後、四蔵が訪ねたらしい。当初、七弥は恐怖に顔を引き攣《つ》らせていた。だが四蔵は継承戦を続けるつもりはなく、幻刀斎に警戒するよう告げに来たのだと知り、七弥は安堵《あんど》に胸を撫で下ろしたらしい。

万が一、幻刀斎が現れたならば、四蔵は協力すると約束した。それから数ヵ月後、七弥から義父が殺されたことを報せて来たという。

「俺は広島《ひろしま》にいたから三助よりも早く駆け付けた。そもそも三助にも助けを請うていたことは知らなかった」

七弥が東京で三助と行動を共にしていたことは聞いていた。次の休暇で三助のもとを訪ねようと考えていた矢先、七弥からの文が来たという。

「幻刀斎と七弥が戦う……その時に駆け付けたのか」

「偶然もよいところだ」

「どうだろうな」

幻刀斎が襲って来た時に、広島から向かう四蔵が出くわす。万分の一、いや億分の一の偶然かもしれない。だが、こうして兄弟と再会し、幻刀斎にも遭遇した今、運命めいたものを、七百年続いた京八流の呪いのようなものを感じずにはいられないのだ。

四

「俺が駆け付けた時、七弥はすでに虫の息だった」

満身創痍《そうい》でも幾度となく立ち上がったのが解った。まるで四蔵が駆け付けるのを確信しており、それまで時間を稼ぐかのように。幻刀斎は小屋の中。七弥に止めを刺す前に向かったのは、家族を殺して絶望を味わわせるためだろう。四蔵が憤怒《ふんぬ》に身を焦がし、小屋の中にいる家族を救い出そうとした時、

――四蔵兄……廉貞を。頼む。

と、奥義を託した。

時すでに遅し。四蔵は小屋の中で地獄を見た。老人、幻刀斎は血刀を手ににやにやと笑っていた。四蔵の中で何かが切れる音がし、幻刀斎に斬り掛かった。小屋の中での激闘は十五分ほどに及んだが、四蔵は勝てぬことを悟った。このままでは犬死となる。必ずや生き延びて仇《かたき》を討つ。四蔵は心に誓って小屋から飛び出ると、すでにこと切れた七弥を横目に、屹峭《きっしょう》たる崖から海へと身を投げたのである。その後、三助の話に繋がるということだ。

「二つの奥義では、やはり全く歯が立たないか」

「いや、廉貞で三つ目」

「先に風五郎が……」

愁二郎は言葉を詰まらせた。

唐津で幻刀斎と対峙した時から、四蔵は三つの奥義を持っていた。七弥に幻刀斎の存在を告げにいったということは、四蔵はすでにその存在を確信していたことになる。つまり幻刀斎に斬られた兄弟がいるということ。蠱毒に参加している五人と七弥、己が最期を見た一貫を除けば、残るはただ一人。四蔵が有する巨門の元の持ち主、壬生風五郎である。

「風五郎は長野《ながの》の諏訪《すわ》に」

三助が七弥と共に行動していたように、四蔵は一時風五郎と共にいた。互いの所を知らせて別れたのだという。世の中がきな臭くなってきた時、四蔵は今生の別れをしようと風五郎を訪ねた。その時、

――これで弾の一、二発では死なない。生きて帰って来てくれ。

と、風五郎は巨門を教えてくれたのだという。

「弾……まさかお前は……」

「広島鎮台所属、第四工兵中隊……帝国陸軍の元伍長《ごちょう》だ」

第四工兵中隊といえば、確か明治九年（一八七六年）の萩《はぎ》の乱、さらには昨明治十年（一八七七年）の西南《せいなん》の役にも従軍して活躍した部隊である。

四蔵は軍に入って銃器の強力さをまざまざと思い知った。さらに士族の不平が日に日に募っており、やがては銃弾が飛び交う戦地に向かわねばならぬことも感じていた。故に風五郎に別れを告げにいったという訳だ。

「風五郎が斬られたのは、それから半年後のことだ」

何が切っ掛けで居所が露見したのかは判らない。ただ風五郎も幻刀斎から逃げる最

中、四蔵に宛てて、

——幻刀斎は真にいる。皆に報せてくれ。

と、文を書いて送っていた。四蔵は佐賀の乱の御詰めとして出陣しており、文を受け取った時にはすでに一月が経過していたという。軍の伝手で風五郎のことを探って貰ったところ、斬殺事件があったことが解った。

「幻刀斎は甚六を狙っている」

静寂の中、四蔵は呻《うめ》くように言った。

「何故、それを」

「あいつも仙台《せんだい》鎮台歩兵第四連隊に属する軍人だ」

甚六の階級は上等卒。第四連隊も西南の役に従軍した。四蔵は第四連隊の名簿を見る機会があり、その時に戦慄したのだという。

「甚六は偽名を使っていない」

四蔵は軍人になる前、田中次郎《たなかじろう》というよくある名に変えていた。だが名簿には確かに蹴上《けあげ》甚六の名があったのだという。甚六の名を騙《かた》った何者かということも頭を過ぎったが、本人である可能性が高いと感じたらしい。

「あいつなら……有り得るな」

甚六の性格を鑑みると、愁二郎もそう思った。

西南の役では再会は果たせず、四蔵は終戦後に休暇を申請して仙台鎮台へ向かった。そこで甚六に会ったのである。甚六の反応も七弥と似たようなものであった。だが違う点は、覚悟こそ決めているものの、義兄との再会が嬉《うれ》しそうであったことである。

兄弟がいつか気付いて訪ねて来てくれるのではないか。故に蹴上甚六の名を貫いたのだ。甚六とはそのような男であった。

「幻刀斎の話をした」

「甚六は何と」

「知っていた。しかも、すでに二度、襲撃を受けていると」

「何だと……」

思わず振り向きそうになるのを抑え、愁二郎は双葉の足跡を追った。

蹴上甚六の名を守ったことで、兄弟以外、幻刀斎も呼び寄せることになってしまった。だが甚六は独身であり、仙台鎮台の兵舎に住まっている。

定数には満たぬことが問題となっているとはいえ、仙台鎮台の兵舎には常時千人以上がいる。流石の幻刀斎も銃や大砲が並ぶ鎮台に攻め込むのは慎重にならざるを得ないらしい。二度襲われたというのは、共に甚六が非番の時であったという。

「二度とも甚六は幻刀斎を退けながら、鎮台の中へと逃げ込んだ。貪狼は幻刀斎に利く。討ちは出来ぬが、易々とは討たせもせぬということだ」

幻刀斎の太刀筋も見た上で有り得ると思った。貪狼とはそのような奥義である。

風五郎、七弥の死を伝えると、甚六はわなわなと拳を震わせていた。四蔵はすでに幻刀斎に知られた以上、逃げるよりもこのまま鎮台に属したほうがよいと伝え、何かあれば駆け付けると約束して別れた。

それから半年後、甚六から四蔵のもとに一通の文が来た。

――これに向かう。

と、附されていたのが「豊国新聞《ほうこく》」だったという。全貌が判っていた訳ではないが、少なくとも全国から達人が集まるだろう。貪狼で自らの身を守れても討ち果すことは出来ない。ならば己が囮《おとり》となって幻刀斎を呼び寄せ、達人たちに討たせることもできるのではないか。だから己に任せて欲しいと。

「それでお前も……」

「ああ」

広島でも豊国新聞のことは話題になっていた。四蔵は軍人の職を辞し、天龍寺に向かったのである。

「仇討《あだう》ちのため、皆を守るためにか……」

「お前は別だ。お前のせいで七弥と風五郎は死んだ」

「ならば何故、俺を討たない。武曲、北辰を奪えば五つだ」

「死んでも渡さぬと言ったのはお前だ」

四蔵は吐き捨てるように言った。

「しかし、そのような事情なら……」

「お前は知っているはずだ。複数の奥義を得ると何が起こるか」

これは己と四蔵にしか判らないことである。奥義を重ね持つと二つのことが解るのだ。

「相性だな」

「気付いただろう。破軍と巨門は同時には出せない」

奥義どうしには相性があるらしいことは、愁二郎も北辰を得た時に気付いた。武曲と北辰は同時に出すことは出来る。だが武曲を体現している時、三百六十度を見渡す北辰の力が弱まり、二百七十度ほどに減ってしまうのだ。

「俺はこの三つを駆使して戦うのに慣らした。平時ならばまだしも、このような時ならば慎重にならざるをえない」

「もう一つは決して倍にはならぬということか」

「ああ」

四蔵は静かに答えた。奥義を持った時の各自の実力を仮に十とする。四蔵が風五郎の奥義を受け取ったとしても、倍の二十の実力になる訳ではない。体感的には十四、五といったところなのだ。

「そのたとえならば、七弥から受け取った今は十八、九といったところ。お前から二つ奪い、使いこなしたとしても二十五程度ではないか。だが……」

「そう単純ではないだろうが……十五の俺と共に戦えば、三十三、四ということか」

「だから今は生かしてやる」

四蔵の意図は解った。だが、その二人掛かりで幻刀斎に勝てなかったのだ。単独で勝つためには奥義を全て集める他無いのではないか。

「不思議なものだな……」

愁二郎は木々をざわめかせる夜風に向けて漏らした。

「何がだ」

「最後は一人を目指す京八流なのに、五つの奥義を二人で持つより、五人で持ったほうが強いのだ」

「俺への当てつけか」

四蔵は怒気の籠もった声を吐いた。継承戦に反対したのは長兄の一貫。八人で幻刀斎に挑もうと提案したのは風五郎。それらを無理だと止めたのは四蔵である。

「いや、お前は正しい」

誰かの奥義を奪わねば、この事実には決して気付かない。過去にも己たちのように気付いた者はいたかもしれないが、その時には後の祭りとなっている。しかも八人で掛かれば勝てたかもしれないが、誰一人死ななかったとも思えない。二、三人は幻刀斎に斬られていただろう。

「間違っていたのは俺だ」

狙うならば継承戦を放棄した張本人の己だけ。幻刀斎もいつか果てるのだからそれまで逃げればよい。愁二郎はそのように考えていた。しかし、それは誤りであり、風五郎と七弥は死んだのだ。そして今、また兄弟の命を危険に晒している。

四蔵はもう何も答えなかった。さらに森を進んだところで、愁二郎は足を止めた。

「二手に分かれている……」

二人と一人。彩八と双葉、三助の二手である。何か不測の事態が起こったのではないか。

「俺たちも分かれるしかない」

「そうだな。追えるか？」

「お前ほど速くはないが。俺は三助を追う」

「解った。生き残った時、池鯉鮒宿で会おう」

「斬るかもしれぬぞ」

「ああ、それでもだ」

「……解った。急ぐぞ」

四蔵は少しの間を置いて答えると、三助の足痕を追って茂みを掻き分けた。愁二郎はその背から目を切ると、再び双葉の足跡を追い始める。足跡の間隔がやや狭くなっている。走るのを止め、静かに逃げているということ。つまり幻刀斎に捕捉されたということ。

——彩八、頼む。

愁二郎は藁にも縋る思いで、義妹に向けて心中で願った。

五

木々に覆われて遮られているのに加え、雲が出始めたことで月光が弱まり、さらに闇の深さが増す。遥か西であるが雷が鳴る音も聞こえる。一雨来るかもしれない。風も雨気を帯び始めているためか、新芽の香りが強くなった。

「早く」

殿《しんがり》を行く三助は、彩八と双葉を低く急《せ》かした。戦人塚に赴く前は、このような事態になるなど思いもよらなかった。まさか幻刀斎が蠱毒に参加しているとは。愁二郎が継承戦から逃げた時、正直なところ三助も安堵したのだ。剣しか知らぬ己が御一新を生きるのは苦労した。七弥のような僥倖《ぎょうこう》に恵まれるのは稀《まれ》で、他の兄弟も相当に苦労しただろう。三助も決して楽とは言えぬが、俥夫の職に何とかありつけた。

俥《くるま》に乗るのは裕福な連中ばかり。十人束になっても己に敵わぬような者なのに、我が物顔で振舞っている。横柄な態度を取られるなどまだましで、虫の居所が悪いのか足蹴にされることなどもあり、そのような時は、

——殺してやろうか。

と、心中で呪詛《じゅそ》を吐いたこともある。

だがそのような時、妻子のことを思い起こせば気が柔らかくなる。妻の咲《さき》は御徒士《おかち》の娘である。母は物心ついた時には病で死に、父は彰義隊《しょうぎたい》に加わって散った。残された咲は小さな商家に奉公に出ていた。そこの主人が三助を贔屓《ひいき》の俥夫にしていたことからの縁だ。

咲は己が京八流の継承候補だということも、剣を握っていたことさえ知らぬ。京からの流れ者だと今も思っている。

貧しい暮らしにも文句一つ零さず、子らが生まれてからは、内職をして家計を支えてくれている。その咲と二人の子らだけは、何としても守る。三助はそのために継承戦を終わらせることを決めたのだ。

「彩八、来た」

三助は舌を打った。背後より草叢《くさむら》を掻き分ける音、地を踏み締める跫音が聞こえる。これは四蔵のものでも、愁二郎のものでもない。あの怪老、岡部幻刀斎のものである。二人は幻刀斎に敗れたと見るべきなのか。兄弟の中でも頭一つ実力の抜きん出た二人が。

「どうする」

彩八は訊いた。その言葉には、双葉を置いて逃げるかという意味も含まれている。

「無駄だ。速すぎる」

双葉を連れていようが、いまいが、いずれは追い付かれる。双葉とは、攫ってから少し話した。愁二郎の知人だと思っていたが、そうではなく他人らしい。このような集まりだと知らずに参加した双葉を、愁二郎は守りながらここまで来たという。その話を聞いて三助は、

――愁兄らしい。

と、苦笑してしまった。不安げな双葉の目を見て、三助の脳裡にふと二人の子らの顔が過ぎった。

「俺が殺る」

「あの二人で敵わなかったのよ」

「俺の禄存は正面切っての戦いには向かない。ただこの時、この場所ほど、活《い》かせる時はない」

「それでも――」

「彩八、よく聞け。もう時が無い。禄存を伝える」

「すぐには馴染《なじ》まぬかもしれぬ。だが禄存があれば幻刀斎の跫音を摑める」

三助は己の身に秘めてきた禄存の正体、その全てを彩八に語り終えると、

「上手《うま》く使え」

と、微笑んだ。一時は彩八も含めて全員を討つつもりでいた。だがこうして会ってみると心が揺らぐのは仕方が無い。この世でたった八人だけ。共に育ち、同じ苦悩を背負った兄弟なのだ。離れていた間のそれぞれの時が流れ込んでくるような、不思議な感覚である。

「三助兄さん……」

「心配するな。無理と思えば逃げる。池鯉鮒宿で落ち合うぞ」

三助は彩八の肩を軽く小突いた。

「解った」

彩八はようやく安堵したような表情で頷く。

「そっちに行け」

三助は二人を見送る。振り返った双葉と目が合った。

「怖い思いをさせてすまなかった。彩八が守ってくれる」

「えっ……」

双葉が頷くのを確かめると、三助は足元の石を数個拾って、その場に立ち尽くした。二手に分かれては幻刀斎が彩八たちを追うかも知れぬ。

「来たか」

やがて木立を縫うように、駆け下りてくる幻刀斎が見えた。

「京八流継承者の三……」

まだ十間はあるが、三助の耳は幻刀斎の呟きを捉えている。

「俺が祇園三助だ！　来い！」

幻刀斎が言い切るより早く叫ぶと、三助は猛然と走り出した。跫音は一切無い。聞こえるのは躰が触れた草の音だけであるが、やがてそれも消えた。木々が乱立し、草の無い場所を求めて走っている。常人ならば森は静寂に包まれていると思うだろうが、三助には獣や鳥の息遣いさえ聞こえている。

――助けてくれ。

三助は大きな弧を描くように走る。闇の中に光るものが見えた。鹿の目である。視界に入らぬように回り込んで近付くと、背後から飛び越え、宙で、

「すまない」

と、呟いた。鹿は声を出すまで己の存在に気付かなかっただろう。三助が来たほうへと走り出す。鈍い鹿の断末魔が聞こえた。幻刀斎が斬ったのである。ほんの少し、一瞬でいいから幻刀斎の目を逸《そ》らしたかった。三助はすでに木の後ろに潜んでいる。ひたひたという幻刀斎の跫音が近付いてくる。その距離、六間。

「禄存の使い方が上手いのう」

幻刀斎のぬめりとした声が聞こえた。こちらの反応を探っているのだ。まだ動いてはならない。際の際まで引き付けねば。息を殺す三助の耳がとある音を拾った。

——無事だったか。

三助は微かに頰を緩めた。愁二郎と四蔵の声である。幻刀斎といえども、あの二人には手こずり、打ち捨てて己たちを追ったということらしい。

「おうい、おうい、おうい」

幻刀斎は繰り返す。全く同じ音程であるのが不気味さを際立たせる。その距離、三間弱。

——咲、希恵、松太郎。

妻子の名を心のうちで呼ぶ。家族には長らく音信不通だった、兄弟たちが京に集まると伝えている。嘘は吐きたくなかった。たとえそれが討つためだとしても。

兄弟がいることも初めて伝えたので、咲は驚いていたが、旦那様は三番目なら必要でしょうと、こつこつと貯《た》めたへそくりを握らせてくれた。一貫兄はともかく、愁兄はそこらの気が回りそうにないから助かる。そんな会話をした後、

――ずっと、ずっと頑張って来たのですもの。ゆっくりしていらして下さい。

と、満面の笑顔で送り出してくれた。

「おうい、おう――」

三助は音なく手を動かして石を投げた。数羽《わ》の鳥が止まっている木を見つけており、それを目掛けたのだ。鳥たちが飛び立ち、幻刀斎がさっと顔を上げる。その時、すでにもう一つ石を投げている。木の幹に当たって乾いた音が立つ。幻刀斎がそちらを向いた時、三つ目の石が茂みを微かに揺らした。

「そこか」

「ここだ」

三助はすでに音を消して木の上に登っており、頭上から刃を構えて飛んでいる。敢《あ》えて声を出したのは、際で動きを誘わねば討てぬと思ったから。三助は幻刀斎の頭を狙っていない。幻刀斎が顔を上げた刹那、項《うなじ》を掻っ切るつもりだった。

地に鈍い音が立った。その音は宙を漂わず、躰を伝わって鼓膜を揺らす。

「くそ……」

確かに仕留めたはずだった。だが転がっているのは己で、幻刀斎は地に両の足を着けている。

――曲がった……。

刀が項に触れる刹那、幻刀斎の首があり得ぬ向きに動いた。まるで骨が折れたかのように。いや、骨が失したかのように。そして宙の三助に向け、居合いを放ったのだ。こちらも異様な動きだった。肘から先が回転するような。

「上手い、上手い。肝を冷やしたぞ。お……背が切れておる」

幻刀斎は背の着物が裂けたところに手を回しながら言った。指に血が付いている。傷はつけたが浅い。一寸にも満たぬだろう。

「ぐ……」

一方、己は腹を深々と斬られた。放っておいても十分ともたぬ。

「このような手の掛かる世代は、京八流始まって以来ではないかのう。儂が長生きだからよいものを……」

笑み顔から一転、幻刀斎は泣いているかのような顔で歩を進める。頬骨が蠢《うごめ》く。世の悲哀を集めたかのような醜悪な面である。

――兄弟のために使うのですよ。

このような時にも耳朶に蘇ったのは咲の声だった。

「咲……」

「三人目」

幻刀斎が刀を振りかぶった時、三助は残る全ての力を振り絞って叫んだ。

「幻刀斎は骨を――」

「煩《うるさ》い」

喉に熱いものが走る。刀が深々と突き刺された。しかし、なお三助は喚《わめ》いた。

「骨の……無いところが弱点だ！」

「聞こえぬよ」

――聞こえたはずだ。

彩八ならば。禄存の力は己が一番知っている。

――うるせえ。

躰に刀が突き刺さる音が何度も耳朶に響く。必死に咲と希恵と松太郎の声を思い出そうとしているのに。ようやく三人の声が蘇り、三助は唇を綻ばせると、もう何も音が聞こえなくなった。

――残り、六十八人。

参《サン》ノ章　鞍馬より歳月

一

池鯉鮒宿は東海道では中程度の宿場であるが、大きさの割に立ち並ぶ店の数は多い。宿場の東西の端には茶屋が立ち並び、旅人を活気よく呼び込んで迎える。中ほどは旅籠が軒を連ねる。酒屋、煙草《タバコ》屋、小間物屋などは勿論《もちろん》、質屋、古金屋、鍛冶屋もあるし、一本裏道に入れば女郎屋まで備わっている。そのため旅に慣れた者は、大きな宿場ではなく、敢えて小さい範囲で全て揃う便利な池鯉鮒を選ぶ者も多い。さらに池鯉鮒には馬市が立つことから馬喰《ばくろう》たちも集まり、宿場は常に賑《にぎ》わっている。

その池鯉鮒宿は今、絶叫に包まれている。老若男女問わずに逃げ惑い、逃げろ、隠れろ、駐在を呼べ、いや警察署まで走れ、などとの声が飛び交う。その怒号とも悲鳴ともつかぬ喚き声の間に間に、刃が交錯するけたたましい音が鳴り響く。

貫地谷無骨は忌々しくなって大仰に舌を打った。その間にも三撃入れているが、その全てが拒まれている。

「何なんだ。こいつは……よ！」

さらに打ち込みの速度を上げる。が、それも届くことはない。男の剣によって全て防がれてしまう。いなされている訳ではない。弾かれ、叩き落とされているのだが、それよりも、

——噛みつかれている。

と、言ったほうがしっくりくる。

先ほど、歩を進めるこの男にすっと近付く者がいた。その者は一瞥《いちべつ》して札を確かめると、両端に色が塗られた札と交換していた。つまり男は蠱毒の参加者で間違いない。

無骨は後を尾けて、人気の無いところで仕掛けようと思った。だがこの男、何を思ったか西に向けて、つまり今来た鳴海宿のほうに踵を返したのだ。

——なるほど。賢《さか》しい奴《やつ》だ。

正直、無骨は感心した。蠱毒の掟《おきて》の中に、「逆走してはならぬ」という文言は無

い。自身は池鯉鮒宿を早々と突破しておき、来た道を引き返して後続の者を討つ。池鯉鮒宿より先はそこを突破した達人ばかりだが、それ以前ならば比較して弱い者が多い。札を集めきれず、池鯉鮒宿の手前でまごついている者もいるだろう。それらを狩れば効率的に札を集められる。さらに強者と出くわして遁走する時も、自身は札の確認が済んでいるのに対し、敵は札を見せるために足を止めねばならず、容易に振り切れるということだ。

やはり賢しい。が、それが無骨を無性に苛立たせた。

――これはそんなもんじゃねえだろう。

無骨は人生で今が最も楽しい。右京と名乗った太刀遣いも相当なものだった。あの次元の剣客に遭遇できるのは十年で一度か二度。そのような者がごろごろと参加しているのだ。中には生まれて初めて、背筋に悪寒を感じた化物のような者もいた。

――あれは勝てねえぞ。

遠目から見極め、今は手を出すのを止めた者さえいたのだ。ただ「今は」である。あれ強者と刃を交えることで、己は凄まじい速さで強くなっていると実感している。あれほどの化物ならば、必ず東京まで辿り着くだろう。東京までに殺せるようになればいいだけ。その時を思うと口元が緩んで仕方が無い。

そのように堂々と蠱毒を楽しんでいる己だけに、この男の小賢しい策に腹が立った。どうせこのような知恵を回す奴だから、大したことは無いだろう。

——殺っておくか。

無骨は軽い気持ちで決めた。男は宿場を逆走してこちらに近付いて来た。擦れ違い様に首を狩り、札を奪う。宿場が混乱する間に、とっとと札の確認を済ませ、一気に次の岡崎《おかざき》宿まで走ればよい。

肩が交錯する瞬間、無骨は男の首に閃光の如き抜き打ちを放った。これで男は地に伏すはずだったのだ。

だが、三分ほど経った今も、男は二本の脚で立っている。それだけでなく、無骨の乱撃の全てを撥ね除けているのである。

「てめえこそ誰だ！　邪魔だ。どけ！」

男は鋭く吼えた。八重歯が覗くその相貌は何処か犬、いや狼《おおかみ》を彷彿とさせる。歳の頃は二十半ばといったところ。着物に股引《ももひき》という和装だが、軍人が纏っている外《がい》套《とう》、確かフロックコートなどと呼ばれるものを身に付けており、和洋ちぐはぐな風体である。

「貫地谷無骨」

「乱切り無骨かよ」

「お前は」

「斬ろうとする癖に聞くな」

その間、無骨が放った袈裟斬り、斬り上げ、胴払い、全て男の剣に喰《く》いつかれる。

「名乗れ、卑怯《ひきょう》者」

「お前、頭大丈夫か。不意打ちしておいてよく言うぜ」

「弱い者を狩ろうとするからだ。俺と闘《や》れよ」

「何の話してんだ。俺は行くところがあるんだよ！」

激情を迸《ほとばし》らせる口調とは裏腹に、男の剣は正確無比に無骨の剣筋を潰していく。

「東京は逆だぜ」

「呼ばれてんだ！」

無骨は五月雨のような突きを見舞う。だがこれも男の剣の幕に悉《ことごと》く食い殺される。

思いのほかに派手な激闘になってしまい、宿場は混乱の極致にある。雑踏の中には、己の札を確かめる「杣《そま》」という男もいたが、忌々しそうに舌を打って雑踏に紛れるように消えた。

五十路《いそじ》の男が我先にと娘を突き飛ばして逃げる。娘はつんのめって、無骨と男の間に飛び込んで来た。その顔は恐怖に凍り付いている。これがまた、いい。

「どけ」

無骨は衝動を抑えきれず、娘を叩き切ろうと刀を振るった。

「何しやがる」

男は娘の肩に左手を伸ばす。摑んで引っ張るつもりだ。だが無駄だ。間に合わぬ。

しかし、男は娘の肩に手を乗せるだけで引こうとはしない。右手に摑む刀が高速で引き付けられ、鋩《きつさき》で己の刀を撥《は》ね飛ばした。このような剣術は見たことが無い。剣術というより、奇術の如く思えてしまう。

「嵯峨刻舟の足技といい……どいつもこいつも変わった技を」

「嵯峨……足技……愁兄を知っているのか」

思わず口から洩《も》れただけなのだが、男は鋭敏に反応した。

「知り合いか」

「何処にいる」

「名乗れよ。なら教えてやるぞ」

「蹴上甚六だ。言え」

「俺が討った」

半ば虚言である。だが、いずれ必ず討つ。男とどういった関係か知らぬが、動揺して剣が鈍れば儲《もう》けものと吹いた。しかし男は、いや蹴上甚六は、狼狽《うろた》えるどころか鼻を鳴らし、

「嘘をつけ。てめえ如きに殺せるか」

と、吐き捨てた。無骨は滾《たぎ》る激昂《げきこう》のまま大きく振りかぶった。刹那、無骨の顔に突きが来た。数分の戦いの中で、甚六からの攻撃はこれが初めてである。

「ちい――」

無骨は首を振って躱した。頬を薄く切られた。甚六の攻めは大したことはない。厳密に言えば常人よりは遥かに鋭いのだが、それこそ相手が嵯峨刻舟だったなら、今の一撃で己は死んでいただろう。

ただこの甚六、守りに関しては嵯峨刻舟の遥か上を行く。徹底的に守りを固め、相手の隙を衝いて反撃するのが得手と見た。

――負けはしねえが、殺しも出来ねえ。

無骨は歯嚙みした。もっと楽にやれると思っていただけに、大きな誤算であった。隙を見せずに攻め続けるのが良し。無骨はさらに殺気を漲らせて剣を速くするもの

の、やはり甚六には届かない。

白刃が舞い、火花が散る。如何《いか》に、如何に、殺してやるか。無骨は思考しながら戦う中、目の端に黒点を捉えた。矢である。

「くそっ」

「何だ!?」

無骨は飛び退いて避け、甚六は刀で瞬時に叩き落とす。旅籠の屋根を奇妙な装束の男が走っている。男は駆けながら次々と矢を射掛ける。三矢、曲がる軌道を描いて甚六に迫るが、これも剣の楯が見事に叩き落した。

——追いかけてやがる。

無骨は感服した。矢が曲がることを予想して叩いたのではない。曲がってから剣が追撃して弾いている。

「どいつもこいつも」

甚六は刀を旋回させ、屋根を睨みつける。男が矢をさらに放つ。次の狙いは無骨である。

「邪魔しやがって。先に殺してやる」

無骨は転がるようにして躱し、屋根の男に向かおうとする。しかし、男は隣の屋根に飛び移って距離を取る。しかも跳んでいる途中、さらに一矢を放っていた。上から下に曲がる。揚羽蝶《あげはちょう》を彷彿とさせる異様な軌道である。

「何だこりゃ」

無骨は右に飛んで避けたが、そこに今度は甚六の斬撃が来る。

「こいつ――」

何とか受け止めて一撃を返すが、甚六の剣にやはり難なく潰される。そこにまた頭上から矢である。無骨は砂埃を立てて転がるようにして逃げた。地上の男にも最初は攻撃を加えただけに仲間とは思えぬ。だが、もはや屋根の男は己しか狙っていない。

「あいつも狙えよ」

無骨は口に入った砂を吐き出した。

「あれを撃つには矢が足りぬ」

男は箙《えびら》に手を回しつつ続けた。

「それに貴様は邪悪だ」

瞬く間に矢を番《つが》えて放つ。しかも二矢同時に。異なった軌道を描きつつ迫る。避けねば死。左に避けてはもう一本の矢を受けて死。右に進めば甚六がすでに振りかぶった剣に――。

無骨は歓喜に震える身を捻って左肩で一矢を受けると、甚六に向けて斬り掛かった。初めて撃墜を免れ、無骨の剣が甚六の肩を掠めた。

「そういう仕組みか」

無骨は肩の矢を抜き、にたりと笑った。その時である。警邏《けいら》が来たと宿場の者たちが叫ぶ。笛の音も聞こえた。一瞬の隙を衝き、無骨は身を翻して駆け出した。

決して容易くはないが、甚六を斬る方法は見つけた。だが今は他に弓遣いがいる。同時に相手にするのは一寸《ちよつと》まずい。一度退いて、また何処かで殺ると決めた。

甚六は追ってこない。警邏とは遭遇したくないらしく、甚六もまた遁走している。弓の男も知らぬ間に消えた。が、屋根の向こうから尚《なお》も矢が飛んで来た。無骨は飛び込むよう転がりまた駆け出す。

先ほど娘を突き飛ばした年嵩《としかさ》の男が、無様なほど手を振って眼前を走っている。

「面白い奴らばかりだ」

無骨はけけと笑い、男の背を斬り割くと、悲鳴が渦巻く池鯉鮒宿を西へ、疾《と》く疾く走り抜けていった。

「あぁ、最高だ」

二

彩八は黒々とした森を掻き分けて坂を下る。街道に出れば、池鯉鮒宿まではさほど遠くはない。愁二郎と四蔵は生きているのか。二人の音は依然、聞こえないままだ。もし生き延びているならば二人は池鯉鮒宿を目指すだろう。それに、三助も己も蠱毒の参加者である以上、札を確かめる関所である池鯉鮒宿は必ず通らねばならない。三助は森の中で仕留めようとしているが、十分な時を稼げたと見れば退くことも考えているはず。そうなれば幻刀斎もいずれ池鯉鮒宿に向かう。自身も札を見せねば突破出来ないからだ。

その時に、

——四人でやるしかない。

と、彩八は考えていた。四蔵は無理だと断言していた。だがあの二人でも敵わなかったのだから、逃れられぬならばそれしか術は無いだろう。

——甚六は何を。

彩八は心中で義兄の名を呼んで舌を打った。忌々しかったから呼び捨てたのではない。義兄たちの中で、甚六のことだけは昔からそうだ。快活な軽口ばかりを飛ばし、そして誰よりも熱血漢。兄ではあるが弟のような雰囲気がある。そもそも己たちはきちんとした年齢が判っている者は少なく、山に来た順に兄弟となった。故に実際、甚六は七弥と同じ年の頃か、あるいは若かったかもしれない。

当人も気恥ずかしいらしく、七弥と己に、兄を付けて呼ぶなと言ったことでそのようになった。だが皆の中でも、兄弟妹に対しての想いは頗《すこぶ》る強い。天龍寺で見かけた時、そのような甚六だからこそ継承戦に拘っていることに落胆と憤怒を抱いた。だが、よくよく考えれば、甚六は兄弟がいることを知って参加したという確証はない。何か別の理由があると考えるほうがしっくり来る。

その甚六だが、三助の呼び出しに唯一応じなかった。それは兄弟の争いを避ける為か、あるいは気付かなかっただけか、別の目的に邁進《まいしん》しているからか。向かう途中、誰かに敗れずとも、邪魔にあったということもある。出来れば甚六も含め、五人で幻刀斎に当たるのが望ましい。

「今」

双葉が足を止めて振り返った。たった今、断末魔のような声が聞こえた。この静寂の森の中ならば、常人の耳にも届く。

「恐らく鹿だ」

幻刀斎との戦いに巻き込まれたか。三助が利用したかもしれない。森羅万象、全てを利して戦えというのは京八流の教えである。

「でも……」

「黙れ。お前に何が出来る」

彩八は痛烈に言い放った。彩八が双葉を侮っているのは、子どもだからでも、ましてや女だからでもない。

山を降りた時、己は双葉よりも幼い歳であった。そこで世には、女だからというだけで下に見る愚者が満ち溢《あふ》れていると知った。その殆どは彩八がちょっと本気を出せば、骸《むくろ》に変わる者たちばかりである。だが一方で、そう思われても仕方が無い女もまた多いことを知った。彩八が双葉に苛立ちを覚えたのは、双葉が状況を打破するための力を一切持っていないからである。

「やっぱり愁二郎さんを呼んで――」

「人頼りか」

彩八は吐き捨てて遮った。

そもそも何故、双葉は蠱毒に参加したのか。確かに蓋を開けるまで内容は判らなかったが、余程の阿呆でない限り、そう易々と十万円もの大金が手に入るとは思わないだろう。

そして何故、愁二郎は双葉を助けるのか。常ならば解らなくはない。だがこの状況だ。明らかに不利になるのを覚悟の上で、守ろうとする価値がこの娘にあるとは、彩八には思えなかった。

「二度とは言わないからよく聞け。お前は自分の身だけを考えろ」

彩八が睨むようにして低く命じると、双葉はぎゅっと口を結んだ。彩八は再び斜面を下り始める。

何故、己がこのような小娘を連れているのか。愁二郎に頼まれたからではない。あくまで流れである。ならば置いて己だけ逃げれば良いのに、こうして付いてこさせようとしている。結果、愁二郎と同じ行動を取ってしまっていることで、さらに己に苛立つ。

「こっちだ」

彩八は進む方向を変えた。三助から受け取った禄存は時を追うごとに躰に馴染んできているのを感じる。獣や虫の鳴き声は勿論、息遣いや羽音さえ捉えるほどに。進む向きを変えたのは、生き物の気配が途絶えているから。先は崖にでもなっているのではなかろうか。

「え……」

彩八は足を止めて振り返った。双葉には聞こえないらしく怪訝そうにする。これは禄存でしか聞こえない。いや、禄存ならば聞こえるはずと発せられた言葉だ。

「どうしたのです」

「しっ」

彩八は鋭く息を吐き、耳朶に神経を集中させた。彩八は再び聞こえぬかと、森の声に耳を傾けていたが、やがて歩を進め始めた。

「何が……」

「いや、何も無い」

彩八は悟られぬように、ぐっと声の震えを押し殺した。

三助の身に何があったかを全て悟った。己に禄存を託したことからも、三助はこうなることも含み込んでいたのだろう。その上で己と双葉を――。

三助がどのように御一新を生き抜いて来たかは判らない。もう十年ほども顔を合わすことが無かった。しかも、たった一時間足らずの再会である。それなのに山で過ごした十年の日々が、その時の三助の顔や、交わした会話などが次々に浮かんでは消える。

「彩八さん……」

背中だけでも伝わったのか、双葉の声に僅かな潤みを感じとったのも、三助より託された禄存のおかげかもしれない。

「行くぞ」

下唇を噛みしめ、彩八は努めて平静に言った。

三十分ほど行くと森を抜け小道に出た。背後から迫る気配は無い。

池鯉鮒宿は近い。このまま進めば夜明け前に辿り着くだろう。彩八が第二関門の関《せき》宿に到った時、まだ陽は落ちていなかった。蠱毒を催す者は、深夜でも札を確かめに現れるのか否かも気になるところである。女二人の旅路は目立つため、何処かに潜んで陽《ひ》が上ってから向かうことも一考したが、すぐにやはりこのまま行くことを決めた。愁二郎と四蔵が早々に幻刀斎に見切りを付け、池鯉鮒宿に向かうことも有り得るからだ。そうなってしまえば、すでに次の宿場を目指したと勘違いし、合流出来ないかもしれない。

――仇を討ってやる。

彩八は夜風に熱い吐息を溶かした。仮に二人や甚六との共闘が叶わず、己一人だったとしても。三助が命を懸けて摑んだ、幻刀斎の弱点を衝いて。

小道から街道に出て、暫し進んだところで、彩八はさっと後ろに手を出した。双葉は阿呆ではない。いや、蠱毒が如何なるものか流石に解ったか。驚きはしただろうが言葉を発することは無かった。

「いるのだろう」

一軒の小さな茶屋がある。御一新前からのものだろう。ここだけ見れば、武士が大手を振って歩いていた頃から時が止まったようにも思える。住み込めるほどの大きさは無いため、店主は恐らく池鯉鮒宿から通っているのだろう。夜更けには誰もいないはず。それなのに、中から人の音が発せられている。

「出て来な」

返答が無かったが、彩八はさらに呼び掛けた。茶屋の戸が鈍い軋《きし》みを立てて開く。戸枠に手を掛けつつ、大柄の男がぬらりと姿を見せた。身丈は六尺ほど。薄暗いためはきとはしないが、歳の頃は三十半ばか。

「よく気付いたな」

男はにたりと卑しい笑みを浮かべた。

「息が煩いから」

「ほざけ」

挑発だと思ったのだろう。男は忌々しそうに鼻を鳴らして続けた。

「そちらの娘、天龍寺で見た。お前もそうか？」

「だったら？」

彩八は手の指を開閉させながら歩を進めた。

「よくここまで生き残ったものだ」

「池鯉鮒の前で潜んで、勝てそうな奴だけ狙おうとしているんでしょう。そんな臆病者に言われる筋合いは無いけど」

「この女《あま》……大人しく札を寄越せ」

「男ってやつは」

彩八は唇を苦く綻ばせた。山を降りるまで、師と義兄たちしか男を見たことがなかった。故に外界に出た時、下らない男ばかりなことに辟易したものである。腕っぷしの強さや、武芸の実力で量っている訳ではない。彩八の知っている男たちとは、全てにおいてあまりに乖離《かいり》していた。

「血迷ったか」

彩八が尚も近付くので、男は腰を落として刀に手を掛けた。

「頭は驚くほど冴《さ》えてるけど」

「俺は元京都見廻組《きょうとみまわりぐみ》の――」

男が言い掛けた時、彩八は音も無く地を蹴る。男はぎょっと顔を強張らせ、抜き放った刀が夜陰に煌《きら》めいた。

噴き出した血が夜を濡《ぬ》らす。彩八は刃を掻い潜り、擦れ違い様に喉を掻き切っていた。男は呻きを発し、何が起こったのか判らぬといったように眼球を激しく動かす。

「知らない」

首元の紐《ひも》を小脇差で切ると、彩八は男の肩を手でとんと押した。男はどっと地に倒れ込んで激しく痙攣《けいれん》していた。

「彩八さん……」

男の首から札を奪った時、背後から双葉が声を掛けて来た。息遣いは荒く、心の臓の音まで微かに聞こえる。やはり慣れぬものか。それが「普通」なのだろう。殺しの技だけを学んで来た己たちが「異常」なのだ。それを三助が教えようとしている気がした。

「行くよ。離れるな」

彩八は振り返らず、薄っすらと白み始めた東の空を見つめながら言った。双葉の跫《う》音が聞こえるのを確かめると、彩八もまた再び歩み始めた。

三

愁二郎はそっと骸に手を触れた。

――まだ温かい。

街道に立つ一軒の茶屋。その前に男の骸があった。恐らくこの男も蠱毒の参加者であり、ここで後続を待ち伏せにしていたのだろう。そして、返り討ちに遭った。喉を搔き切られている。この太刀筋は彩八のものと見て間違いない。骸の温もりからしてそう遠くはない。

四蔵と二手に分かれた後、愁二郎は双葉と彩八を追った。途中、追跡に手間取ったのは、彩八の跫痕が極めて見難くなったからである。これは三助の跫痕の特徴である。

――ここから考えられることは、

――三助が彩八に禄存を託した。

と、いうことである。

京八流は奇妙な剣術である。たった一言で奥義を開眼させ、誰かに渡すと一刻ほどで嘘のように霧散する。継承戦の前、師は確かにそう言っていた。

これは神通力《じんずうりき》の類ではないと、愁二郎は朧気ながらに予想している。恐らくは皆がすでに「全ての奥義を遣える」状態にはなっている。だが何らかの暗示によって、一つ以外は鍵が掛かったようになっている。奥義の実態を告げると、その鍵が開く。そして告げた者は暗示が蘇って奥義を失うという仕組みだろう。その正体はともかく、師は確かに、

――一刻ほどで。

と、言った。三助もまた覚えているだろう。故に彩八に託し、自身の禄存が活きているうちに幻刀斎を討とうとしたのではないか。

彩八たちは池鯉鮒宿を目指していると見てよい。

夜の短い季節である。空の色が零れたような薄っすらとした青が漂い始めていた。愁二郎は池鯉鮒宿に入るなり異変に気付いた。旅人に向けて飯を出すための仕込みもあって、宿場は早朝から動き始めるので人影があるのはおかしくない。

そのことではない。この時間にも拘わらず何人かの警邏の姿が見えたからだ。宿場や近隣の駐在にしては多い。愛知《あいち》県庁第四課が動いている。つまり、それほどの事件

があったということである。

「仕方ない」

愁二郎は鞘ごと刀を抜いて晒で巻いた。帯刀は廃刀令違反である。ただ晒に巻いて持ち歩けば、それが明らかに刀であっても咎《とが》めるまではない。ふいに襲われた時には危険だが、今は警邏と揉《も》めて時を奪われるほうがまずい。

「もし」

愁二郎は宿場に足を踏み入れると巡回する二人の警邏に声を掛けた。

「何だ……お、お前、それは刀か」

若い方の警邏が血相を変える。

「はい」

愁二郎は努めて冷静に答えた。警邏の反応を見れば明らか。この宿場で刃傷沙汰《にんじょうざた》が起こったのであろう。そして、恐らくそれは蠱毒に拠るもの。

「刀を見せろ」

若い警邏が迫ろうとするのを、もう一人の年嵩の方が手で制す。

「待て。下手人だとすれば声を掛けては来るまい」

「確かにそうですが……」

「それに人相が明らかに違う」

年嵩は首を横に振ると、愁二郎に向けて尋ねた。

「何故、刀を？」

「父の形見を受け取りに京まで参り、東京に戻るところです」

「なるほど。改めてもよろしいかな？」

「結構です」

このようなこともあろうかと血は拭ってあるし、使ったことは露見しない。細かな刃毀《こぼ》れはあるかもしれないが、それも何時付いたものかなど実証しようがない。

「立派なものですな。もう納めて下さって結構です」

目立たぬように宿場の端に移動して刀を検めると、年嵩の警邏は静かに言った。

「承知しました。何かあったのですか？」

愁二郎が訊くと、警邏どうしで顔を見合わせた後、やはり年嵩の方が答えた。

「昨日、この宿場で刃傷沙汰がありました。下手人の一人は西に向かって逃げたとのこと。ここに来るまでの途中、怪しい者は見ませんでしたか？」

「怪しい者ですか……顔も判りませんので」

「昨日のうちに人相書きを作っております。おい」

年嵩が命じ、若い方が人相書きを取り出した。その数、三枚である。

「三人ですか？」

「左様。当初は二人でしたが、もう一人加わり乱闘に」

そこまで聞いて愁二郎は、

――やはり蠱毒で間違いない。

と、確信した。まず若い警邏は一枚目を渡してきた。

散切《ざんぎ》り頭に高い鼻梁。絵からも判る爛々《らんらん》とした吊り上《つ》がった目。人相書きでも笑っている。さらに深い臙脂《えんじ》の着流し姿であるとも付記されている。間違いない。

――貫地谷無骨……。

である。聞くところによると、無骨がまず斬り掛かった。そして西へと遁走したというのも無骨らしい。鳴海宿か宮宿まで退いたか。あるいは山野に潜んだか。己たちが戦人塚にいる間に擦れ違ったらしい。

「見ませんでした」

愁二郎が答えると、そうかと相槌《あいづち》を打って、

「この男はいつの間にか消えていたらしい。山に潜んだものと思われるので、今日には山狩りを行う」

と、二枚目を渡して来た。

――カムイコチャか。

くっきりとした二重。唇は薄く、女の如き相貌。頭の鉢巻からして間違いない。あの男もすでに池鯉鮒宿まで来ており、無骨と一戦を交えたということらしい。

「この者も存じません」

「これで最後だ」

最後の一枚を渡され、愁二郎は声が漏れそうになるのをぐっと堪えた。吊り上がった眉、褐色の肌、牙の如き八重歯、目元の黒子《ほくろ》。十三年逢っていなくとも解る。兄弟六番目の義弟にして、京八流の継承候補の一人、

――甚六。

である。三助の張り紙を見落としたか、あるいは無視したのか、ともかく池鯉鮒宿まで来ていたらしい。

「この男……知人に似ているかもしれません」

「何だと」

「ただ、他人の空似かも。争いの最中、何か言っていませんでしたか？」

「居合わせた者の話だと、行かなければならないところがある。邪魔をするななどと

喚いていたらしい」

警邏よりさらに詳しいあらましを聞き、ある程度の予想が付いた。甚六は池鯉鮒宿に用があったか、あるいは先に関所を突破しておこうと思ったか、戦人塚に引き返すつもりだったのではないか。そこを無骨から襲撃を受け、さらにカムイコチャが参戦。騒ぎとなって西側に抜けることが叶わず、仕方なく東へ向かった。当たらずとも遠からずといったところではないか。

「やはり気のせいのようです」

愁二郎は人相書きを返した。

「そうか。とにかく物騒だから気をつけろ」

「一つお尋ねしたいのですが、女が二人宿場に入りませんでしたか？」

「ああ、それなら見たぞ。浜松《はままつ》に向かう姉妹だな」

相貌、背格好、歳の頃からして間違いない。彩八もこの厳戒態勢を見て、そのように嘘を吐いたらしい。

「お前か」

「と、いいますと？」

「あとで兄弟が追い掛けて来る。もし会ったならば伝えて欲しいと言われた」

「何処の旅籠に逗留《とうりゅう》するかですね」

「いいや。ただ宿場の真ん中で名を呼んで欲しいと。皆目意味が解らぬ」

「変わった妹なのです」

愁二郎は苦笑して礼を述べると、警邏たちから離れて宿場を歩き始めた。やがて宿場の中央当たりに差し掛かったところで、

「彩八」

と、愁二郎は名を呼んだ。叫ぶような真似《まね》はせずとも十分なはず。愁二郎がその場で立ち尽くして待っていると、微かに掛かる朝靄《あさもや》の中から彩八が姿を見せた。

「こっち」

彩八は小さく呟いてすぐに身を翻す。「しの屋」という一軒の旅籠へと入り、愁二郎も後に続いた。階段を上って二階へ。彩八は最も奥の部屋の障子を開いて、中に向けて顎をしゃくった。

「双葉」

「愁二郎さん！」

部屋の中、ちょこんと座っていた双葉だったが、己を見るなり跳び上がるようにして抱き着いて来た。

「すまなかった」

「ううん。私は本当に頼ってばかりで……愁二郎さんがいなければとっくに……」

愁二郎は彩八を一瞥した。双葉の今の言葉は、彩八との関りの中で生まれたような気がしたのである。彩八は廊下を確かめると静かに障子を閉めた。愁二郎は双葉をそっと離すと、彩八に向けて言った。

「禄存を受け継いだのだな」

「うん」

これまでとは異なり、彩八の口調は共に山で暮らした頃のようであった。それで、全てを察した。三助が禄存を渡した。それの意味が判るのも、痛みを共に出来るのも兄弟だけ。そのことが昔を取り戻させたのかもしれない。彩八はぽつりと言った。

「渡しても一刻……二時間は遣える」

「お前も覚えていたか」

「それで三助兄は幻刀斎を」

「そうか」

久しぶりに会った義兄をすぐに失う。彩八の無念は手に取るように解った。彩八はそれでも感情を押し殺すようにして訊いた。

「四蔵兄は？」

「三助を追った」

途中、還痕が二手に分かれていたため、手分けして追ったことを伝えた。

「四蔵兄も……」

「そう易々とやられる奴か」

愁二郎は励ました。四蔵一人では幻刀斎は確かに討てぬ。だが三助が手遅れだと知れば、無謀な戦いをして散るほど愚かではない。兄弟妹の中で誰より強く、誰よりも冷静沈着な弟なのだ。

「あんたが逃げたことは許していない」

「解っている……本当にすまない」

己は兄弟と戦いたくない一心で逃げ出した。御一新を迎えても何も無かったことで、その判断は間違っていないと思っていた。だが知らなかっただけ。己の知らぬところで、風五郎と七弥は殺され、四蔵と甚六は戦っていたのだ。そして今、三助が死んだ。

幻刀斎のことだけではない。この彩八も含め、剣しか知らぬことで筆舌に尽くしがたい苦労を強いられただろう。己は妻の志乃《しの》に出逢うという奇跡のおかげで、たまたま幸せな日々を送っていただけなのだ。今では間違っていたと激しく思い知らされている。

「でも、今は力を貸して欲しい。幻刀斎を討つ」

彩八は己をきっと見つめて力強く言い放った。

「幻刀斎は相当手強い。しかも三助無しだ」

己と四蔵の二人掛かりでも勝機は見えなかった。あの時、三助、彩八が加わったところで、四蔵の言う通り敗れたのではないかと思う。

「甚六も一緒ならどう?」

「なるほど。四蔵から聞いた話だ」

愁二郎は四蔵から聞いた一切合切を彩八に伝えた。彩八は全てを聞き終えると神妙な顔で漏らした。

「甚六はすでに幻刀斎と……」

「ああ、しかも二度も。幻刀斎でも『貪狼』は容易く破れぬようだ」

逃げた京八流継承者を狩る朧流とはいえ、それぞれの奥義との相性はあるらしい。恐らく幻刀斎が最も苦戦するのが貪狼、甚六だと見てよさそうである。

「だが、甚六は先に進んだらしい」

先刻、宿場で警邏から聞き出したばかりのことを語った。

「甚六なら真っ先に駆け付けそうなのに、来なかったのはそういう訳ね。四蔵兄は何と言うだろう……」

甚六を呼び捨てにするのも、「兄さん」ではなく「兄」と呼ぶのも、彩八本来の姿。徐々に昔に戻っているのを感じる。

愁二郎はきっぱりと言った。

「四蔵は力を貸してくれる」

四蔵も継承戦を続けることではなく、幻刀斎を斬ることが目的だと語っていた。

「でも幻刀斎を斬るため、奥義を集める必要があると考えるかもしれない」

「それについても話した」

彩八は奥義を二つ手にしたのは今日であるため解っていない。奥義が二つになったとて二倍強くなる訳ではないことを。愁二郎はそのことを彩八に告げた。

「そんな……」

彩八より早く、声を漏らしたのは双葉であった。

「確かに。嘘じゃないことは解る。ということは……」

「ああ。兄弟妹八人で立ち向かえば、幻刀斎は斬れたかもしれない。そうは言っても、もはや後の祭り……それは叶わない」

三助を含め四人が散った。この事実に気付くためには誰かの奥義を奪う必要があるし、奪ってしまえば最早《もはや》後戻りは出来ないという矛盾がある。連綿と続く京八流の継承者の中には、同じことに気付いて苦悶《くもん》に身を焦がした者もいるのではないか。

「だが、やるならば少しでも多い方がよい」

愁二郎は続けた。幻刀斎が存在し、継承者の家族までを殺すことを知った今、愁二郎の考えは変わっている。逃げるのはやめる。蠱毒に関係なく、幻刀斎は討つしかない。

「やっぱり甚六の力もいるってことね」

「特にあいつはな」

幻刀斎でも崩せぬ貪狼。ここに勝機があるかもしれない。さらに二度も退けた甚六ならば、他に幻刀斎の弱点を知っていることも有り得る。

「だけど甚六は先に行ってしまって、追いつけるかどうかも判らない。つまり……」

彩八は真っすぐにこちらを見据えた。

「ああ。東京だ」

愁二郎は強く頷いた。途中、甚六と逢えれば最良である。だがこの状況を鑑みれば可能性は低い。甚六、幻刀斎共に、誰かに倒されるとは考えにくい。つまり東京の地で決戦に持ち込むほかない。

「解った。私も東京を目指す」

「共に……行かないのか？」

彩八が許してくれている訳ではないのは解っている。だが幻刀斎という共通の敵がいる間だけでも、昔のように戻れるのではないかと淡い期待を抱いてしまっていた。

「二手に分かれたほうが、甚六に会える可能性も高いでしょう」

「確かに」

「それにその後のこともある」

「やはりそうか……」

微かな希望が早くも打ち砕かれ、愁二郎が重々しく零した。彩八は細く息を吐いて首を横に振る。

「私どうこうじゃなく、蠱毒の先が解らない」

蠱毒の当面の目標は札を集めて東京に行くこと。参加者は二百九十二人。三十点無くては東京に入れぬが、裏を返せば最大九人は入れる。

天龍寺で槐《えんじゅ》と名乗る男は、その後のことは東京で話すと言っていた。東京に入っても蠱毒は続くということ。これまでのことから、碌でもないことなのは予想出来る。残る九人で殺し合いを続行させるようなことも有り得るだろう。つまり幻刀斎は討ったとしても、それとは別に蠱毒で殺し合いを強いられるかもしれないということだ。

「奴らがこのようなことをする訳は何だ」

これが皆目解らない。考えられるのは大きく二つ。一つは東京に入れるほどの「武技ニ優レタル者」に「何か」をさせようとしているということ。もう一つはこの蠱毒そのものが金満たちのまさしく娯楽であるということ。この場合、闘犬や闘鶏の如く、己たちは賭けの対象になっていることも考えられる。

後者ならばまだまし。前者であれば、これほど手間暇を掛けてやり遂げたい「何か」は途方も無いことであり、成し遂げたとしても参加者もただでは済まないだろう。最悪、口封じのために殺されることもあるのではないか。

「そもそも何故、天龍寺に？」

愁二郎は己が参加した訳を手短に話した。彩八は己に妻子がいることに少し驚いていたようだが、やがては呆れたような顔になり、

「じゃあ、やるしかないじゃない」

と、ぽつりと言った。

「お前も金が必要な訳があるのか」

「別に。剣が金になるならそれに越したことはないと思っただけ。兄弟が参加しているなんて思ってもみなかった」

そこで己を見つけ、彩八の中に恨みが蘇ったということだろう。彩八はふっくらとした唇から苦々しい息を漏らして続けた。

「とにかく、その時はその時に考える。私は幻刀斎を討つ」

「解った」

そこで話は終わり、四蔵を待つこととなった。彩八は壁にもたれ掛かって目を瞑《つぶ》っているが警戒は解いていない。仮に誰かが襲い掛かればすぐに刀を抜けるだろう。

「愁二郎さん……」

「どうした」

双葉が呼ぶのに、愁二郎は宙を見つめたまま応じた。

「三助さんは、私に謝っていた」

宮宿で三助は音も無く双葉を攫った。叫ばれぬように口を手で押さえた時、

――傷つけるつもりはない。

と、まず囁いたという。

愁二郎を撒《ま》いた後、三助は双葉に自身が愁二郎の義弟であると告げた。双葉が京八流のことを口にすると、三助は驚きつつも、ならば話が早いと言った。そして、幻刀斎は存在すること、兄弟が討たれたこと、そしてその妻子も対象になること。自分にも妻子がおり、継承戦を終わらせるつもりだということを、洗いざらい話したらしい。さらに兄弟妹の中で、愁二郎だけは絶対に誘いに乗らぬため、このようなことをしたとも正直に話し、

──巻き込んですまない。

と、頼りない声で詫びたという。

「そうか」

己にも妻子がいる今、三助がそのような行動に出たのも納得出来る。

「あと……何でこんなものに参加したって叱られた」

双葉はぽつりと零した。蠱毒に参加した理由を問い詰め、双葉が母親のためだと答える。愁二郎もそれを知って双葉を守っていると訊くと、

──愁兄は何も変わってねえな。

と、呟いていたという。三助はそこで継承戦が終われば、自身が愁二郎の代わりに

双葉を東京まで連れて行くと約束したらしい。

「何も変わっていないのはあいつだ」

互いに家族を持って変わったこともある。だが変わらぬこともあると確信した。一々、例を挙げるまでもない。三助はそのような義弟であった。彩八が唇を微かに巻き込む。きっと己と同じことを考えているのだろう。

四

また、会話が止んだ。双葉はやがて微睡《まどろ》み始めてそのまま小さな寝息を立てる。一時間ほど経った時、彩八が、

「来た」

と、瞼《まぶた》を開いた。

「四蔵か」

愁二郎も腰を浮かせる。

「近くで警邏と何か話している。え……」

「どうした」

「四蔵兄って軍人だったの」

警邏に尋ねられ、四蔵は己の身分を語っているという。

「俺も聞いた。甚六も同じらしい」

「甚六も……まあ、それが普通か。私は諦めるしかなかったけど」

人殺しの術だけを学んできた己たちである。何かまともな職に就こうと思えば、最も向いているのが軍人であろう。警官が元武士の縁故採用が多い中、軍人は身分を問わずになれる。百姓、町人の次男、三男などが圧倒的に多いのだ。とはいえ、軍人になれるのは男だけである。彩八はそのことを言っている。

「私が行って来る」

彩八はそう残して、四蔵を迎えに部屋を後にした。

十分ほど待っていると彩八が戻って来た。その後ろには四蔵の姿も見えた。その表情は、深い絶望と怒りを湛えていた。手には一本の脇差がある。

腰を下ろして車座になるや、

「三助は」

四蔵は小さく呟いた。溢れ出る苦渋を懸命に抑えるような表情である。こうして聞かされると無念が押し寄せて肩が落ちる。彩八もまた俯いて下唇を噛みしめていた。

「禄存を最大に駆使したようだ」

四蔵は呻くように続けた。異常な聴力、そこから転じて自らの音を消すのが禄存。森に潜み、囮を使い、奇襲での一撃必殺に賭したようだ。近くに斬られた鹿の屍《しかばね》があったのもその証左だという。それでも三助は敗れた。腹に深々と傷を負っていた上、何度も喉を突かれていたという。

「許さん……」

四蔵は拳を握り締めた。三助の持っていた札は、首のものも含めて全て奪われていたらしい。手厚く葬ることは出来なかったが、せめてもと遺髪を切って山中に埋め、脇差を持って帰ってきたという。

暫しの静寂が訪れた。銘々の脳裡にかつて三助と過ごした時、交わした言葉が蘇っているのだろう。彩八は自らに言い聞かせるように頷き、静かに口を開いた。

「三助兄が最後に言っていた」

三助は叫んだ。その声色からすでに大怪我《けが》を負っているのも感じ取れた。きっと彩八にだけは聴こえると信じ、

――骨の……無いところが弱点だ！

と、伝えてきたという。四蔵がこちらに視線を送り、愁二郎は頷いた。

「得心した」

愁二郎は言った。確実に捉えたと思った一撃があった。だがその瞬間、幻刀斎の躰が急激にへこんだ。何とも奇妙であるが、そう表現するのが最も適当である。幻刀斎の身体が一瞬のうちに薄くなり、愁二郎の剣の鋒を躱したのである。あれは、体の造りが尋常でないがゆえの技だ。

「関節の動きが縦横無尽のようだな」

四蔵が続けた。それは幻刀斎の攻撃を見れば明らかである。振りかぶっていながら、肘から先が異様な曲がり方をして、正反対の斬り上げを行って来る。達人であればあるほど、人の躰の動きに精通している。あり得ない方向からの一撃に意識が追いつかない。

「それだけじゃなく……」

彩八は驚きつつも、三助がさらに伝えようとする真意に気付いたらしい。

「俄かには信じ難いが……躰の中の骨まで動かすということだろう」

四蔵は頷いた。骨は存外堅く、断ち切るのは如何なる達人といえども容易ではない。故に急所である骨の隙間を狙うのが常道である。それは三助も重々理解しているはずなのに、敢えて「骨の無いところ」と言ったのは、その弱点である箇所が、

──動く。

　ということではないか。

「それが朧流の正体。あるいは幻刀斎が元来そのような躰かどちらかだが……」

　考え込む四蔵に対し、愁二郎は自身の考えを述べた。

「恐らくは前者だろう。あれは不規則に見え、修練を経ている動きだ」

「ああ、俺もそう思う」

　実際に目の当たりにするまでは見当もつかなかったが、知ってしまえば朧流という名も技と符合していることが判る。

「四蔵兄は……どうするの？」

　彩八が恐る恐る尋ねた。

「俺は幻刀斎を討つ」

　四蔵は賞金のために蠱毒に参加した訳ではない。甚六が幻刀斎を誘《おび》き寄せるために参加すると聞き、それを助けるため、共に討つために来たのだ。

「私も同じ。三助兄のためにも。それまでは……と、思っているけど」

　彩八ははきと同調するも、後ろに行くにつれて言葉を濁して己のほうへと目をやった。

「継承戦が行われていれば、一人しか生き残れていなかった」

四蔵は彩八に向けて諭すように言った。

「確かにそれはそう……」

「そう言った意味で、嵯峨愁二郎の判断は正しかったのかもしれない」

そのように認めるのは意外であったが、四蔵の真意はまた別にあるというのも感じている。四蔵は天井に目をやりつつ言葉を継いだ。

「この十三年、生き残ったからこそ、三助や七弥は家族を持つことも出来た。だが……そのせいで苦しんだのも確か。鞍馬山で死んでいた方が余程楽だったのかもしれない」

思い描いているのは七弥のことだろう。七弥は生き残ったが故に家族を得て幸せな時を過ごした。だが、それを奪われるという一人で死ぬ何倍もの苦しみを強いられもしたのだ。

「お前の言う通りだ……」

愁二郎は唸るように言った。

「幻刀斎は家族とて容赦しない。継承戦を放棄した時点で本来は死ぬべき者と、その後の人生を否定するように。蠱毒が終われば、三助の家族も危ないだろう」

四蔵が幻刀斎を討つ理由に、三助の家族を守るためということも加わっていると感じた。四蔵はゆっくりと視線を降ろしつつ尋ねる。

「お前も家族がいると言ったな。ならばもう覚悟は決めているのだろう」

「ああ」

「共に戦って確信した。お前の力も必要だ。一つだけ訊きたい」

「一貫のことだな」

「ああ」

愁二郎が先んじて言うと、四蔵は頷いた。

「一貫と会ったのは……」

「一言で十分だ。今は時もない」

四蔵の真っすぐな目を見つめ返し、愁二郎は凜と言った。

「俺は一貫から託された」

「解った。俺に異存はない」

四蔵がそう言ったことで、彩八も唇を巻き込んで二度、三度頷いた。

「三助は穏やかな顔をしていた」

四蔵は目を細めて息を宙に溶かした。

「そうか……」

「それが答えなのかもしれない」

許されたとは思っていない。だが四蔵の一言で、三助のおかげで、ずっと胸に閊《つか》えていたものが、ほんの少し軽くなった気がした。

「俺も幻刀斎をやる」

愁二郎は改めて二人に向けてはきと宣言した。

「これを」

四蔵は、三助の脇差を手に取ると、愁二郎に向かって突き出した。

「いいのか……」

「元々はあんたのものだ」

四蔵は覚えているらしい。確かにこれは元々、己の脇差であった。子どもの頃、三助が修行の最中に誤って脇差を谷に落とした。師に激しい叱責を受けることを恐れた三助に対し、

——これを使え。

と、渡したものである。そのせいで己が代わりに罰を受けて打擲《ちょうちゃく》された。青痣《あおあざ》を作った己に、三助は泣きながら何度も詫びていたのを覚えている。

「今になって戻ってくるとはな」

脇差を掴んだ瞬間、拭ってやった涙の温もりがまざまざと思い出された。三助の無念も晴らす。愁二郎は改めて胸に誓った。

如何にして幻刀斎を討つか。甚六の動向の手掛かりも四蔵に伝え、三人で話し合いを続ける。三十分ほど話したところで、

「やっぱりまずは甚六を見つけないと」

と、彩八は結論付けようとした。確かに当面の目標としてはそれしかないだろう。

「そうだな。だが……」

四蔵は眉間に皺を寄せて言葉を止める。最も剣才を有するこの義弟は、あることに気付いている。

「たとえ幻刀斎が苦手とする貪狼を持つ甚六がいても、勝てないかもしれないということだな」

愁二郎は代わりに口にすると、彩八は懐疑の声を上げた。

「そんな」

「いや、その通りだ」

四蔵もやはり同じことを考えていたらしい。二人では絶望的であった。三人でも極

めて厳しい。甚六が入った四人でようやく勝負になるかどうか。ただ戦いの中で、幻刀斎がまず一人を殺すことに専念し、そうなってしまえば、もはや勝ち目は無くなるのだ。

「でも他にもう兄弟は……」

彩八が苦渋の表情となった。

「良くて五分とはいえ、結局は四人で仕掛けて一気に仕留めるしかないだろう」

四蔵は溜息混じりに言った。そうは言ったものの、それに賭けるしかないのである。

「愁二郎さん、四蔵さん……彩八さん」

その時、輪の外にいた双葉がふいに口を開いた。四蔵は怪訝そうに眉を顰《ひそ》め、彩八は煩わしそうに舌打ちをする。

「何だ？」

愁二郎が尋ねたが、双葉はすぐには答えなかった。ちょこんと正座した脚の上で、両の拳をぐっと握りしめ、意を決したように薄い唇を開いた。

「私も……一緒に戦います」

「駄目に決まっている」

　愁二郎はすぐさま止めた。四蔵も意にも介さない。ただ彩八だけは、何故か表情が真剣なものに変わっている。

「私なんかが太刀打ち出来る訳ないって解っている。でも一瞬だとしても、引き付けられる」

「馬鹿を言うな」

　愁二郎は語気を強めた。双葉は言葉にはしていないが、自らは容易く斬られても、そこに僅かでも隙が生じると言いたいのだ。

「本気か」

　四蔵は鋭い眉を寄せて淡い驚きを見せる。

「はい」

「止めておけ。子どもだから言うのではない。これは京八流のことだ」

　断ち切るように言う四蔵に向け、双葉はぽつんと言った。

「何故です」

「どういうことだ？」

　愁二郎は問いかけた。

「何故、愁二郎さんも、皆さんも、誰かを頼らないのです。私はずっと助けて貰ってきました……だから、今度は私が少しでも力になりたいの」

双葉は絞るようにして懸命に訴えた。

「それは……」

愁二郎は言葉を詰まらせる。四蔵は鋭い眉を片方だけ上げる。これは幼い頃から困ったときに見せる癖だ。彩八はというと顔を背けて壁を見つめていた。

「私も一緒に戦う。だから他の人にもお願いしよう」

「そういうことか」

愁二郎は双葉が何を考えているのかようやく解った。

「うん。力を貸して貰うの」

双葉の案というのは、他の蠱毒の参加者にも協力を仰ぐことであった。確かに一つの方法としては有り得る。京八流のことで継承候補者以外の他人の力を借りるという発想は無かった。兄弟の誰もが、故に目から鱗《うろこ》が落ちたような顔になっている。

「だが、無駄だろう」

四蔵は思い直したように首を横に振った。仮に頼んだとしても、無関係な者が危険を冒してまで力を貸してくれるとも思えない。

「頼んでみないと解らないと思います。皆さんも助けて欲しいことがあるかもしれません」

確かにこれも一理ある。交換条件ならば乗って来る参加者がいるかもしれない。

「なるほど……今がお誂《あつら》え向きだな」

四蔵は顎に手を添えた。幻刀斎と刃を交えられるほどの強者は滅多にいない。通常ならば、一人探すだけでも数年掛かるだろう。だが、日本中の腕に自信のある者が集まる今ほど適当な時はない。

「俺は一人だけ見た」

四蔵がまず口を開き、彩八が尋ねる。

「どんな奴？」

「一見すれば解る。金髪に碧眼《へきがん》。異国……いや、外国の者だ」

「確かにいたな」

愁二郎は頷いた。天龍寺に集まった時に外国人も見かけた。豊国新聞が外国でも配られたということは流石に考えにくく、恐らくは横浜《よこはま》などの外国人が多く住まう地でも配られたのだろうと見ていた。

「二、三人いたよ。他に何か特徴は？」

「身丈は六尺を越え、軍服を着ている。得物は洋剣と手斧。あれは英国のものだと思う」

四蔵は軍人であるため、その辺りも人よりは詳しい。四蔵は庄野を過ぎたところで、その男が他の参加者と戦っているのを見た。

「相手も弱い訳ではないが、圧倒的だった」

男は相手の振りかぶった腕を鷲掴みにすると、握力だけで骨を圧《へ》し折った。そして片手で洋剣を振るって胴を両断したという。凄まじい腕力である。

こちらが致命傷を与えたところで、相討ち覚悟で拳を撃ち込まれれば頭が粉砕される。わざわざ戦う相手ではないと判断し、四蔵は距離を取ったらしい。

「四蔵兄が退くなんてね」

彩八は苦い息を漏らした。

「一撃で仕留めねばこちらも死ぬからな。堂々たる体軀《たいく》の割に動きも速い。十分な力だ」

「私は一人。でもこれは多分無理」

「無骨か」

「正解」

彩八は苦々しさを消さぬまま頷いた。彩八が無骨を見たのは序盤の大津《おおつ》と草津《くさつ》の間。これも戦いの最中で、無骨は二人組を相手にしていた。彩八は物陰に潜んで様子を窺ったという。二人組は共に中々の俊足であった。長年の相方らしく息も揃っており、二人で翻弄して仕留めるという戦法を取ってきたらしい。

「まあ、一瞬ね」

背後からの一撃を、無骨は体を開いて躱し、独楽《こま》の如く旋回して脚を薙《な》ぎ斬った。両足が大根の如く切断され、声にならぬ悲鳴を上げて這《は》いつくばる男に対し、

——そこは、俺の足がぁ！　とかだろう。気が利かねえな。

と、血刀を肩に背負ってけらけらと笑った。残る一人が激昂して掛かって来たが、無骨は斬撃の全てを見切って躱し、再び足に目掛けて鋭く刀を振るった。もう一人も両足を斬られて呻く中、

——これでお揃いだな。

と、さも愉快げに言って二人の首から札を奪うと、高笑いをしながら草津のほうへと悠々と歩いていったらしい。

「あんなやつ、絶対に組めないでしょう」

「あいつは俺を目の仇にしている。甚六も無骨と戦ったようだ。無理だな」

愁二郎は首を横に振り、自らの話を語った。

「俺は三人だ。名も知っている。響陣《きょうじん》、カムイコチャ……」

「右京さん」

双葉は思わずといったように口にする。

「ああ、菊臣右京。それぞれ俺たちに引けを取らない」

それぞれと何時、何処で出逢ったか。何があったかを全て詳《つまび》らかに語った。

「そのアイヌはともかく、右京という男は力になってくれるかもしれない」

彩八がそう言う通り、愁二郎もあの男は見込みがあると思っている。

「何よりその柘植《つげ》響陣。同盟を組んでいるのならば、助けてくれるかもしれない。条件次第だろうが……」

「響陣とは池鯉鮒で落ち合う約束だ。待つか？」

「甚六を――」

彩八が言い掛けるのを、四蔵は手で制す。

「甚六がまだ遠くまで行っていないならば、みすみす会う機会を逃すようなものだ。三手に分かれよう」

まず愁二郎と双葉はこのまま池鯉鮒に残って響陣と合流する。次に四蔵と彩八はすぐにでも池鯉鮒を発《た》つ。四蔵は東海道を真っすぐに。甚六が騒動の後は目立たぬようにしていることも考えられるため、禄存を持つ彩八がまずは海沿いの道を、その後御油《ゆ》宿からは姫街道《ひめかいどう》を行く。ただ最悪、東京まで合流出来ないことも有り得る。そこである程度で追うのは切り上げ、何処かで集まって次の一手を講じる必要あると考えた。

「浜松でどうだ」

四蔵は皆に諮《はか》った。浜松はここからそれほど遠くない。だがそれ以上先となれば、甚六を捕捉するのは難しいという判断である。

「解った。響陣も連れていく。他にも腕の良い者がいれば目を付けておいてくれ」

愁二郎は力強く応じた。響陣が力を貸してくれるとは断言できないし、無理強いするつもりもない。他に挙がった者も同様であり、そもそもこれも東京まで会えぬことも十分にあり得る。

「最悪、東京まで行けば……」

彩八が四蔵の顔を覗き込む。

「ああ、そこにいるのは皆が強者だ。その時にはその者らを引き込むことも考えよう」

四蔵は冷静に状況を見ている。まずは甚六を見つける。目星をつけた者には協力を仰ぐ。さらに他に優れた武人を見つけつつ東京を目指し、そこで幻刀斎を討ち果す。これで大まかな目標が定まったことになる。

「何時にする」

四蔵は続けて訊いた。浜松で落ち合う日時のことである。響陣は今日には池鯉鮒宿に入って来る予定である。

「明後日《あさって》の正午だ」

愁二郎が言うと、四蔵、彩八の順に頷いた。己が兄弟に如何なる想いを抱いていたか。双葉はそれを知っているだけに、このやり取りを見て嬉しそうに頰を緩めていた。

——残り、六十二人。

肆《シ》ノ章　郵便屋さん

＊

文久二年（一八六二年）、三十三歳となった仏生寺弥助は、大いに江戸を満喫していた。

十六歳で初めて剣を取ってから僅か二年後、仏生寺弥助は神道無念流の免許皆伝を得た。それからも毎年のように腕を上げていき、二十三歳になった時には師の斎藤弥九郎から、

「お前ほどの腕の者が住み込みも体裁が悪かろう」

と、道場を出ることを勧められて近くの長屋に移り住んだ。道場破りが来る度、弥九郎は己を呼んで撃退させ、その時に纏まった小遣いをくれるため銭回りは悪くなかった。

弥助は毎日のように酒を呑み、博打《ばくち》に興じ、時には女も買うようになった。後輩を引き連れて芝居や見世物の小屋に行ったり、相撲を見物したり、縁日に出向いたり――。

これほどまでに楽しいことがあるのかと幾度思ったことであろう。越中の故郷にいたならば、決して経験出来ない華やかな日々を過ごしていた。

――ざまあみろ。

仏生寺村の者たちを思い出すと、つい舌を出してしまう。己のことを馬鹿にした連中である。彼らはこのような楽しみを終《つい》ぞ知らず、知ったとしても指を咥《くわ》えるだけで生涯を閉じていくのだ。

「あれは……仏生寺殿だ」

擦れ違った三人組の武士が囁き合った。弥助の腕は江戸中に轟《とどろ》いており、今では、

――斎藤塾の閻魔《えんま》鬼神。

などと呼ばれている。

先ほどの武士たちは何処かの藩の江戸詰めらしいが、そのような歴《れっき》とした身分の者が、百姓の生まれの己に敬称を付け、一目置いているのは何とも心地良いことであった。

遊びを堪能《たんのう》しているが、弥助の腕は鈍ってはいない。むしろ年を追うごとに冴え渡っている。朝稽古などは七、八年前から出ておらず、昼過ぎにふらりと道場に姿を見せて後進に指導をつけてやる。それも毎日ではなく、今では三日に一度くらいになっているが、師の弥九郎も咎めることは無い。身を引き立ててくれた師のことを蔑《さげす》むつもりはなく、感謝しかないのだが、すでに己のほうが遥かに剣も勝っていることから、恐れを抱いているのではないかと思っている。

美味い飯。上等な酒。美麗な女。尊敬の眼差《まなざ》し。弥助は満足している。満足しているのだが同時に、

——つまらねえ。

と、心底思うのだ。十数年も続けたから流石に飽きたのかもしれない。いや、違う。この感情はすでに十年近く前から心の片隅にあった。

己は何をしている時が最も愉快なのかと考えた時、それはすぐに答えが出た。自身のことを強者と信じる輩《やから》を捻り潰すその瞬間である。技の研鑽《けんさん》に掛けた数年、いや数十年の時を、無為だったと気付いた時のえも言われぬ表情。自分が狩る側ではなく、狩られる側だと悟った表情。あれを見た時、丹田のあたりに熱いものが滾り、生きているという実感が込み上げるのだ。

己が変なのか。確かに変わっているには違いない。だがこの広い日ノ本のことだ。きっと己と同じようなことを感じる奇人も幾人かはいるだろう。

だが最近、そのような者ととんと出逢っていない。仏生寺弥助の名を聞いただけで尻ごみする者ばかりなのだ。道場破りを挑む者も激減している。それでも弥九郎は銭をくれるが、満たされぬ感情が募るばかりである。

そのように鬱々としながら、弥助が道場に足を向けたある日のことである。道場の入り口の近くで待ち構える者の姿があった。女である。

「くそ」

弥助は舌打ちをする。一瞥もくれずに道場に入ろうとすると、

「お待ち下さい」

と、女が呼び止めて来た。弥助は項を掻きむしりながら足を止める。

「何だ」

「無体な……」

「さっさと用件を言え」

弥助は吐き捨てた。

女の名を絹《きぬ》と謂う。播磨三田《はりまさんだ》三万六千石、九鬼《くき》家の江戸詰めの下級武士、歴舟《れきふね》家の

娘である。絹は十七歳の時に九鬼家中で縁談があったものの、子に恵まれずに離縁されて実家に戻った。初婚で子が出来なかったということもあり、再縁の話もなかなか無かったらしい。歴舟家の当主である兄が練兵館に通っていることもあり、絹は幾度か道場に顔を見せたこともあった。

二十を越えれば年増と言われる中、その時、絹はすでに二十五歳。再縁などもはや諦めているだろうという気軽さもあったと思う。弥助は絹と懇ろな間柄となった。切っ掛けは良く覚えていない。男女のことである。それから一年ほどして絹から、

――ややこが出来ました。

と、聞かされた時には流石に肝を潰した。子が出来ないと聞いていたが、原因は絹ではなく、夫の方にあったということだ。

絹は婿入りを迫ってきたが、弥助はこれをにべもなく断った。大層な名字であるが歴舟家は下士であり、その禄高《ろくだか》だと分家もし難く、部屋住みとして生涯を終える他ない。

元々、百姓として一生を終えるはずの身だったのだ。これ以上の立身出世の夢は無かったが、やりたいように生きられぬ窮屈な暮らしだけは御免であった。

十月十日を経て、絹は子を産んだ。歴舟家では誰の子かと騒然となったが、絹はど

うした訳か頑として語らなかったという。剣術では恐れ知らずの弥助であるが、絹に子ができたことに内心で恐々としていた。故にこれは弥助にとっては都合が良かった。

親戚縁者への体面も頗る悪いと、絹は半ば追い出されるような恰好で家を出た。弥助も少々悪気が出て来て、口止め料もかねて年の初めに金を渡している。但し、それ以外では一切会わぬようにしていた。絹が何処で働いているかも、何処に住んでいるかも知らないし、一度たりとも訊きもしていない。

「もう少し頂けないでしょうか」

絹は重々しく口を開いた。子が生まれてすでに七年が経つが、このように言って来たのは初めてのことであった。

「十分渡しているだろうが」

道場の前である。人目を憚《はばか》って、弥助は早口で言った。

「米の値が高騰しているのです」

確かにその通りである。今、世情が不安になっているからか、毎年のように徐々に米価が上昇している。

「お前も働いているのだろう」

「それはそうですが、近頃は躰の調子が芳しくない時もあり……」

「実家に戻れ」

「それは……」

絹が首を横に振る。弥助は再び舌打ちをすると、懐から財布を取り出して一分金一枚を放り投げた。

「今は持ち合わせがそれだけだ」

「解りました」

「去《い》ね」

弥助が行こうとした時、

「あの」

と、絹が呼び止めた。

「まだ何かあるのか」

「子に……刀弥《とうや》に会っては下さいませんか」

子は男である。産まれて間もなく、せめて名だけでもと絹にせがまれた。弥助には学もなく何より億劫《おっくう》であった。断ったものの、では最も好きなものを教えてくれ。それと一字を欲しいと頼まれ、弥助は、

――刀だ。勝手にしろ。

と、ぶっきらぼうに答えた。こうして子の名前は、刀弥となったということだけは知っている。

「やはり弥助様の子なのです。最近では刀弥も――」

絹が重ねて言おうとするが、弥助は、

「会わぬ」

と一蹴し、もう振り向くことは無かった。

何故、己はこれほどまでに会いたいと思わぬのか。やはり己は何処か変わっている。いや、壊れているのだろう。決して父になるような男では無いのは確かである。

年が明けて文久三年（一八六三年）、五日ぶりに道場に顔を出した時、

「弥助、話がある」

と、弥九郎が自室に招いた。また道場破りかと自然と頰が緩んだが、弥九郎の話はそれ以上に心を躍らせるものであった。

「京に行く気はないか」

弥九郎は単刀直入に切り出した。

今、京では尊王攘夷《そんのうじょうい》を掲げた志士と、それを取り締まる幕府との間で、血で血を洗うような抗争が繰り広げられているという。

攘夷の急先鋒《きゅうせんぽう》は長州藩《ちょうしゅうはん》である。弥九郎は弟子に長州藩士が多くいることから懇意にしている。その関係もあって、長州藩が腕の立つ者を送ってくれないかと頼んで来たのだ。弥九郎はこれを請け、門弟のうち優れた者を「勇士組《ゆうしぐみ》」と称して送ると返答した。その時、真っ先に頭を過ぎったのが、弥助だったという訳だ。

「京はそれほど酷い有様《ありさま》なので？」

弥助は頬が緩みそうになるのを必死に堪えながら訊いた。

「うむ。毎日のように双方に死人が出ているという。臆したという訳ではあるまい」

弥九郎は当然とばかりに言った。何故、弥九郎は己が遊び回っていても咎めないのか、ようやく解ったような気がする。すでに敵する者はないことに鬱々していることに気付いたのだ。とはいえ、強い敵にそう巡り合う訳でもなく、弥助の腕も上がっているのだから最早何も言えない。この弥九郎の提案は、弥助の退屈からの救済だと解った。

「師匠……ありがとうございます」

己を引き立ててくれた時に次いで、弥助は師に心より感謝した。

「お主は仏生寺村にいた方がよかったのかもしれぬ。このような苦しみに苛《さいな》まれることもなかったのだからな」

弥九郎は細い溜息を漏らした。

「いえ、感謝しかありません……」

弥助は深々と頭を垂れた後、己の一生を変えてくれた恩師を見据えて凛と言い放った。

「この仏生寺弥助、強き者を探しに京へと参ります」

一

四蔵と彩八の二人が発った後、愁二郎と双葉は旅籠に残り、躰を休めつつ響陣が池鯉鮒にやって来るのを待った。

最初、離れた後のことを少し話していたが、三十分もしないうちに睡魔が襲ってきたらしく、双葉はうつらうつらとし始めた。三助に連れ去られ、幻刀斎に山中で追われ、一晩中逃げてここに来たのだ。大人でも疲れるだろうに、まだ僅か十二歳の双葉が疲労困憊《こんぱい》となるのは当然である。

「双葉」

布団を敷き、双葉を横にさせた。

「ごめんなさい……」

「いいから眠れ」

愁二郎は双葉にそっと布団を掛けると、間もなく可愛《かわい》らしい寝息が聞こえて来た。

――双葉、ありがとう。

改めて双葉に対して思う。図らずも幻刀斎の襲撃によって、兄弟の争いが止まった。だが三助が双葉を攫わなければ、攫ったのが双葉でなければ、あのような行動は取らなかったように思えるのだ。

さらに先刻もそうである。手を組むことは決まったものの、兄弟だけで伸るか反るかの賭けに出ようとしていた。それが双葉の一言で、他人の協力を仰ぐという考えもしなかった方向に進んだ。

愁二郎も含め、蠱毒に参加する者は己のことばかりを考えている。しかし、双葉はこれほど凄惨な旅の中でも、他人を想う心を決して忘れない。蠱毒を開催する者たちにとっても、双葉は異質で予想外の存在に違いない。

「ふう……」

愁二郎は刀を抱え込んで壁にもたれ掛かった。戦いに次ぐ戦いで、流石に躰が綿のようになっている。休める時に休むのも肝要であろう。深く眠らぬように気の尖りを残しながら、愁二郎は響陣がやって来るのを待った。

陽が中天を少し過ぎた頃である。階段を上って来る者がいる。すでに愁二郎は目を開いて片膝を立てている。跫音は二つである。

「来たか」

「ああ、開けるぞ」

愁二郎が低く呼び掛けると、返答の後、そろりと襖《ふすま》が開いた。そこに立っていたのは響陣である。その背後には狭山進次郎《さやましんじろう》の姿もあった。

「おお、えらい疲れた顔してるな。双葉は寝てるんか」

響陣は相変わらずの上方訛《なま》りで言った。

「色々な」

「何かあったらしいな」

「そっちもか」

話し方は軽妙であるが、響陣の目の奥に深刻さが覗いているように見えた。何より進次郎の表情が浮かないのである。

「まあな」

響陣が苦笑しつつ腰を下ろした時、双葉が目を擦《こす》りながら身を起こした。

「響陣……さん？」

「おはよう」

響陣はふっと頬を緩めた。

「来てくれたんだ」

「当たり前やんけ」

「進次郎さんも」

「あ、ああ……」

進次郎は強いられていたとはいえ、己たちを襲って捕らわれた。いわば捕虜の身である。それなのに双葉が笑顔で迎えることに、進次郎は戸惑ったように頷く。

「どっちから話そうか」

響陣は愁二郎と、自身の胸を指差しながら訊いた。愁二郎は双葉と顔を見合わせて頷き、

「俺から話そう」

と、順を追ってこの間のことを語り始めた。

響陣は双葉が攫われたことに怒り、兄弟が揃ったところでは身を乗り出し、幻刀斎の登場では絶句する。二人が無事であったことに胸を撫で下ろし、そして三助の死のあたりでは神妙な顔付きになりと、一々大きく反応を示した。一方、進次郎は話の筋は追えているようであるが、まるで夢物語を聞いているかのような啞然とした顔付きであった。

「なるほど。話は解った」

「響陣さん……」

双葉が言おうとするのを、愁二郎は手で制した。これは己の口で言わねばならない。

「幻刀斎を討つのに力を貸して――」

「ええで」

「やはり虫が良すぎ……何？」

「だからええて言うとるんや」

「話を聞いていたのか。幻刀斎は恐ろしく強いんだぞ」

「怖がらすなや。やっぱり止めとこかってなるやんけ」

響陣は苦笑した。

「本当にいいのか」

「東京に着いた時、何をさせられるのかはまだ判らん。仮にそこから半分になるまで戦えて言われたら、お前らと一緒にやるほうが有利や」

　響陣はそう言いながら、

　――口にするなよ。

　と、目で促して来る。東京でのことが全く不明である以上、最後の一人になるまで戦うという可能性さえあり得る。その場合、双葉を東京に入れないとしても、愁二郎は兄弟達、そしてこの響陣とも戦わねばならない。それは互いに理解しているが、双葉に聞かせたくはないのだろう。

「東京に入る前に、先に始末出来るならそれに越したことはない」

　響陣はさらに続ける。幻刀斎ほどの強者ならば、あわよくば東京にも入れたくはないということだ。

「確かにそうだ。何か条件は？」

「別に。こっから仲間が幾ら増えたとしても、最初に決めた金は貰う。それだけや」

「解った。それは約束する」

　四蔵、彩八は賞金には興味がなさそうである。己も家族と集落の者を、双葉は母を救えるだけの金があればそれ以上は望まないから心配はなかった。

「それにしても……俺が水口《みなくち》の手前で見た男が四蔵なんやろ。その四蔵とお前が二人でも敵わんとなると、幻刀斎ちゅうんはほんまに化物やな」

響陣は顎に手を添えつつ続けた。

「確かに強そうやったが、それほどとは思わんかったな……」

「力を秘めていたのだろうな。継承者にはその必要もないということだ」

「なるほど」

「無理強いはしない」

「いや、やるって。それに正面からやり合うだけが術やないやろ。こっちは気付かれる間もなくやるのが本分や」

指ですうと自身の首をなぞり、響陣は片笑んで見せた。愁二郎は息を漏らすと、こちらからも切り出した。

「そっちはどうだった」

「えらいこっちゃで。なあ？」

響陣が振ると、進次郎は強張った顔でこくりと頷いた。

　愁二郎らと別れた後、蠱毒における「脱落」の定義を探る為、響陣は赤山宋適《あかやまそうてき》、川《かわ》本寅松《もととらまつ》の二人を連れて警察署に向かった。赤山は札を奪った状態、川本には札を首に付けたままにして出頭させたのである。

「二人ともに殺しを自白させた」

　これは別に嘘ではない。二人とも蠱毒に参加しているからではあるものの、殺しに手は染めている。一方、進次郎は番場《ばんば》という首領格に脅されて付き従っていたものの、一人としてその手で人を殺《あや》めることは無かったという。厳密にいえば、その覚悟はなかったというべきか。それでも番場に分け前として札を貰って桑名《くわな》宿まで来られていたのは、荒くれ者たちばかりの中、細やかなところに気が付くところが重宝されていたからだという。籤《くじ》で出頭する者を決めた訳であるが、結果的に真に罪ある二人になったということになる。

「外から見てただけでも、署内が騒然となってるのが解ったわ」

　二人を見送った後、響陣は近くで様子を窺っていた。殺人者が二人出頭したとあって、俄かに警察署は騒がしくなったらしい。取り調べを行うため、二人は恐らく署内の牢《ろう》に留置されたのだろう。その後、二人が出て来ることは無かった。

「それから数時間。また騒がしくなった」

署内で明らかに人の動きが盛んとなった。悲鳴や怒号のようなものも聞こえたという。さらに十数人の警邏が血相を変えて外に飛び出し、三組に分かれて周囲を探索し始めたという。その警邏に往来で何かあったのかと訊けば怪しまれる。そこで響陣は一計を打った。

「いっそのこと中に入って確かめようとな」

「入れたのか」

愁二郎は目を見開くと、響陣は当然とばかりに軽く鼻を鳴らした。

「俺は伊賀《いが》同心やぞ」

「忍び込んだのか？」

「いいや。堂々と入った」

響陣はこともなげに言った。医師の赤山は洋装であった。出頭前に赤山には用意した和服に着替えさせ、響陣はその洋服を使って役人を装ったらしい。

各府県の警察は警察部、通称四課が担っている。それらを取り纏めるのが東京にある内務省警視局である。四課にも警視局に知人の一人や二人いてもおかしくない。響陣は警視局ではなく、その管轄省である内務省の役人だと名乗った。

響陣としてはもう少し疑われることも覚悟していたらしいが、すぐに署長が出て来

たらしい。署長は真っ青な顔で第一声、

「やはりそうなのですか……そう言いよった」

「どういうことだ」

愁二郎は眉間に皺を寄せた。響陣もまた最初はそう思ったという。だが話を聞いていくうちに、何故、署長がそのようなことを言ったか理解したらしい。

「まず赤山宋適、川本寅松の二人は死んだ」

「駄目だったか」

愁二郎は舌打ちをした。双葉は下唇を噛みしめている。

警察に捕まるということは、同時に保護されるということでもある。これで無理ならば、蠱毒から降りることは事実上出来ないと言ってもよい。

「寅松もなのか……」

愁二郎は細い息を漏らした。赤山は札が無いのに対し、川本は自身の分の一枚だけ首に掛けていた。

「ああ、没収された訳やない。この目で骸の首に掛かっているのを見た」

「つまり警察署に入った時点で失格と見做《みな》された訳だな」

「そういうことになるな。二人は牢の中で殺されていた」

「誰かが忍び込んだのか……それにしてもどうやって牢の中に……」

愁二郎が独り言のように漏らした。

「いや、俺はずっと警察署を見張ってた。怪しい奴が侵入したことは無いと断言出来る」

「ならば、どうやって二人を殺した」

「そこが鍵や。忍び込んだ奴はおらん。だが堂々と入った奴はいる」

騒動が起こる一時間ほど前、二人の警視局の役人が署を訪ねて来た。響陣もそれらしい男たちが入るのを確かに見たという。

その役人たちは赤山、川本は国家を揺るがす重要事件に関わりがあるとして、訊問《じんもん》を行う旨を伝えたという。重要機密であるため、人払いを命じて役人たちは牢へ向かった。

そこで事件は起こった。役人はすぐに血相を変えて戻って来て、

――どういうことだ！　何故、殺した！

と、喚きたてたという。寝耳に水のことに、署長以下数名で駆け付けたところ、赤山と川本は何者かに斬殺されていたという。しかも牢にはしかと鍵が掛かっていたらしい。

「どう思う」

　響陣は低く訊いた。

「その男たちが殺したということか」

「ああ。ほんの数分前までは二人は確かに生きていたらしい。そいつらが鍵を開けて殺し、再び鍵を閉めて外部の犯行やと騒ぎ立てた。そう考えるほうが自然や」

「警視局の役人を装ったということか……」

　響陣が内務省の者に化けたように、蠱毒を開催している者も警視局の者に化けて二人を始末したということである。

「いや、違う」

　響陣は首を横に振った。

「まさか――」

　愁二郎は吃驚して声を詰まらせた。

「そのまさかや。その男たちは正真正銘の警視局の役人や」

　署長はその二人のうち、一人には面識があったという。残る一人も剣撃大会で見たことがある署員が複数人いた。間違いなく警視局に所属する歴とした警察官だというのだ。

署長たちも馬鹿ではない。訪ねて来た警察官が、赤山たちを殺したのではないかと疑った。故に内務省の役人を名乗った響陣に対して、

——やはりそうなのですか……。

と、言った。つまり警視局の現役警察官が殺人者であり、それを内務省が追っていると勘違いしたという訳である。

「どういうことだ……」

頭が混乱して事態が呑み込めず、愁二郎は手を額に添えた。

「色々と考えたが恐らくこういうことや。蠱毒を牛耳ってる奴らは警視局と通じている。あるいは……」

「警視局の内部の人間」

愁二郎が地を這うが如く言うと、響陣はゆっくりと頷いた。

「そういうこっちゃ」

「俄かには信じられんが……いや、むしろ腑《ふ》に落ちた」

日本中に新聞を撒いて参加者を募る。天龍寺を封鎖して外部と遮断する。金無垢《きんむく》の仏像を用意する。参加者を常に監視し、死んだ時には骸を始末する。これらが出来る組織がこの国にどれほどあるのか。警視局の人間が関与しているとすれば全て辻褄《つじつま》が

合う。

新聞を慌てて回収したのは警察に疑いを掛けぬため。あちらこちらで斬り合いが起こったとしても、死人が出たとしても、警察ならば上手く処理することが出来るだろう。

愁二郎は庄野宿と石薬師《いしやくし》宿の間の山道で、屍が如何に始末されるのかを隠れて窺った。屍を運んだのは巡査の制服を着ており、蠱毒を開催した者たちが扮装《ふんそう》しているのだと思っていたが本物だったということか。

「だが奇妙なところもある……」

愁二郎は疑問を口にした。蠱毒の黒幕が警視局内部の人間だとしたならば、赤山たちを殺すのになぜ警視局の者が警察署に乗り込むような真似をしたのか。しかも自らは殺していないと主張して、いつの間にか姿を晦《くら》ましたのである。そのようなことをせずとも、愛知県庁第四課に指示を飛ばして殺すように命じればよいではないか。

「多分、府県の四課にも知らせとらん。動いてるのは警視局の人間のみやないか」

天龍寺で京都府庁第四課の安藤神兵衛《あんどうじんべえ》が奴らを捕縛しようとして殺された。さらに三重《みえ》県庁第四課の尾鷲孫太郎《おわせまごたろう》が蠱毒に参加していたのも辻褄が合う。

「でも……何で警察が……」

双葉もまた信じられないのだろう。漏らした声は震えていた。

「それやな」

証拠は無いものの様々な状況が裏付けている。が、そこまで推理した響陣も、そのことだけは皆目想像も付かないという。

「何が目的だ……」

愁二郎も思案するものの一向に動機だけは見えない。しかし、それを考えている余裕もあまり無い。響陣は話を先へと進めた。

「まだ警視局の人間が関与していると決まった訳ではないが、蠱毒を途中で抜けることは出来へんことは判った。俺やお前はともかく、少なくとも双葉はな」

蠱毒から離脱すれば命を狙われるのは明白となった。己や響陣ならば返り討ちにすることも出来るかもしれない。が、もし警視局の人間が関与しているならば、幻刀斎と同様に家族に累が及ぶことも十分にあり得る。何より双葉ならば撃退することすら出来ないため、もはや選択の余地はなかった。

「浜松から先は一人に札を託す、ちゅうんも断念やな。全員でこのまま東京に行くしかないやろう」

響陣は言葉を継いだ。それが結論になるだろう。

双葉は肩を落としている。何らかの方法で蠱毒を離脱出来れば、一人に札を託して東京まで走らせる。これならば誰も死なずに済むかもしれないという双葉の案であった。しかし、試した末、その案は破れた。双葉としては、一筋の光が消えたような心持ちであろう。

「また他の道を探ろう」

愁二郎は双葉の肩に手を置いた。

「解った」

響陣も慰めるように言った。

「気落ちすることはないわ。双葉のおかげで警視局の人間が絡んでるかもしれんことが判ったんや。これはかなり大きい」

「そのことを踏まえて、手を打っておきたい」

「どうすんねん」

「政府にこのことを告げる。そうすれば真に警察の仕業かどうかも判るはずだ」

「そんなことしたら失格になるぞ」

響陣はやや焦りつつ止めた。蠱毒のことを外部に漏らすのは禁止されており、脱落と見做されてしまう。

「だから秘密裡にやる。それに……何か嫌な予感がする」

蠱毒を仕組んだのが警視局の人間かもしれないと聞いた時から、ずっと胸にざわつきを覚えている。やはり何度考えても、これほど大掛かりなことをするのは奇妙である。己たちが予想も出来ない、もっと大きな動機があるような気がしてならないのだ。

「そもそも誰が信じる。蠱毒の手が何処まで及んでるかも判らんのやぞ」

殺し合いをさせながら、東京に向かうような「遊び」を開催している者がいる。そんな奇想天外なことを告げたところで、誰が信じてくれるというのか。さらに警視局だけではなく、他の省庁にも仲間が入り込んでいることも十分にあり得る。響陣は危険が大きすぎると主張した。

「いや、一人だけいる」

絶対にこのような非道をせず、かつ己が決して嘘を吐かないと知っている人物。愁二郎には一人だけ心当たりがあった。

「誰や」

己の言葉に真を感じたらしい。響陣は目を細めて囁くように訊いた。

「大久保《おおくぼ》利通《としみち》」

「げっ」

響陣は素っ頓狂な声を上げて仰け反る。双葉さえも名は知っているようで目を瞬かせている。進次郎は己がおかしいのではないかといったような目で見ている。そうなるのも無理はないとは思う。

「お前、大久保利通言うたら内務卿《きよう》やぞ……」

響陣は我に返ったように言葉を継ぐ。

大久保利通は明治政府樹立に大功のある元勲であり、今は内務卿の職に就いている。名実共にこの国有数の要人であった。

「大久保さんならきっと信じてくれる」

未だ唖然とする皆に向け、愁二郎は凛然と断言した。

二

愁二郎らはそれからすぐに旅籠を出た。池鯉鮒宿は東西十二町三十五間。今風に言えば千四百メートルにやや足りぬほど。この旅籠は中心よりやや手前であるため、十分足らずで出られることになる。

大久保との関係を語れば長くなるため、道すがら説明するつもりであった。今は一刻でも早く報せることを優先したい。

「大久保は東京やぞ」

響陣は東京に急ぐのだと取ったらしい。響陣が昼夜全力で走っても三日は掛かる。しかも今は蠱毒の途中であるため、札を取りながら行かねばならない。文を書いて託すにしても同等か、それ以上の日数を要する。何より蠱毒の主催者が文を見逃さず、途中で奪い取ろうとするかもしれないのだ。

「昔ならな」

「どういうことや?」

響陣は怪訝そうに眉を顰めた。

「便利な世になったということだ」

「あっ、もしかして……」

双葉のほうが先に察しが付いたらしく声を上げた。

「電報だ」

「なるほど。その手があるか」

響陣は掌に拳を打ち付けた。

幕府が健在の頃から電報の技術はすでに日本に伝わっていたが、実用化されたのは今から九年前の明治二年（一八六九年）のことである。当初は東京、横浜での試験的なものであったが、文よりも遥かに早い便利な通信手段であることから瞬く間に普及し、明治八年（一八七五年）には全国で使えるようになった。それから三年経った今では、各府県の主要都市だけでなく、郵便局のある町では何処でも使えるようになっている。愁二郎はこの電報でもって、大久保に事態を伝えるつもりであった。

「何で気付かんかったんや……」

突然、響陣は口惜《くや》しそうに頭を掻いた。

「どうした」

「あいつらもこれを使ってるんや」

蠱毒を開催している連中のことである。奴らは人を配して常に己たちを監視している。愁二郎たちでいえば橡《つるばみ》と名乗った男だ。故に関所となる宿場で札を改められる。とはいえ、脱走した者の始末、死んだ者の骸の処理は監視者だけでは出来ない。

事実、愁二郎は庄野宿を過ぎた山道で屍を片付けるのを見たが数人いた。どのように連絡を取っているのか不思議であったが、電報を駆使していると考えれば腑に落ちる。

「あり得るな」

警察ならば民間とは別に独自に電信機を持っている。これを使えば一々郵便局に行かずとも指示を飛ばせるだろう。

「警察ならば、そもそも郵便局は使えないだろうしな」

愁二郎はさらに言葉を継いだ。

「こんなことだしね……」

双葉が頷く。蠱毒のことが外部に漏れないためにという意味だろう。それは間違っていないが、特に郵便局がまずい理由があるのだ。

「警視局と駅逓《えきてい》局は犬猿の仲だ」

「同じ内務省なのに？」

双葉は意外そうに眉を開いた。

「よう知ってるな」

響陣は感嘆の声を漏らした。

「父上が……」

双葉の亡き父栄太郎《えいたろう》は、これからは女も世の事を知っていかねばならないと常々語っており、新聞を取っては読ませていたという。父が死んで収入が途絶えたことで、おいそれと新聞も買えなくなったが、村で取っている者から数日分纏めて貰い、今でもしっかりと目を通しているらしい。

「同じ内務省だからこそだろう」

今から四年前の明治七年（一八七四年）、警視局の前身である東京警視庁が発足した。この時から内務省の管轄内ではあったものの独立した庁ではあったが、西南の役の後に内務省に統合されて一支局になったという経緯がある。

一方、駅逓局の前身は、会計官の下の通信担当という一役職に過ぎない。そこから民部省の管轄下に移る中で組織化されていき、大蔵省と統合された時に駅逓寮に昇格した。さらに大蔵省から内務省が分離した時に、そちらに付いていって駅逓局となった、という流れである。

つまり簡単に言えば警視局は降格の末、駅逓局は出世の末、内務省管轄内の二大局の地位になっている。警視局からすれば近頃幅を利かせている新参局、駅逓局としては落ちて尚尊大な古参局と互いに思っているのだろう。虎視眈々《こしたんたん》と独立省庁への復活を狙っている警視局としては、成果という点で絶対に負けられない相手でもあった。

「もともと仲が悪かったが……決定的になったのはあれだろう」

愁二郎は親指と人差し指だけを立てた。

「あれって？」

双葉は首を捻った。

「銃だ」

警察は軍隊と異なり銃の携帯を許されておらず、警邏は警棒のみで、一定の階級に上ってもサーベルの帯剣のみである。これでは凶悪犯を鎮圧するのは無理だとして、かねてから警視局は銃の装備を望んでいる。しかし、一向に認められはしないのである。

「何故、駄目なの？」

双葉はさらに尋ねた。父が元警官であることから、双葉も興味があるのだろう。

「警邏全員が銃を持っていたら、悪い奴に奪われやすくもなるやろう？」

これには響陣が答えた。

「確かにそうだね」

「それに警察そのものに暴走されたら困るからな」

警察は士族中心である。士族の反乱が続く中、それに同調する者が警察から出ないとも限らない。そうなった時、銃を持っていれば厄介極まりない。他にも不良な警邏が一定数おり、凶悪な事件を起こすことを恐れていることも一因としてある。ともかく、そのような事情から、政府は警察が銃を持つことを許していないのだ。

「でも何故、それが駅逓局と仲が悪くなる原因になるの？」

双葉はさらに質問を重ねた。

「郵便局員は持っているからな」

「えっ……知らなかった」

これは双葉だけでなく知らぬ者はかなり多いのだが、実は郵便局員は配達時に限って隠して拳銃を携帯しているのだ。これは官公庁の文書を奪われないようにするため、さらに明治五年（一八七二年）から書留が始まったことで現金を運ぶこともあり、強盗への対策として採用された。これに対して警視局は不満を露《あら》わにし、中には、

——何故、我々が許されず、飛脚風情が許されるのだ！

などと露骨な暴言を吐く者も続出した。これを境に両局の溝は一層深まったのである。

「それにしても、お前こそ詳しいな。他のことはあんま知らんのに」

響陣は皮肉交じりに言った。

「古巣だからな」

「何!?」

響陣は素っ頓狂な声を上げ、行きかう人たちの視線が一気に集まった。響陣は咳払《せき》いをして落ち着いて尋ねた。

「すまん。ほんまか」

「ああ、四年前まで。明治七年までは」

双葉も目を丸くして顔を覗き込む。

「愁二郎さんは郵便屋さんだったんだ……」

「隠していた訳ではないがな。話す機会が無かった」

「だからすぐに電報のことも思い付いたんやな」

響陣は納得の表情になった。

「ああ。岡崎には郵便局がある。そこから電報を飛ばす」

「そういうことか。なら急ぐか」

間もなく池鯉鮒宿も終わろうとしている。ここから次の宿場である岡崎までは、僅か一里二十五町。今風に言えば約六キロ半である。ゆっくり行っても一時間半ほどで着くだろう。

「その前に……」

愁二郎はちらりと振り返った。一歩後ろを進次郎が付いて来ている。進次郎の顔は紙の如く白く、目で見て判るほど肩を落とし、足取りにも力が無い。

「ああ」

響陣も苦々しく頷いた。

この池鯉鮒宿は三つ目の関門である。五点分の札が無くては通過出来ない。今、愁二郎ら三人が持っているのは合わせて二十六点。関門を通過することはできるものの、目標にしていた三十点には足りていない。そして進次郎が持っているのは、首に掛けた自らの分、一点のみである。

つまり池鯉鮒宿を抜けることは出来ない。戻って新たに札を集めるほかは無いのだが、進次郎の腕ではそれも難しいだろう。事実上、脱落といってよい。そして蠱毒において脱落が何を意味するのか。それは響陣と共にいた進次郎が誰よりも知っている。

三

「来たな」

路地からすっと姿を見せる男があり、愁二郎は呟いた。男は往来に出ると、己たちと並んで歩み始めた。

「嵯峨愁二郎様、香月《かつき》双葉様。改めに参りました」

蠱毒における己たちの担当であり監視者。橡と名乗った男である。

「洒落《しやれ》た恰好だな」

前回は和装だったが、此度は洋装に身を固め、深い帽子を被《かぶ》っている。どこぞの役人と言われても十分に納得出来る品の良さを橡から感じた。

「様々な恰好して紛れねばなりませんからね」

「今、俺たちは首の札以外は合わせて持っている」

「では、割り振って下さい」

「俺のは確かめへんのか？」

響陣が会話に割って入った。

「柘植響陣様ですね。柘植様は別の者が」

橡がちょいと首を振ると、宿場の出口あたりで立ち話をしていた若旦那風の男、職人風の男がぴたりと止めてこちらに近付いて来た。

「柘植響陣様。暫し止まって下さい」

「狭山進次郎様、確かめに参りました」

若旦那風、職人風と続けて言う。それぞれに担当がいるという訳だ。出来るだけ目立たぬようにと椽に促され、往来の脇に動く。

「お前、誰や。天龍寺で札を渡し、関宿で確かめた奴はもっと若かったぞ」

響陣は低く問い詰めた。

「配置変えです。私は柙《はこ》と」

「はこ？　けったいな……騙《だま》して奪おうて腹やないやろな」

「それは我々が保証致します」

椽が言うと、進次郎の担当の職人風も頷く。

「そうか。でも何で俺だけ変わんねん」

「柘植様は道を逸れて山へ、谷へ、森へ、そして木の上へ……並の者では追うのはかなり難しいと判断したのです」

「ほう。ならお前なら追えると？」

「そう思われての配置です」

響陣は小さく鼻を鳴らすのに対し、柙は不敵な笑みで応じた。

「杜《やまなし》……」

進次郎は喉を鳴らした。

「覚えて下さり光栄です。お連れが変わったのですな」

杜と呼ばれた職人風は、先の二人に比べればやや明るい調子である。

「一緒に話してもよろしいですかな？」

椽は他の二人も頷くのを確かめると、愁二郎らに向けて話し始めた。

「札を確かめる前にまずお伝えしておくことが。実は皆様が最後尾となります」

愁二郎と響陣は顔を見合わせて頷き合った。この蠱毒の「脱落」の定義を見極めるため、出来れば最後尾になりたいと思っていた。

宮宿では半ばより少し後ろくらいにいたはずだが、恐らくは戦人塚から今までかなりの時を費やしたことで、結果的に狙い通りとなった訳である。だが主催者が教えてくれるとは想定していなかったので、それだけは意外であった。

「わざわざ教えるとは親切なことだ。何か裏があるのだろう？」

「流石でございます。実は池鯉鮒宿を最後に通った者には、一寸したご褒美と罰があるのです。故に先にお伝えしました」

愁二郎は響陣と目での会話を続けた。それが何かを聞いたところで、椽らは教えることはないだろう。褒美はともかく罰が気になる。双葉を最後に通らせる訳にはいかない。

「しようか？」

　響陣は自らの鼻をちょんと指した。

「いや、俺でいい」

「解った」

　響陣も拘《こだわ》ることなく了承した。

「では、札を」

　椽は薄く微笑んで促した。首のものも含めて、響陣、双葉に五点を持たせた。それを椽、柙が続いて確認した。各々、三点分は、両端が朱に塗られた札と交換される。さらに最後尾の判定が宿場を出たところの可能性もあるため、響陣に託して双葉を先に行かせた。

「用心深いことですね」

　椽はふふと笑った。

「それぞれに担当がいる限り、ほぼ同時に札を確認するということも有り得るということだ。それでは最後尾がどちらかで揉めるだろう」

「ご名答。宿場を出た順です」

愁二郎らと、双葉らは三間弱ほどの距離。だがここに見えぬ境界線があるということだ。

「では、嵯峨様は……十六点でございますね」

「ああ」

愁二郎は交換された札を受け取ると歩を進めた。

「え……駄目！」

双葉が叫ぶが、愁二郎は口を結んだまま宿場から足を踏み出した。

「何で――」

双葉はこちらに戻ろうとするが、響陣が腕を摑んでそれを許さない。進次郎は項垂れ、全身を小刻みに震わせている。杜がそっと近寄る。

「狭山様、札は……一点ですね。もう後ろには誰もいません。真に残念ながら脱落となります」

杜が目配せをし、橡、柙がさっと進次郎の脇を固めた。進次郎の震えは大きくなり、唇は紫色に変じている。

「進次郎さんを助けて！」

双葉が大声で訴える。宿場を行く人の中には、物騒な言葉に何事かと注目している者もいた。

「香月様、静かに。それ以上は約束を破ったと見なします」

橡が目を細めて鋭く言った。掟という言葉を、柔らかな約束に即座に置き換えるあたり、橡はかなり賢しい。

「何で……札はあるのに」

札はまだ十六点ある。進次郎に分けてやっても皆が通れる。進次郎の首に掛かった一点を奪わなかったこともあり、双葉は皆で通るのだと思っていたらしい。

だがそれは別の理由である。札が奪われればその場で脱落が確定してしまう。もはや札を集めることが不可能になればどうなるのかを実験するため、進次郎の分を奪わなかったに過ぎない。

「双葉、きりが無い。俺たちが生き残るだけでも必死なんだ」

愁二郎は感情を押し殺して言った。確かに池鯉鮒宿は通れる。が、浜松では十点が必要であり、三人分の三十点にすら今は届いていないのだ。進次郎も連れて行くとなると四十点が必要となる。さらに島田《しまだ》では六十点。箱根《はこね》では八十点。先に行けば行くほど、一人の敵から得られる札の数は多くなると思われるが、相手はどんどん手強くなる。札を得る労力は格段に増すだろう。

「解っている……私だけでも十分お荷物だって……」

双葉が項垂れたことで、響陣もすっと手を離した。進次郎は明らかに狼狽《ろうばい》していたが、ぐっと拳を握って振り返ると、

「当然の報いだ。双葉、ありがとう……」

と、引き攣った笑みを見せた。自分の意志ではなかったとはいえ、進次郎は襲ってきた一味に加わっていた。それでも守ろうとしてくれた双葉に対し、精一杯の優しさで返したのであろう。

「待って！」

「香月様、それはなりません」

椽はさらに厳しい口調で制した。

「戻るのは駄目なの？」

「それは構いませんが……」

「解った」

双葉は言うなり駆け出した。

「双葉！」

愁二郎は手を伸ばしたが間に合わない。双葉は宿場の中へと戻った。響陣は髪を掻

き上げて苦い溜息を漏らす。

「何を……」

愁二郎は言葉を失って立ち尽くした。

「何故、愁二郎さんは天龍寺で私を助けてくれたの……？」

双葉は振り向かず尋ねた。

「それは……放っておけなかったからだ。見捨てれば、妻や子にもう二度と会えないと思った」

「私も同じ。母上に合わせる顔が無い。死んだ父上にも」

双葉の小さな背は震えていたが、続いた言葉は凛としたものであった。

「だから最後まで諦めたくない」

「香月様、もう後続はおりません。手段は無いと思いますが？」

橡が静かに窘《たしな》める。

「もしかして他の参加者が戻って来るかもしれないでしょう」

「確かに皆無ではありませんな。しかし、札を奪えばその者が脱落することになります」

「その人が沢山札を持っているかも」

「ふむ。それも有り得ます。だが結局は先延ばしするだけです。賞金を得られるのは、多くても九人だけなのですから」

「それまでに他に生き残る道が見つかるかもしれない」

双葉がなおも反論すると、橡もやや呆れ気味に答えた。

「なかなか頑固な御方だ。開催している我々がそれしか道が無いと言っているのに……」

「初めてでしょう」

「と、言うと？」

「こんなことをするの。なら貴方《あなた》たちも見落としている何かがあるかもしれない」

「確かに一理ありますな。しかし、困りましたな……」

橡がはっとする。その時、愁二郎もまた宿場の中へと戻っていたからである。

「嵯峨様もどうなさいました」

橡、柙、杜、三人ともに殺気が満ちる。ここで主催者側を斬って遁走する。そのような筋書きが頭を過ぎったのであろう。

「進次郎」

愁二郎はゆっくりと歩を進め、進次郎の手に札を握らせた。両端が青に塗られた、五点を意味する札だ。進次郎が唖然としながら顔を見る。

「これは……」

「使え。椽、これで六点だ」

「よいので？」

愁二郎が頷くと、すぐに杜が進次郎の札を確かめ、

「狭山進次郎様、確かに六点です。命拾いしましたな」

と、妙な明るさで言った。

「双葉、行くぞ」

「愁二郎さん……ごめんなさい……私も愁二郎さんがいなければ、ここまで来られなかったのに……」

双葉はか細い声で詫びた。

「お前の言う通りだ。全てを救うのは無理かもしれない。でも目の前の人を見捨てるようなことをして、会えるはずがない。思い出させてくれてありがとう」

「双葉、気にすんな。確かにそうやと俺も思った」

「響陣さん……」

双葉は今にも泣きだしそうになりながら頭を下げる。

「進次郎も行け。俺が最後になる」

愁二郎は戻ると決めた時からその覚悟であった。進次郎は命が助かったことで放心していたが、我に返るとはきと首を横に振った。

「いえ、二人が先に」

「気にするな。いいから行け」

愁二郎が手を振って促すが、進次郎は双葉のもとに近寄る。

「双葉、本当にありがとう。だから俺も恩返しをしたい……役に立ちたい。最後に行かせてくれ。お願いだ」

進次郎は熱の籠もった声で言い切った。腹を括った顔をしており、頑として退かないことが伝わったのだろう。双葉も迷いながらも最後には頷いた。

「ありがとうございます」

「愁二郎さん」

「いいのだな」

進次郎が改めて頷くのを確かめると、愁二郎は双葉の手を引いて宿場を出る。それから少し後、進次郎もまた遂に宿場の外へと足を踏み出した。その顔には安堵、そして決意の色が浮かんでいる。

「狭山進次郎様、池鯉鮒最後の通過者です」

杜が判り切ったことを宣言する。

「どうなるのだ」

進次郎は訊いた。

「何……大したことではございません」

杜は笑みを浮かべながら近付いて来て、

「札を頂きます」

と、大きな手を差し出した。それが罰だと考えたのだろう。進次郎が素直に今しがた受け取ったばかりの札を渡そうとするが、杜は頭を横に振った。

「首の札もです」

「失格になるのだろう？」

「いいえ。今は特別です。新たな札と交換させて頂きます」

進次郎は恐る恐る首の札を取る。番号は二百六十九番であった。杜は札を受け取ると、懐から新たな札を取り出した。

「どうぞ」

「これは……」

進次郎は掌の札を凝視する。愁二郎もその異質さに眉を顰める。杜が手渡した札は墨を塗られたように、いや墨そのもののように漆黒であったのだ。

「黒札と申します。これには十九点の価値があります」

「え……」

進次郎は驚きに言葉を詰まらせた。

「えらい中途半端やな」

響陣が割って入ると、橡が大きく頷く。

「黒札は通常の札とはまったく別のもの」

橡が視線で促し、杜が再び話し始める。

「黒札はこの池鯉鮒宿までに紛失した札、その全ての点数が付与されます。ここまでに消えた札は十三枚」

「そこに進次郎の六点を加えて十九点か」

響陣は二度、三度頷いた。

「左様でございます」

「それだけではないのだろう」

愁二郎は低く迫った。杜は褒美と罰の二つがあると言った。十三点が付与されるだけならば褒美しかないことになる。

「はい。まず黒札も決して取ってはなりません。島田宿までは先ほどのように細かい札に割ることも出来ません」

「島田宿に着けば割れると？」

「はい。次の関所は浜松。その次の関所ですね。また、関門を再び最後に通ると失格になります。申し上げられるのは以上となります」

杜は一気に説明を終え、進次郎に向けて会釈をした。

――どういうことだ。

愁二郎は顎に手を添える。響陣もまた訝しがっている。これでは褒美が大きく、罰があまりに少ないように思えるのだ。その時、橡が一歩踏み出した。

「嵯峨愁二郎様、香月双葉様。黒札の説明はもうお判りになりましたか？」

「おい」

柙が何故か制止する。

「最速にて……というのが決まりのはず」

橡は意に介さず一瞥をくれるのみであった。

「理解した」

「うん」

「よろしい。では説明は省きお伝えします。最後尾は二百六十九番、狭山進次郎。十九点。現在、池鯉鮒宿を出たばかりです」

「一緒にいるから知っているけど……」

双葉は当然とばかりに首を捻った。柙は小さく舌打ちをし、響陣に向けて話し始めた。

「柘植響陣様。黒札の説明は……」

「いらん」

「最後尾は二百六十九番、狭山進次郎。十九点……池鯉鮒宿を出ました」

柙が言い終わるや否や、愁二郎が声を上げる。

「響陣！」

「ああ、急ぐぞ」

双葉、進次郎は意味が解らないようで戸惑う。

「とにかく今は距離を稼ぐ。進め！」

愁二郎がさらに捲《まく》し立てた。

「よき旅を」

椽が深々と頭を下げ、他の二人も続く。愁二郎たちも一斉に動き始めた。歩いていてはいけない。かといって全力で走って体力を奪われる訳にもいかぬため小走りである。

四

「どういうことです!?」

進次郎が走りながら訊いた。

「お前を狙いに来る」

「誰が……」

「蠱毒に参加する全ての者だ」

「なっ――」

進次郎は絶句して脚の回転も弱まる。

「止まるな。今のうちに距離を稼がなあかん」

響陣も状況を理解しているようで、進次郎の背を叩きながら追い抜いた。

「こう来るとはな」

横に来た響陣に向け、愁二郎は前を向いたまま言った。

「ああ、よう考えてある」

響陣の言う通りである。蠱毒には二百九十二人が参加しており、それぞれが初めに一点を有している。最後の品川《しながわ》宿を抜けるには三十点が必要であり、九人は突破出来る計算である。

だが戦いの中で消える札も必ず出て来る。例えば愁二郎が斬って渡月橋《とげつきょう》から落ちた立川孝右衛門《たちかわこうえもん》の札も、警察署に出頭させた川本寅松の札も回収出来ていない。そのような札がある以上、実際は東京に入れるのは九人より少なくなるのではないかと考えていた。だがこの「黒札」がこの後ずっと存在するならば、蠱毒の中に存在する点数は常に二百九十二で一定になる。

「何故、進次郎さんが!?」

双葉が軽く息を弾ませながら訊いた。

「名前、居場所、点数を他の参加者に報せる。それが黒札の罰だ」

先刻、橡は己たちにそれを告げた。一緒にいて判り切っているにも拘わらず。つまりそういうことなのだ。

他の参加者にも進次郎の情報は届く。最後尾の担当者、つまりこの場合は杜から、それぞれの参加者の担当者に伝える決め事なのだろう。その時、使われるのは恐らくは電報。早ければ今日中には全参加者が知ることになる。

「お前一人で十九点。しかも、待ち受けていれば後からやって来る。皆からすれば喉から手が出るほど欲しい獲物だ」

「そんな……」

進次郎は顔を引き攣らせた。

「押し付けてしまって……」

双葉が心苦しそうに零すのに、愁二郎は首を横に振った。

「いや。双葉、お手柄だ」

「えっ……私は何も……」

「橡は口を滑らせた」

双葉と問答をしている時、

――だが結局は先延ばしするだけです。賞金を得られるのは、多くても九人だけなのですから。

と、橡は言っていた。今まで東京まで行くことしか教えられておらず、その後に何をやらされるのかは全く秘匿されていた。故に双葉を東京に入れてよいものか判らず、響陣と共に東京府外に残る案を検討し、それに伴って脱落の定義を探って来たのだ。

だがあの発言が真ならば、最後の一人になるまで戦う必要がないことになる。つまりは双葉を含めて東京に入っても、皆で生き残れるということだ。

「これで一気に展望が開けたな。でもあれは……」

「俺も同じことを考えていた。わざとではないかということだな」

愁二郎が言うと、響陣は軽やかに走りながら頷いた。

少し話しただけだが解る。橡は理知的であり冷静沈着な男である。そのような男がうっかりと口を滑らせるのかということだ。

「敢えてあの場で教えたしな」

橡が語り始めた時、柙が止めようとしていた。それはあの場ですぐにあの文言を吐けば、罰の内容に勘付かれる恐れがあるためである。柙としては少し時をずらして誤魔化したかったのだろう。つまり橡はあそこで助け船を出したということ。それが口を滑らせた訳ではなく、暗に手掛かりを与えてくれたと考える理由である。

「でも、何で蠱毒の人が私たちにそんなこと……」

双葉が疑問を口にした。

「味方という訳ではないだろうが、好意は抱いているのかもしれない。そして、それは俺たちじゃあない。多分、双葉。お前にだ」

「え……私？」

双葉は意外そうに目を丸くした。双葉が進次郎を救おうとした時から、橡の表情に僅かに変化があった。あくまで予想であるが、双葉に対して何か想うところがあったのではないか。

「蠱毒を主催する者たちからすれば、双葉は全てが予想外の存在なのだろう」

現に双葉でなければ、愁二郎はこうして助けることも無かった。響陣も手を結ぶことを考えなかったはずだ。彩八、カムイコチャ、右京、三助と、皆が双葉に関わって、

——蠱毒らしからぬ。

行動を取って来たのである。橡の心境にも何か影響を与えていたとしても何ら不思議ではない。最も強い者が生き残る蠱毒において、皮肉なことに最も弱いであろう双葉が鍵を握っているような気さえしてくる。

「ともかく他の参加者に知られる前に少しでも距離を稼がなあかん。せめて岡崎で邪魔されたくはない」

響陣はそう言うと、進次郎の尻を叩き、

「だから走れ」

と、発破を掛けた。進次郎は口を結んで頷く。

「今のうちに聞いておきたい。この速さやったら話す余裕あるやろ？」

響陣はこちらに話を振った。進次郎、双葉の二人は喋る余裕はないだろうが、脚を合わせている己たちにとっては問題が無い。

「ああ。大久保さんの話だな」

「お前、知り合いなんか？」

「昔な」

「お前が身を寄せてたんは土佐《とさ》やろう」

「その前に最初、少しの間だったが薩摩《さつま》に面倒を見てもらっていたのだ」

京に血の雨が降っていた十数年前、響陣は幕府の命を受けて志士の動向を探っており、当時は「刻舟」と呼ばれていた己の動向もその対象だったという。ゆえに、己が薩摩と縁があったのを知らないのが不思議らしい。

「俺が山を降りた時のことは話したな」

鞍馬山から逃げ出した後、一度は東京に行ったものの、遠くに逃げるより、血生臭い者で溢れ返る京に敢えていたほうが、幻刀斎に見つからないのではないか。愁二郎はそう判断し、京での活動が活発な藩に目星をつけ、自らの剣を売り込んだ。この時、最初に乗って来たのが薩摩藩であった。

「ちょうど薩摩が、とある男を藩に招いたところでな」

「とある男？」

「開成所《かいせいじょ》の講師の男だ」

開成所とは薩摩藩の蘭《らん》学校である。当時、薩摩藩は藩内から登用するだけに留《とど》まらず、これはと思う者を勧誘して講師にしていた。その男もそのうちの一人。出張でしばし京に滞在することになったが、何者かが命を狙っているという情報が流れてきたという。

「話せば長くなる。ともかく薩摩はその男を守りたかった訳だ」

「待て。薩摩藩なら桐野利秋《きりのとしあき》……いや、中村半次郎《なかむらはんじろう》がおるやろ」

薩摩藩きっての豪剣遣いで、数々の暗殺に携わったとされており、

――人斬り半次郎。

の異名を持つ男である。その強さは尋常ではなく酷く恐れられていた。人斬りにしては稀有なことに、明治に入ってからは軍人として少将にまで上り詰

め、名も桐野利秋と改めた。だがその半次郎も西郷隆盛《さいごうたかもり》に付き従い、昨年の西南の役で戦った末に死んだという。

ともかくそのような達人がいるのに、愁二郎を必要としたことを、響陣が奇異に思うのは無理も無かった。

「俺も詳しいことは判らない。だが、開成所に対して、藩内でも色々と思う人間がいたようだ」

「なるほど」

明治政府は薩長土肥《さっちょうどひ》が中心となって樹立された。故に若い者の中には、それらの藩は一貫して倒幕派だったと思っている者もいる。が、実際はどの藩にも佐幕派が一定数いた。さらに偏《ひとえ》に討幕派といっても武力の行使を厭《いと》わぬ過激派、話し合いでの解決を望む穏健派、他にも様々な思想の者がおり、藩の方針が二転、三転することは珍しくはなかった。当時、薩摩藩も藩内で議論が分かれており、そうしたことが影響し、半次郎を使えなかったのだろう。

「俺が京に来た頃はちょうど、土佐藩がひどくごたついていたしな」

かつて土佐藩では勤皇派が実権を握っており、中村半次郎にも勝るとも劣らぬ岡田《おかだ》以蔵《いぞう》という人斬りを使って幕府の要人の暗殺を行っていた。しかし、ある時を境に、この岡田以蔵の制御が利かなくなり、やがては行方不明となった。

だが、京で潜伏しているのを発見され、岡田以蔵は土佐藩に送還された。そして激しい拷問の末、斬首に。しかもこの時、藩監察の井上佐《いのうえさ》一郎《いちろう》殺害を自白したことから、岡田以蔵だけでなく、藩内の勤皇派が次々処刑されることとなった。

「土佐に移ったのは、それらの騒動が幾分落ち着いてからだ」

岡田以蔵の代わりを探していた土佐藩に、薩摩藩が愁二郎を紹介したという訳だ。

「薩摩藩邸に身を寄せていた時に世話をしてくれたのが大久保さんだ」

「西郷やなくか？」

西郷隆盛のほうが面倒見の良い印象を持っているのは、何も響陣だけではないだろう。

「ただでさえ多忙な時期だ。あんな大物は俺なぞ構う暇は無い。薩摩藩士に頗る好かれて常に囲まれていて、話し掛ける隙なんてありはしない」

当時から西郷は薩摩藩士から絶大な信頼を寄せられていた。余所者の愁二郎としては、近づき難い雰囲気があったのは確かだ。

「それに比べて、大久保さんは一人でいることが多かったからな」

時に愁二郎を始め、囲っている浪人の詰め部屋にふらりと現れる。別段、世間話に

花を咲かせる訳ではないが、

——不便があったらいつでも言ってくれ。

などと気遣いをしてくれた。それは藩邸の外でも同じで、危ない時代、最も危ない地にも拘わらず、一人で出掛けることも間々あった。ある日、大久保が一人で出かけようとする時、

——念の為に共に。

と随行を申し出ると、大久保は拘りなく許した。以後、大久保が外出する時、どちらから声を掛けるでもなく、愁二郎が護衛を務めることが多かった。その後、徐々に打ち解けていくにつれ、大久保の人となりを知ったという訳だ。

「そういうことか」

響陣は得心の声を上げた。

「真に知らなかったのか？」

「その頃、江戸に呼び戻されたからな」

「戊辰《ぼしん》の戦では大久保さんに助力を乞われ、途中から薩摩の浪人部隊にいた」

「上野《うえの》は？」

ちらりと横を見て、響陣は訊いた。江戸城無血開城に納得しなかった旗本、御家人

が中心となり上野寛永寺《かんえいじ》に立て籠もった。後に上野戦争と呼ばれる戦いである。

「出た」

「俺もや。まさかお前とやり合ってるとはな」

武士がいた時代には敵味方で、武士が消え去った今は共に。違いはあるものの、己たちはずっと戦い続けている。愚かさを感じているのは愁二郎だけではないのだろう。響陣も自嘲気味に口元を緩めていた。

五

一時間もせずに岡崎宿に辿り着いた。今の所、参加者に黒札のことは伝わっていないようである。そうでなくても敵には気をつけていたが、幸いにも襲撃を受けることも無かった。宿場に入ってすぐに郵便局の場所を尋ねると、愁二郎たちはそのまま向かった。

郵便局といえば、東京では西洋造りの洒落たものが多いが岡崎のそれは違う。並よりも大きいものの外観は民家そのものである。

東京や大坂《おおさか》などでは新たに建造されたものが多い。だが他の場所では、一気に全国に郵便制度を広めるため、庄屋、裕福な商家、名士などが郵便局の仕事を委託された。彼らは自らの家や、離れを用いて郵便局を開き、それなりの報酬を得ているのだ。

愁二郎は岡崎郵便局に駆け込むと、局員が茶を啜っているところだった。歳は二十半ばであろう。この家の縁者、家人だった者かもしれない。郵便局ではそのような縁故採用が黙認されており、このように真面目とは程遠い者も多いのだ。

「電報を打ちたい」

愁二郎が頼むと、局員は茶碗《ちゃわん》を置いて間延びした返事をする。

「はいはい。ちょっとお待ちを。用紙は何処だったかな……ありました。何処までですか？」

「東京だ」

「東京までの値段は……十三銭ですね」

電報は同一局の範囲内で五銭。隣の局になるたびに二銭ずつ加算されていく。例えば東京から横浜ならば七銭、名古屋《なごや》で十五銭、大坂二十五銭、小樽《おたる》四十八銭といった具合だ。

一度に送れる文字数は二十字まで。さらに十字追加するごとに、決められた値の半額が加算されていく仕組みだ。

「至急連絡求む。岡崎にて受ける。嵯峨刻舟……これで頼む」

「ええと、切り上げで二十銭ですね。宛先は何処です？」

そう言うと、局員は茶の残った碗に口をつけた。

「霞《かすみ》が関《せき》の内務省庁舎。大久保利通だ」

愁二郎が言うや否や、局員は茶を噴き出した。

「今何と……聞き間違えじゃなきゃ……」

「間違いではない。内務卿宛てに送って欲しい」

「いやいや……」

局員の顔から血の気が引いていく。単純に送ることを恐れているというより、脅迫文を送ろうとする昨今流行《はや》りの不平士族と思われたのかもしれない。

「俺は大久保さんと知己だ」

「信じられると思いますか……」

局員は愁二郎を舐《な》めるように見て、さらには双葉たちも見渡して続けた。

「そもそも省庁相手に送る場合、官吏である証《あかし》がなければ無理なのです」

「そのような規則があったか？」

「二年前からですよ。よからぬことを送る輩が続出しましてね」

局員は嫌そうな顔で手を横に振った。完全に当てが外れてしまい、愁二郎は顎に手を添えて考え込んでしまった。

「どうする。俺が走るか」

響陣の提案には答えず、愁二郎は局員に向けてさらに言った。

「上申電報は打てるな」

「何故それを……」

上申電報とは、その名の通り「上に申し送る」電報である。各局で危急のことがあった時、上に事態を報告して指示を仰ぐのである。

「俺も元は東京で局員をやっていた」

「なるほど。しかし、何も危急がある訳じゃ――」

局員は言い掛けて声を詰まらせた。

「そうはしたくない」

愁二郎が刀の柄に手を掛けて鯉口を僅かに切ったのだ。

「しょ、正気ですか」

「大真面目だ。やれ」

愁二郎が低く命じると、局員は観念したように震える声で答える。

「な、なんと……」

「大久保に伝えたいことあり。嵯峨刻舟。最上で送れ」

「最上ですか!?」

上申の中でも、特に危急を要する時、上役をすっ飛ばし、組織の最も上に報告することが出来る。とはいえ、電報が普及してから使われたのは数度しかないはずである。

「悪戯《いたずら》と思われるでしょう。私が叱責を受けます……」

「心配ない。そうはならない。頼む」

愁二郎が頭を下げると、局員は渋々ながら電報を打った。

「ああ……打ってしまった……」

局員は頭を抱えて呻いた。少し待っていると電報が動いた。返信である。少なくとも三十分はここで待つつもりだったが、運よくすぐに届いたらしい。

「え……」

「何と」

絶句する局員に向け、愁二郎は低く訊いた。

「仔細《しさい》を頼む……と。どういう訳なのです？」

まさかの内容に、局員は訳が分からぬといった様子である。

「返信出来るか」

「はい」

咎められなかったことで、若干安堵したのだろう。局員の声に張りが戻って来た。

「いや、俺が打ってよいか。お前は知らぬほうが良い」

これは蠱毒の掟の一つ、

――他言してはならぬこと。

に違反することになる。今、電報で伝えている相手は信頼出来るし、決して口を割らないだろう。だが監視されている以上、この後にこの局で何をしていたか、この局員は訊問を受けるかもしれない。その時、内容を知っていれば、局員も殺される可能性がある。

「上の了承が出ているみたいなので……それは構いませんが」

「代わる」

愁二郎は裏へ回り電信機の前に座った。己が辞める直前に電報はみるみる普及していった。故に操作は出来る。

――人払いが望ましい。

愁二郎はまずそう打電した。すぐに承知と返事が来る。あの男は電信機を操作出来る。いや、むしろ誰より長じているのではないか。

――豊国新聞を知るか。事実なり。五月五日に天龍寺に二百九十二人集まる。我も一人。

愁二郎は冒頭から説明を始める。電信機の音だけが響く中、皆が固唾を呑んで見守る。響陣は見張りをするために外に出て、局員は進次郎と双葉に、かなり慣れてらっしゃるなどと話しかけていた。

蠱毒の概要、まだ憶測であるが警視局の人間が関与しているのではないかということ、そして内務卿大久保利通にこのことを伝えて欲しいこと。電報で繋がる相手から困惑の色は感じられないことから、ある程度は何かを摑んでいたのかもしれない。十五分ほどで一切合切を伝え終えると、

――十二日正午、浜松にて返事を受ける。

と、最後に打電をして電信機から手を離した。

「終わった。驚かせて済まなかった。これはあんたへの礼だ」

愁二郎は五十銭を渡しながら続けた。

「この後、もし誰かがここを訪ねて来て、俺が何をしていたか訊かれた時は……これを見せてくれて構わない」

愁二郎は電報の申し込み用紙に小筆を走らせた。

「打っておきますか？」

局員が尋ねる。電信機に記録は残らないため、わざわざ打つ必要は無い。愁二郎はほんの少しだけ間を取って、

「頼む」

と、短く答えた。局員は微笑みながら頷き、

「お名前は？」

と、尋ねた。

「空けておいてくれ。必ず解ってくれる」

蠱毒の掟には反していないが、幻刀斎がいる今、自らの名は記さぬほうがいい。局員はすぐに打電する旨を伝えて控えを渡した。

皆で局の外に出ると、響陣は首の後ろで手を組んで壁にもたれ掛かっていた。見張りと悟られぬような配慮である。

「大久保には伝えられんかったんやろう。なら相手は誰や？」

「駅逓局の最も上だ」

「ちゅうことは……」

「ああ、前島密《まえじまひそか》」

今しがた、電報を通じて会話していた相手の名を告げた。

前島密。初名は上野房五郎《うえのふさごろう》。越後国頸城郡下池部村《えちごくびきしもいけべ》の豪農の次男として生まれ、長じて江戸に医術を学びに留学。その時に蘭語、英語も学ぶ。さらに箱館で航海術を学び、学者として世に広く知られるようになる。

明治に入ってからは役人となって様々な役職を歴任し、郵便制度創設を太政官に建議すると、英国に渡って郵便制度を視察した。

帰国後、明治四年（一八七一年）に自らが駅逓頭となって郵便制度の創設に力を注ぐ。その後も、電報、為替なども開始させ、今なお駅逓局長として郵便制度の発展に寄与している。この国の郵便制度の父とも言うべき男である。

「お前……前島とも知り合いなんか」

大久保と面識があると知った以上、響陣の驚きも前よりは少ない。己が元郵便局員であることも知っている。とはいえ、一局員で前島と話すことは無い。それなのに電報ですぐにやり取りし、突拍子もないことを信じてくれたことに疑問を抱くのも無理はない。

「ある男を護衛するため、俺は薩摩藩に招かれたと言っただろう？」

「確か開成所の……そういうことか」

「ああ、あれが前島さんだ」

薩摩藩は前島を開成所の講師として招いたものの、藩内でこのことを快く思わない保守派の勢力がいた。さらに、前島が西洋学問に傾倒していたことから、藩外の尊攘派にも命を狙われていた。

どちらの立場からも、京への出張期間は前島の命を狙う絶好の機会。そこで護衛を付けることになり、己に白羽の矢が立ったという訳だ。後に江戸に遷都するように大久保に献策したのも、実はこの前島であった。如何に前島が先見性に優れ、薩摩藩から信頼されていたかが判るであろう。

「その時にか」

「実際、守ったこともある」

その程度の表現に留めたが、前島は奔放な性格であり、止めても出歩くことが多く、合計三度の襲撃を受けた。その全てで愁二郎は剣を振るい、延べ十一人を屠った。

「その縁でな。維新後、局員に誘ってくれたのも前島さんだ」

「ようやく繋がったわ」

倒幕に携わった武士のうち、学問に乏しい者は軍人か警邏が相場である。駅逓に入るものは皆無といってよいから、響陣は訝しんでいたのだろう。

事実、愁二郎にも警邏の誘いはあった。だが二度と剣は握りたくないと断ったのである。その時に、

――うちならどうだ。飛脚のようなもんさ。

と、誘ってくれたのが前島密であった。

「それで郵便屋さんに……」

「あの人のお陰だ」

声を漏らす双葉に向け、愁二郎は微笑みを向けた。

「よし。お前の兄弟と落ち合うのも、調査の報告を受け取るのも、浜松ちゅうことやな」

響陣はぱんと手を叩いた。

「浜松は三つ目の関所でもある。一人十点だな」

「進次郎が最後尾として十三点を得たから、四人の合計は四十点。点自体は足りとる

が、黒札は割れん。あと九点必要や」

浜松もまた四人でという言葉を受け、進次郎は口を窄《すぼ》め、その目には涙が浮かぶ。

「どうせ勝手に寄ってくるだろう」

「やろな」

「行こう」

愁二郎は皆を見渡して力強く言った。事態は厳しくなる一方だが、ほんの少しずつ希望が見え始めて来た。

皆で動き出して暫くした時、双葉が思い出したように、

「何て電報を打ったの？」

と、尋ねた。双葉はもはや宛先は聞かずとも解っているらしい。

「これさ」

愁二郎が控えを見せると、双葉は満面の笑みを浮かべて弾けるように頷いた。

控えを残しておく必要は無い。愁二郎は再び受け取ると、放り上げて吹き抜ける風に乗せた。風は紙を晴れ上がった空へと巻き上げていく。

宛先は神奈川《かながわ》県府中《ふちゅう》の自宅。内容は、

――カラダイタワリマテ　カナラズカエル

というものである。

――残り、五十四人。

伍《ゴ》ノ章　天明

＊

艶《なま》めかしい音曲の音が漂う中、仏生寺弥助は盃《さかずき》をくいと呷《あお》った。すぐに芸妓《げいぎ》が酌をしようとする。この席では芸はいらぬ。酌だけをすれば良いと命じてある。芸妓の手が微かに震えている。己が余程恐ろしい顔をしているのだろう。

祇園新地《しんち》の山緒《やまのお》という料亭である。今日はここで、とある男と待ち合わせをしているのだ。間もなく来るはずだが、弥助はそれすら待てず自然と胡坐《あぐら》をかいた膝が揺れた。

「もう一献」

注がれるなり、弥助は盃を空にする。さきほど新たな酒が来たばかりなのに、すでに無くなったらしく芸妓は外に向けて注文した。

弥助が京に出て来たのは二月のこと。すでに半年近くの月日が経った。その間は如何なるものだったのかと聞かれれば、

——最高。

の一言に尽きた。

まず酒が美味い。上方の酒はそうだと聞いていたが噂以上であった。腕の良い料理人も多いため飯も美味い。さらには女も良い。江戸の女も悪くはないが、京女には筆舌に尽くし難い気品がある。

ただこれらには金が掛かる。長州藩から勇士組に金は出ているが、それだけでは満喫するには足らぬ。だが京では簡単に己で金を作れる。

攘夷の為だと嘯《うそぶ》き、富商から金を押し借りする浪士が後を絶たない。もっとも借りると言ってはいるものの、返すつもりなどさらさら無い。ただ浪士たちに乱暴をされては敵わぬと、すんなりと金を出して来る。

これは攘夷浪士だけでなく、それを取り締まる連中も同様である。近頃、会津《あいづ》藩預かりで、攘夷浪士を取り締まる壬生浪士組《みぶろうしぐみ》なるものが出来た。彼の者らもまた、理由を付けて商家から金を巻き上げている。つまり京では、強き者は容易く金を生み出せる。

先日、弥助もとある富商から、

――何かあれば守ってやる。

と、肩を叩いて三百両を借りた。その金もすでに半分ほどに減っているが、また無くなれば別の商人から借りればよいだけだ。

また京には、江戸には無い愉《たの》しみがある。今、京には腕に自信のある連中が続々と集まっている。それと対峙出来るだけでなく、

――斬る。

ことが出来るのである。長州藩は攘夷に反対する奸賊《かんぞく》を次々に斬っている。が、警戒されて、腕の良い警護を付ける者もかなり出て来た。そのため長州藩の被害も日を追うごとに増え、腕の立つ者を求めた結果、出来たのが勇士組である。詰まるところ、弥助の役目は長州藩の矛となり、そのような奸賊を斬ること。自然、警護とも刃を交える。

――世は広い。

弥助は率直に思った。江戸では戦ったことが無いような達人がいるのだ。それは対峙してすぐに判った。

弥助は昔から、剣を握る者の背に「陽炎のようなもの」が見えた。それの大きさ、

立ち上る勢いが、則《すなわ》ちその者の強さに直結しているのだ。

眉唾のように思われるため、多くの者には語ってはいない。だが師の斎藤弥九郎は、それは天賦の才であろうと言っていたことはある。

京で刃を交えた者たちの肩には、決まってその陽炎のようなものが雄々しく立ち上っているのだ。これほどの大きさ、勢いのそれは、江戸では師の他には殆《ほとん》ど見たことが無い。

彼らの腕は師より劣る場合が多い。では何故、師と同等の陽炎を纏っているのか。恐らくそれは、殺意に起因しているのではないか。恐らく相手を殺そうとした時、人の実力は何倍にも跳ね上がるのだろう。

約半年、弥助はそのような者たちをずっと相手にして来た。だが、後れを取ったことはただの一度も無い。殺すという意志が人を強くするならば、それは己もまた同じはず。これまで愉快な戦いの果て、多くの者を斬って来た。十人ほどまでは数えていたが、今は幾ら斬ったのかも覚えていない。恐らく三十人は下らないのではないか。

実に愉しかった。つい先日までは――。その日を境に、酒は水のように、飯は砂のように、女は綿の如く感じて不快極まりなくなっている。

「来たか」

弥助は味の無い酒を呷り、盃を勢いよく置いた。

「待たせたな」

襖を開けて入ってきたのは、恰幅《かっぷく》の良い男である。鉄扇をひたひたと手に打ち付けながら中に入って来て、用意された膳の前にどかっと腰を下ろした。

男の名を、芹沢鴨《せりざわかも》と謂う。元は水戸《みと》藩士で、尊王攘夷の急先鋒である天狗党《てんぐとう》にも属していたこともある。今は件《くだん》の壬生浪士組の局長であった。

いわば己とは敵味方の間柄である。だがある日、弥助が商家を脅していた時、芹沢もたまたまそこに押し込んだ。本来ならばそこで争いになるべきところだが、その光景に滑稽味を感じて弥助が噴き出したところ、芹沢も同じように感じたらしく呵々《かか》と笑い出し、「仲良く」商家から金を奪った。それ以来、親しく付き合うようになり、今では壬生浪士組のほうに移らぬかと誘われるほど。弥助もまた、それも悪く無いと思い始めていた。

「お前の探している男が誰か判ったぞ」

まず一献やり、芹沢は本題に入った。

先日、弥助は長州藩に命じられて、とある男を斬ろうとした。どうせ斬るつもりだったから男の名など覚えていない。だがその時、男には二人の護衛が付いていた。一人は上背のある三十歳ほどの男、もう一人は身丈が低い男。こちらは前髪が取れたばかりではないかというほど若い印象を受けた。

名を出すだけで、こちらが怯むと思ったのだろう。上背のある方が、

――壬生浪士組だ。覚悟せよ。

と、言い放ったので正体はすぐに知れた。

その時、弥助は内心で嘲《あざわら》笑っていた。いや、実際に嗤っていたかもしれない。何故ならば、男たちの陽炎が大したものではなかったからだ。

師の斎藤弥九郎を百とすると、上背のある男は五十ほど。若い男に到《いた》っては十も無い。これほど陽炎が少ないのもまた珍しく、そのような男が壬生浪士組にいることが可笑《おか》しかった。その直後、弥助は眉間に皺を寄せた。その若い男のほうが、

――下がっていたほうがいい。

と、上背のある方の胸を押して下がらせたのだ。てっきり強い上背のある方が上役だと思っていたが、どうも違うらしい。一体、壬生浪士組はどうなっているのだと考えた直後、弥助は唖然となってしまった。その若い男の背から、凄まじい勢いで陽炎が立ち上り始めたのである。師が百ならば、二百、いや、三百。陽炎の縁が滲んでおり、その大きさの果てが見えない。このようなことは、未だかつて無かった。

弥助は呆気に取られていたが、若い男はそれを許さなかった。向こうから斬り掛かってきたのである。吐き気を催すほどの鋭い一撃に、意志とは別に躰が勝手に後ろに飛び退いていた。

逃げの姿勢を見せた己が許せず、弥助は気合いと共に斬り掛かった。一合、三合、十合交えたところで若い男は、

——強ぇ。

と、言ってへらっと笑った。口ではそう言うものの余裕があるのは明らか。そもそもそのようなことを口走る時点でそうである。弥助は無我夢中で斬撃を繰り出すが、若い男はそれを受け、捌き、いなして、突きを繰り出してきた。弥助は首を振って紙一重で躱し、反撃しようとしたその時である。躱したはずなのに、何故か眼前にまだ鋩があった。突いた直後、すぐに刀を引いてさらに突きを放ったのだ。

これは弥助の頬を拔った。今度こそはと手に力を込めた時、

——何故だ。

弥助は絶句した。まだ鋩がある。三度の突き。いや、三度の突きで一つとなったほどの神業である。

次の瞬間、弥助は自らの肩を手で押さえていた。身を捻って貫くことは避けたもの

の、刃が肩を斬り割いたのである。

若い男は自身の突きに絶対の自信を持っていたのだろう。おお、と感嘆の声を上げたが、すぐに刀を構える。その背に上る陽炎の勢いがさらに増す。弥助は身を翻して逃げ出した。上背のある男が追おうとしたが、それを興味なげに止める若い男の声も耳朶に届いた。

弥助は長州藩邸に戻って事なきを得た。手当をされている間、弥助はずっと震えていた。堪え難き屈辱である。剣を握ってから、このようなことは一度たりとも無かった。それ以後、酒も、飯も、女も嘘のように味気ない。さらには人を斬ったとしても、

――己より強い男がいるのだ。

と頭に過ぎってしまい、無念で頭を掻きむしってしまう。これから脱却するためには、あの男を斬り、己こそが最強だと自らに示すほか無かった。

「下がれ」

芹沢は威厳の籠もった声で芸妓に命じた。二人きりになったところでようやく切り出す。

「上背のある方というのは、尾関雅次郎《おぜきまさじろう》という男。大和高取藩《やまとたかとり》の出で……」

「そちらはどうでもよい」

芹沢が語り始めるのを、弥助はぶっきらぼうに制した。己の意図を解っているはずだが、この男にはそのような意地の悪い所がある。芹沢はけけと可笑しそうに笑った後、手酌で盃に酒を注ぎながら、

「沖田総司《おきたそうじ》だ」

と、吐き捨てた。

「あれがか」

壬生浪士組は芹沢一派の他、武州多摩《ぶしゆうたま》の試衛館《しえいかん》の近藤某《こんどうなにがし》が率いる一派が元になって発足した。その近藤の門弟に、酷く腕が立つ男がいるというのが噂になっていた。その男の名が確かそれであった。

「あれは強いからな」

「強いなんてもんじゃあない」

心底悔しい。が、負け惜しみを吐くほど、剣に本気で向き合って来なかった訳ではない。京に来て世は広いと思っていたものの、己の想像以上だったというだけだ。

「で、どうする？」

芹沢は太い眉をくいと上げた。

「斬りたい。そうせねば俺はもう進めぬ。止めるならばお主といえども……」

「止めやしないぜ」

同じ壬生浪士組なのに、芹沢はあっさりと退いた。

「嫌いなのか？」

「いいや。むしろ好きなほうだ。だがあれがいると後々困る」

「解った。なら足取りが判ったならば教えてくれ」

「勝ち目があるのか」

「俺は戦えば戦うほど強くなる。次は殺る」

「そうか。沖田を始末したらうちに来るか？」

「そうさせて貰おうか」

「楽しみに待っておく」

芹沢は不敵な笑みを浮かべ、また盃に酒を満たした。

以降、芹沢から何度か繋ぎがあったが、なかなかその機会は無いらしい。沖田は酒や女をやらぬということで、外出は御役目のみが殆ど。御役目となれば沖田だけでなく、数人を引き連れている。沖田だけでも厄介なのに、それなりに遣う浪士がいれば勝ち目は薄い。

弥助が再戦の時を一日千秋の想いで待っていた時、己の周りに変化が現れた。他の勇士組、さらに長州藩の者たちが己に対し、妙に余所余所しいのである。

――まずいな。

勇士組の者たちが、こそこそと話しているのを盗み聞いた。芹沢と会っていることと、さらには浪士組に誘われていることが露見していたのだ。恐らくはこちらの不和を呼ぶように、浪士組が流言を流したのだろう。もっとも嘘ではなく、事実なのだから性質《たち》が悪い。

＊

一刻も早く浪士組に移りたいが、そうしてしまえば沖田と戦うのは今よりもっと難しくなる。どうしたものかと悶々《もんもん》としていた時、弥助を驚かせることが他にも起こった。

何と、あの絹が京に姿を見せたのである。一瞬、夢かと思ったがそうではない。己を追って京までやって来たというのだ。

「お前は……どうかしている」

弥助は絶句した。どのような屈強な男にも恐怖を抱かなかったが、絹のこの執念にはそれを感じたのである。

「付き纏って申し訳ありません……」

「そう思うならばすぐに帰れ」

「一生のお願いがあって参りました」

「一生の願いだと？」

弥助は恐々と尋ねた。

「ほんの一年。いえ、半年でも構いません。私と刀弥と共に暮らしては頂けませんか」

「刀弥も来ているのか」

「初めて名を……」

弥助が訊くと、絹の頬が緩んだ。振り返ってみると、己は子の名を呼んだことが無く、これが初めてであった。

「お前は正気ではない。帰れ」

弥助が蠅《はえ》にやるように手で払うが、絹は諦めることはなかった。

「刀弥はきっと弥助様に似たのでしょう。場末の道場ですが、すでに一番の――」

「知るか」

弥助がぴしゃりと断ち切った。絹の顔には焦った笑みが溢れ、それがどうしようもなく不気味だったのだ。

「今はそれどころではない。それに俺は強い男にしか興をそそられぬ。俺が殺したくなるほど、俺を殺せるほどの男にしかな」

弥助は呻くように続けた。わざわざそのようなことを口走ったのは、やはり頭の中に沖田のことがあったからであろう。ようやく観念したのか、絹は項垂れながら零した。

「せめて……姓を……」

絶縁されて実家の姓は語れぬ。せめて仏生寺の姓を名乗らせて欲しい。絹はぼそぼそと語った。

「仏生寺は俺が出《い》でた村の名から取っただけ。お主が出でたところから適当に付ければよいと言っておけ」

弥助はそう言うと、身を翻して足早に立ち去った。己を取り戻すために沖田を殺さねばならない。だが己は勇士組、長州藩からも疑われている。そこに加えてまさかの絹の急襲。忌々しさで頭が変になりそうで、弥助は天に向けて咆哮《ほうこう》した。

それから二月ほど経った八月八日、遂《つい》にその時が来た。その日、島原《しまばら》の料亭で勇士組、長州藩士での宴席があった。これ自体は珍しいことではない。ただ大層盛り上がって、常よりも早くから始まり、遅くまで続いた。弥助もしこたま酒を呑んだ。味がしないとはいえ、酔わぬという訳ではない。弥助も普段よりも過ごしたことで千鳥足になったほどである。島原からの帰り道、

「小便」

と、弥助は立ち止まって袴《はかま》をまさぐった。その時である。共に帰路に着いていた勇士組の者たちが、一斉に刀を抜いて斬り掛かって来たのである。

「くそ」

弥助は舌打ちをして腰間から刀を迸らせた。京の夜に高い音が響き渡る。まず一撃は逃れたものの、次々に打ち込んで来る。それを払い除けて一人を斬ったが、勇士組の者たちは怯むことはない。

「同門だぞ」

弥助は刀を振るいながら喚いた。勇士組の大半は練兵館からの仲間なのだ。

「だからこそ見過ごせんのだ！」

勇士組は猛攻を仕掛けて来る。一本向こうの通りを並走していたのだろう。さらに

辻という辻から、わらわらと人が飛び出して来る。長州藩の連中で、酒席に出ていなかった者たちである。この宴席、そもそも己を殺すために仕組まれたものだと悟った。流石にこの数はまずいし、他にも罠を仕掛けられているかもしれない。

「仏生寺弥助を舐めるな！」

弥助は鬼神の如く暴れ回り、十数人を斬って遁走した。内、五人ほどは絶命しただろう。手応えがあった。

弥助は長州藩邸に向かった。何故、この段になってそこに行くのか。愚かだと思うし、冷静ならばそうはしない。が、何処かでこの計画が長州藩の総意ではなく、一部の者の暗躍だと思いたかったからかもしれない。それほど己は矛として長州藩に尽くしたという自負もあった。が、それはやはり間違いであった。

「仏生寺弥助だ！」

と叫んだところで、藩邸の門はぴくりとも動かないし、応答があるどころか中は息を殺したように静寂であった。

――このまま浪士組へ行くしかない。

弥助はいよいよ腹を括って壬生に向かおうとしたその時である。辻の先から人の気配がした。いや、気配だけではない。弥助は確かに陽炎を見た。辻から零れ出るほどである。

「ここで現れるか」

弥助は低く呻いた。これほどの陽炎を発する者を、己は一人しか知らない。

――沖田総司。

である。このような時に出て来るなど、あまりに都合が良すぎる。考えられるのは、芹沢が己を長州側に売ったということ。あの欲の化身の如き男ならば、魑魅魍魎《ちみもうりよう》が跋扈《ばつこ》する京ならば有り得ない話ではない。

気配が、陽炎が動く。姿を露わにし、

「なっ……」

と、弥助は吃驚の声を漏らす。そこに立っていたのは沖田ではない。見知らぬ男。いや、厳密に言えば男とも呼べぬ童であった。

「物《もの》の怪《け》か」

弥助はそのようなものは信じていない。だが眼前の光景はそうとしか思えぬ。人だとするならば齢《よわい》十ほどか。腰には不釣り合いな長刀が捻じ込まれている。それだけでも異様なのだが、童から濛々《もうもう》とあの陽炎が立ち上っているのだ。

「酔い過ぎたか」

弥助は目を擦った。が、陽炎は消えぬ。それどころかなお一層強くなった。あの沖田にも勝るとも劣らぬほどに。茫とした月光と重なって見え、神々しささえ感じた。

「仏生寺弥助」

童は声を発した。それは弱々しいにも拘わらず、肌が粟立ち、背筋に悪寒が走る。これは一体、どうした訳か。己は夢でも見ているのか。

「何故、名を……」

「母上は死んだ」

「まさか……」

弥助は絶句した。

「母上はもう余命僅かだった。だから京に」

童の声からは温《ぬく》もりを一切感じず、顔が氷で出来ているのではないかと思うほど表情も冷たい。

「お前なのか……」

童は何も答えなかったが、弥助は確信した。

「強い者ならば会ってくれるのでしょう?」

童はひたひたと歩み寄る。一歩ごとに陽炎が噴出するように大きくなり、弥助は後ずさりした。

「馬鹿な……そんなことがあるか……有り得ないだろう……」

弥助はぶつぶつと独り言ちた。京で初めて沖田という恐怖を覚える男に会えた。が、京にまで来ずとも、すぐ傍《かたわ》らにその男はいたということになる。だが、このような童がという想いは拭い去れない。だが、間違いなく視《み》えるのだ。

「姓を。母上が」

童は声変わりもせぬ高い声で言った。

「そ、そのようなことは言っていたな……仏生寺の姓をやる」

「出でたところじゃあないの？」

「確かに。お前は仏生寺の生まれではないな。何処で生まれた？　それとも好きなものでもあるか？」

弥助は早口で捲し立てた。思えば己は何も知らない。それに何故、無様に餓鬼の機嫌を伺って阿《おもね》っている。やるせなさ、苛立ち、畏れ、全てが入り混じってもう訳が判らなかった。

「念のために藩邸の辺りも探せ！」

背後から聞き覚えのある声が聞こえた。ここにいてはまずい。弥助は脇を抜けて行こうとしたが、刀弥はふわりと場所を変えて遮る。

「ど、退いてくれ」

「嫌」

「退け!!」

弥助が走り出した時、童が腰に手を走らせた。

己の目が曇っただけ。そうでなければ説明が付かない。もはや仕方が無い。弥助の思考が一瞬で巡り、すでに幾人かの血を吸った刀を抜き打った。

月が落ちて来た。そう錯覚するような閃光が走った。

「ま……目は……」

喉に熱いものを感じ、弥助は膝から頽《くずお》れた。何とか躰を捻ろうとするが儘《まま》ならず、仰向けにどっと倒れた。

霞み雲すら無い。刀身の如く鋭い下弦の月が夜天に輝いていた。細いのに光は強い。それを遮ったのは、にゅっと出た無表情な童の顔であった。

「天《てん》……明《みよう》……そこから……来たのか……」

己がそうであったように、天は時に万人に一人の才を生み出す。だがさらに稀に億人に一人の才も生み出すらしい。天が放つ一筋の光明から零れ出たのか。そう言うつもりだったが、喉に血が溢れて言葉が詰まった。

「天明？」

童はひょいと首を捻るが、弥助の喉はもう動かなかった。光が弱まり、曇りゆく景色の中、弥助が最後に見たのは母親によく似た不気味な笑みであった。

一

郵便局のあった岡崎宿から次の藤川《ふじかわ》宿までは一里二十五町。御一新の後に導入された西洋の単位でいえば約七キロといったところ。

これより東は高原となっている。その入り口に設置された宿場ということもあり、ここで泊まる旅人も多い。そのため旅籠の数も大小三十六あり、それなりの賑わいがある。

「こっから先やな」

その藤川宿を抜けた時、響陣が話し掛けてきた。

「ああ、どっと来るかもな」

愁二郎も同じことを考えていた。次の宿場は約九キロ先の赤坂《あかさか》宿である。そこまでずっと高原が続いて、道も一気に細くなり、勾配も続くため見通しが悪い。

その次は御油猫で知られる御油宿。この間は二キロもなく、東海道の中で最も間隔が短い。この間は「御油の松並木」として有名で、道の両側にずっと松木が立ち並んでいるため、ここも潜むには恰好の場所である。そして、参加者にもすでに「黒札」のことが伝わり始めているだろう。この先、かなり危険が待ち構えていると考えたほうがよい。

「どうする？」

「前後を固めるしかないだろう」

「まあ、そうなるな」

響陣は顎に指を添えて頷く。双葉と進次郎は話の筋が読めていないが、二人の間ではこれだけで十分に伝わっている。

蠱毒の参加者は二百九十二人。池鯉鮒宿を抜けるのに五点必要ということは、この時点で残り五十八人にまで絞られる。さらに厳密には、己たちが四十点を有していることから、多くとも五十人となる。彼らはここまで勝ち残ったことから、それなりの強者であるのは間違いない。双葉や進次郎も剣術は身に付けているものの、残っている者の中ではまず最弱の部類と見てよい。そのような強者が一斉に襲ってくる中、二人を守りながら行くとなれば備えねばならない。前後左右を固めるのが最もよいが、愁二郎と響陣しかいないのだから仕方ない。

「前は俺が行く」

「なら、後ろか。俺は左右の不利はないから、お前は特に右を頼むわ」

これは己の得物が刀であるため。刀は左腰に差しているため、右に比べて左からの襲撃に対してやや不利なのだ。一方、響陣の得物は銑鋧《せんけん》を主とした暗器である。左右の有利不利は存在しないと断言した。

「二人ともいいか。何があっても俺たち二人の間から出るな」

「うん。解った」

「よ、よろしくお願いします」

双葉、進次郎の順に答える。

「万が一、無骨ほどの者が現れれば俺が残る。その時は響陣に付いていけ。落ち合うのは浜松だ」

考え得る事態を出来るだけ伝え、二人には予《あらかじ》め心構えをさせておかねばならない。

「俺と響陣、どちらかがやられたら即座に三人で逃げる」

「お二人ほどの方が……」

進次郎が声を詰まらせる。

「普通にあり得るわ」

響陣はへらりと笑った。無骨やカムイコチャのような者が複数襲ってくれば、無傷で潜り抜けるほうが難しいだろう。

「その時は、二人とも戦う腹を決めろ」

「はい」

双葉は薄い唇を結んで、進次郎は顔を青くしながらも頷く。

「だが、それまでは刀は抜くな」

「強い人ほど刃に反応する……」

天龍寺で己が教えたことを、双葉はしかと覚えているらしい。猛者《もさ》になればなるほど、殺気に対して鋭敏に反応する。

「そうだ。二人は足を動かすことに専念しろ」

愁二郎は強く命じた。進次郎が恐る恐る尋ねる。

「もし……万が一の話です。お二人がやられた時は……如何にすれば？」

「だから万が一やないて。十が一くらいにあると思っとけ。その時は、なあ？」

響陣は苦笑しつつ、こちらをちらりと見た。

「諦めずに逃げろ」

愁二郎はそう言うのが精一杯であった。だが事実上、詰みといっても過言ではない。

双葉は恐れを抑え込むように頷き、進次郎はまだあどけなさの残った顔を一層強張らせた。この二人だけではない。幕末の動乱を知っているか否かで、この辺りの心構えは大きく変わる。僅か十年ほどの違いではあるが、この国の歴史においてこれほど世代差があるのも珍しいだろう。それほど世の中が大きく変遷したのだ。

取り決めたように、愁二郎、双葉、進次郎、響陣の順で一列になって進む。暫くすると勾配が急になっていった。木はさほど多くはないのだが、小さな丘が幾つもありそれが見通しを悪くしている。

「愁二郎」

響陣が背後から鋭く呼び掛ける。

「見た」

たった今、曲がりくねった道の先から、ちらりと人影が見えた。こちらの姿を認めてさっと隠れたのである。

「響陣」

今度は愁二郎が名を呼ぶと、

「任せとけ」

と、響陣が答える。明らかに待ち伏せをされているのに、愁二郎が足を緩めないので、双葉たちは不安そうにしている。

件の大曲《おおまがり》に差し掛かる。やがて視界が開けた時、そこに一人の男が立っていた。身丈六尺二寸を超える巨軀。装いは着物に野袴。それだけなら今の時代でも決して珍しくはないが、腰には堂々と大小が差されている。まるで動乱の頃のいでたちである。唯一、その頃と違うのは、髷《まげ》を結っていないことくらいであろう。

「それなりだ」

愁二郎は皆に向けて言った。黒札を知っての待ち伏せだろう。だが札を寄越せだとか、進次郎を渡せだとか脅しては来ない。殺る気である。己たちも含めて。その時点で自らの腕に自信があるのは間違いない。

「来るぞ」

愁二郎が続けて呟いた瞬間、大男は気合いを発してこちらに走ってきた。距離三間。愁二郎と大男が同時に腰の刀に手を落とす。

二間を切った瞬間、大男が進路を僅かに右に逸らした。己を潜り抜け、双葉と進次郎を狙わんとするかのように。

「させるか」

刀が光芒《こうぼう》を放つのも重なった。互いの居合いが宙でぶつかり火花を散らす。

この瞬間を切り取って一枚の絵画にしたとすれば、見た者はどこに目を泳がせるだろう。愁二郎、この男のものだけではなく、すでに二つの「攻撃」が放たれているのだ。

一つは響陣が後ろから大男に放った銑鋧。もう一つは頭上。敵がもう一人、左側の高所に潜んでおり、愁二郎を目掛けて飛び掛かって来ていたのである。いでたちは僧形。頭も青々と剃《そ》り上げられている。得物は手槍《てやり》。僧形は宙で身を捻って片手で突き下ろす。

――武曲。

愁二郎は左足を蹴り上げて身を宙に旋回させた。眼前を槍の穂先、柄、そして驚愕《きょうがく》に顔を強張らせる僧形の顔が通り抜けていく。

着地した時も大男は足を止めていた。響陣の銑鋧を躱すので精一杯だったのだ。その響陣、銑鋧を放ってすぐに正面から目を切って、背後に向けて短剣を構えている。

後ろからもう一人、すぐそこまで小柄な男が迫っていたのだ。恐らく敵は三人組。正面の大男が囮、故に先ほど人影を見せたのも敢えてである。その上で僧形は頭上から、小柄は一行をやり過ごして背後から襲うという策である。

「ちっ」

響陣に気付かれていたことで、小柄が舌打ちをする。だがそのまま足を止めず、響陣の懐に飛び込んで腕を振る。見慣れぬ得物、確か大陸の武器で「拐《かい》」とか、琉球《りゅうきゅう》でトンファーなどと呼ばれているものである。

「二人で来い」

挑発すると、大男の方には効いた。こめかみに青筋を立てて猛然と向かって来る。乱戦である。猛攻を受け流す中、脾腹を目掛けて来る槍を旋回で躱す。響陣と小柄の間でも凄まじい応酬が始まっている。

大男の振り下ろした剣を踏んで動きを止め、突風の如く突き出された穂先を払う。大男は即座に見切りを付けて襟を摑もうとし、僧形は直ぐに引き付けて今度は細かい突きを三度繰り返す。愁二郎は掌底で大男の手を下から押しのけ、踊るように槍を二度まで躱して、三突き目には飛び退いた。

——強い。

天龍寺で戦った者たちとは次元が違う。それぞれが各府県に一人いるかいないかといったほどの腕前。自らの腕に誇りも持っているはず。それが名を捨て、実を取って徒党を組んでいるのだ。手強くないはずが無い。

「くっ」

再び始まった大男の猛攻に集中するあまり、僧形の槍が脇を掠めた。

「愁二郎さん！」

進次郎が思わずといったように腰に手を走らせようとするが、

「駄目！」

と、双葉が必死に両手でそれを抑え込む。それで良い。この嵐の如き乱戦に近付けば、進次郎の命は吹き飛ぶ。

「双葉、無理だ！」

愁二郎は刀を振るいながら叫んだ。殺そうとせずに勝てる敵達ではないということ。予想より早く、遂にその時がやってきた。双葉が下唇を嚙み締めながら、頷くのを目の端で捉えた。

「愁二郎」

今度呼んだのは響陣である。時に弾丸のように、時に車輪のように襲うトンファーを、響陣は短刀一本で弾き、捌き続けている。それだけでなく小柄の全身には小さな傷が幾つも付いている。

「耐えろ。もうちょいで殺す」

響陣も双葉の反応を見て覚悟を決めた。冷ややかに言うと、小柄の左手を浅く斬り、同時に拳を腹に打ち込む。小柄は蛙のように呻き、涎《よだれ》を撒き散らした。が、流石に小柄も達人。動きを止めずに再び響陣へと攻め掛かる。

「早くしろ‼」

喉元を狙った一撃を受けながら、小柄が悲痛に叫んだ。

響陣は言葉通り、あと一、二分で小柄を討つだろう。そうなれば二対二。こちらが総力で勝る。と、己だけでなく敵も思っている。小柄がやられる前に己を倒す。さらに二人の攻めが激しくなるが、愁二郎はさらに足の速さを上げて凌ぐ。

結局、その時は一分も経たずにやって来た。響陣はいつの間にか左手に銑鋧を取り出し、それで小柄の目を射抜く。

「がっ！」

と、小柄が身を固くした刹那、響陣は腹、胸、首の三点を突き、貫き、掻き切った。その間、響陣は寸とも声を発しない。その次の瞬間、大男と僧形は左右にぱっと分かれて遁走した。どちらかを追えば、一人は殺れる。

「止めとけ」

響陣が言う。愁二郎もまた同じ考えである。四人目が潜んでいること、また別の敵が現れる可能性も捨てきれないからだ。

小柄は仰向けに倒れ、手で喉の出血を抑えるものの、すでに血溜まりが出来始めている。

「すまんな」

「強いな……」

響陣の詫びに対し、小柄は嗄《か》れた声で微かに応じた。

「このままやと三十分ほど苦しむ。楽にしたる代わりに色々教えてくれや。どうせ古くからの仲間て訳やないやろ？」

「そう……だな」

迷っているのか、思考がぼやけるのか、小柄の返事は曖昧である。

「誰かに言い残すことがあるなら伝えてやる。少々なら金を渡しても構わん。勿論、俺が生き残ったらの話やがな」

響陣はさらに穏やかに語り掛けた。嘘か真か。小柄には判らぬが、もはやそれに縋るしかない。恐らくこの訊問の妙《みょう》は、忍び時代に身に付けたものだろうと窺えた。

「名は……ろうじゅん……琉球の親雲上《ペーチン》……」

小柄は血濡れた指で帯の飾りを差す。そこに「楼順《ろうじゅん》」と刻まれていた。

「士族やな」

響陣は琉球の知識も人並み以上に持ち合わせていた。親雲上というのは琉球の中級士族のことらしい。この腕前ならば、恐らくは名の知れた武官なのだろう。

「金はよい……尚泰王《しょうたいおう》に……申し訳ございませぬ……と……」

その名は愁二郎も新聞を読んで知っている。琉球王国の第十九代国王。現在、政府は琉球王国を組み込んで一県にしようとしている。琉球王国はそれに反発しているものの、抗《あらが》うことは難しく、存続の危機に瀕《ひん》しているのだ。この楼順にも人生があり、蠱毒に参加せねばならぬ理由があったのだろう。

「解った。あの二人のことを出来るだけ頼む」

「槍の男は……」

楼順は最後の命を燃やすように語った。

僧形は袁駿《えんしゅん》という奈良《なら》の僧。宝蔵院《ほうぞういん》流の槍術《そうじゅつ》を遣う。政府の廃仏毀釈によって仏像が壊され、焼かれることに大層心を痛め、それらを隠して保護するための金を欲している。まだ序盤の草津宿から行動を共にしていたという。

今一人の大男は坂巻伝内《さかまきでんない》。元新発田《しばた》藩士で直心影流《じきしんかげ》の遣い手。幕末の新発田藩の不甲斐なさに憤っており、宮宿で共闘を持ちかけてきたらしい。

「助かった。疲れただろう」

響陣が労《ねぎら》うように言うと、楼順は震える手で腰の袋を摑んだ。中には札が入っていた。

「これも……な……」

そっと首の札を摘まむ。

「貰っていく」

楼順は目だけで頷く。響陣は細く息を吐くと、短剣を楼順の胸に静かに突き通した。楼順の躰は激しく痙攣したのも束《つか》の間、すぐに収まってやがて一切の動きを止めた。楼順の持っていた札は十三点。そのことからも、やはりかなりの強者だったことが解った。

二

三河《みかわ》高原から赤坂宿に入った。この宿場は規模のわりに多いのが二つ。一つは旅籠。もう一つは女である。他の宿場に比べてそれは顕著で、男と同じくらい多くの女が往来で見られた。それには双葉も気付いたらしく、

「女の人が多くない?」

と、疑問を口にした。

「ああ、この辺りは……女が多い」

愁二郎は曖昧に濁す。進次郎も気まずそうに視線を遠くへと外した。

実はこの赤坂、そして次の御油、吉田《よしだ》は、東海道でも最も飯盛女《めしもりおんな》が多い宿場であった。いわゆる遊女である。宿場に遊女を置くのは禁じられていたため、お上を憚ってそのように呼称していた。またお上も解ってはいるものの、長きに亘ってお目こぼしをしていた。そのため、

――御油や赤坂、吉田がなけりゃ、なんのよしみで江戸通い。

と言われるほど、夜になれば特に活気のある宿場町であった。

明治になって随分と減ったとは聞くが、それでも一朝一夕で廃れる訳ではない。未だに多くの遊女がおり、昼を過ぎた今頃、ちょうど彼女たちが買い物をしたり、湯屋にいったりする。そのため往来には女が多いという訳だ。

「ふうん」

双葉は察しが良い。それだけで何となく解ったのだろう。それ以上は訊くことはなかった。ふと響陣を見ると、妙に険しい顔をしている。敵が潜んでいるのを見つけたのかと思い、愁二郎は訊いた。

「誰かいるか？」

「ん？　いや、おらん」

響陣ははっとしていつもの表情に戻った。

「宿場のほうがましだろうな」

先ほど以降は襲撃を受けず、怪しい者も見かけない。とはいえ、ずっと走っていては双葉たちの体力が持たず、いざという時に動けなくなってしまう。今は速足で進むのが限界である。それでも徐々に疲れは溜まっており、途中で双葉の息も少し荒くなり始めていた。勾配のある高原ならば猶更である。

まもなく時刻は午後二時を過ぎるだろう。となれば、そろそろ考え出さねばならない。

「御油にするか」

愁二郎は前を向いたまま諮った。

「そやな。昨日もほとんど寝てへんてことやしな」

響陣も双葉を慮《おもんぱか》っている。ただでさえ過酷な旅である。三助に連れられたせいで、昨日は二時間ほど眠っただけだ。双葉の疲労はかなりのものになっている。間もなく赤坂宿。そして二キロ足らずで御油宿。まだ陽が落ちるには早いが、ここで一度休んだほうが良いという判断だ。

「私は大丈夫。まだ歩けるよ」

「いや、これ以上は危うい。浜松で四蔵たちと落ち合うのには十分間に合う」

「それにどちらにしても、明日中に浜松に入るのは難しい。それまで二晩は越す必要があるからな」

愁二郎に続けて、響陣も補足するように話した。

「そうか」

双葉は得心したように頷いた。

「その先、姫街道を行く手もあるがどうだ？」

愁二郎は再び相談を持ち掛けた。姫街道とは御油と浜松を結ぶもう一つの街道である。東海道の北を並行しており、山の中を突っ切っていく。彩八は甚六を探すため、こちらの道を進んでいるはずだ。

東海道のここから先は、海が近いため天候によっては通行が出来ないこともある。そのためやや遠回りになるが、迂回《うかい》路として用いられることも多い街道なのだ。浜松が次の関所であるため、別に使っても問題ないはず。蠱毒参加者の多くが東海道をそのまま進んでいるだろうから、遭遇する確率が低いのではないかと考えた。

「俺は反対やな」

「訳は？」

「まずかなり時を食う」

姫街道を行けば、約束である明後日の正午に浜松に着くのはぎりぎりとなる。さらに黒札は島田宿で解除されるというが、その性質上、また最終通過者が新たな保有者になることが考えられる。今時点で最後尾にいるのに、さらに時を掛けて遅れれば、島田宿からもまた黒札と付き合わねばならないかもしれないという理由だ。

「なるほどな。それにやはり危ないか？」

「ああ、さっきみたいに複数での待ち伏せは厳しい」

姫街道には峠がいくつか存在し、視界の悪さ、潜むところの多さは、三河高原とは比べ物にならない。

さらに恐らく黒札持ちが何処にいるのかは、他の参加者に出来る限り伝わるのではないかと予想している。一度だけでは撒く方法は幾らでもあり、罰としては軽すぎるからだ。恐らく全ての宿場、道々にも監視者がおり、こちらの位置を伝えているのだろう。

姫街道にも宿場は存在し、たとえば、――気賀《きが》宿を抜けた。

などと参加者に伝えられようものならば、浜松から逆走して山中で待ち受けようとする者も出て来るかもしれない。どうせ狙われるならば、開けて見通しのよい東海道の方が幾分ましであろう。

赤坂宿を抜けて御油宿を目指す。すぐに両側に松の並木が広がり始めた。有名な御油の松並木である。運ばれて来た風が松籟《しょうらい》へと変わっていく。

「あかん……」

響陣が苦々しく零した。

「いるな」

愁二郎も察知した。正確な数は判らないが、少し先の並木の中に潜んでいる者がいる。一人や二人ではないように感じる。

「多分、さっきの奴らよりは弱いやろな」

「だが数が多いほうが厄介だ」

「そやな。どいつもこいつも徒党を組みよって」

「俺たちもだろう」

「確かにそうか」

響陣は一本取られたといったように息を漏らした。今、蠱毒に残っているのは多くて五十人のはずだが、その大半が徒党を組んでいることも有り得る。だからこそ生き残っているとも言えるのだ。もっとも無骨のように、あくまで一人で動く者もいるだろう。そのような者はさらに手強いとも言える。

「駆け抜けるぞ」

「殿は……」

「俺がやる。二人を頼む」

愁二郎はさらに気を尖らせ、三十歩ほど進んだその時である。わらわらと木陰から男たちが姿を見せた。その数、五人。そのうちの一人の得物を確かめ、愁二郎は血相を変えて鋭く吼えた。

「走れ!!」

リボルバー式拳銃である。確かに銃器がいけないという掟は無い。が、そもそも所持することが難しいし、何より使えばすぐに警察が飛んで来る。ここまでどうやってそれを乗り越えて来たのか。威嚇だけではないか。そのようなことが頭を一瞬過ぎったが、轟音と共にその考えは吹き飛んだ。

「ほんまに撃ちおった!」

双葉の頭を上から押さえ、進次郎の帯を引きつつ響陣が叫ぶ。男が狙ったのは己。銃口を凝視し、指を引く瞬間に射線から躰を外した。弾は地に当たって砂を巻き上げる。

「並木の中へ!」

愁二郎が命じるまでもなく、響陣は銃撃を避けるため、二人をさらに先の並木の中に連れ込んだ。その途中、進次郎が身を捻って叫ぶ。

「S《スミス》&W《ウエッソン》モデル1! 弾数は七発です!」

「でかした」

愁二郎は呟いた。己は銃に詳しくなかったし、響陣もまた何も言わなかったことか

ら同じらしい。本音で言えば、ここまでお荷物でしかなかったが、進次郎のこの知識には助かった。愁二郎はすうと刀を抜き、

「来い」

と吐いたその時、再び銃声が轟いた。

愁二郎はまた躱す。動いたのはたった一歩。銃は脅威であるが、相手が一人ならば避ける自信がある。かつて戊辰戦争の中、何十、何百という銃口を掻い潜ってきたのだ。拳銃男の顔は驚愕に染まっている。

「どうした」

愁二郎は鼻を鳴らして挑発した。残る四人の男たちは、間合いを取って囲むのみで襲って来ない。かなり実力差があることに気付いているのだろう。とはいえ、こちらから斬り掛かるのも難しい。その時を狙って銃を撃たれれば避けられないし、仮に避けられたとしても体は崩れ、残り四人の刃の餌食になる。さて、どうするか。思案した矢先、

「愁二郎！　後ろから来てるぞ！」

と、響陣が並木の中から声を飛ばした。拳銃に狙われている今、振り向くことさえ出来ない。だが北辰で確かに気配は感じる。御油方面から一人、こちらに向けて猛進

してくる者がいる。

——こいつらの一味ではない。

男たちの表情を見て察した。とはいえ、己たちの味方とも言えぬ。乱戦に加わり、手当たり次第に札を強奪しようとしているのかもしれない。

「お任せ下さい。そちらを」

愁二郎は吃驚した。女の声である。声の主はすぐに己の視野に入った。白襷《しろだすき》を掛けた袴姿の女。手には薙刀《なぎなた》。天龍寺で見かけた女である。拳銃の男を目掛け、真一文字に突き進んでいる。

次の瞬間、刃が四本降り注ぐのを、愁二郎は搔い潜って一人の腿《もも》を斬った。銃声が二発鳴り響く。狙いは薙刀の女だ。

「おお、やるやんけ！」

響陣が驚きの声を上げたのも無理ない。女は鋭角に横っ飛びし、銃撃を躱したのである。

「あと三発だ！」

愁二郎は剣を振るいつつ呼び掛けた。女からの返答はなかったが、聞こえたのは間違いない。拳銃男は知られたことに焦りを募らせたか、間を空けずにさらに二発撃った。

女は松木を楯にし、拳銃男にさらに迫る。その間、愁二郎はすでに一人を斬り捨てている。残弾はあと一つ。男がぎりぎりまで引き付けて撃とうとした瞬間、女は回転と共に身を屈めて薙刀を振り抜いた。

「ぎゃあ！」

拳銃男が悲鳴を上げて斃れる。だが両の足は地に残ったまま。一撃で切断されたのだ。女は立ち上がりながら薙刀を旋回させ、容赦なく拳銃男に止めを刺した。

「逃げろ！」

愁二郎に対していた残り二人は、赤坂方面に逆走して逃げ出した。愁二郎も追わぬし、女も見守るのみである。

「助かったといえばよいのか？　それとも……」

この後、戦うのか。愁二郎が話しかけると、女は表情を変えぬまま答えた。

「お怪我は無いですか？」

「御覧の通り」

愁二郎が諸手を広げると、女は並木の中にいる双葉たちに向けて話しかける。

「そちらは？」

「皆、怪我はない」

響陣が姿を見せて応じる。

「ようございました」

女は僅かに口元を緩めた。その様が何とも艶やかである。

「戦わなくていいということだな」

「お望みならば」

女は間髪を容れずに答えた。驕《おご》っているという訳ではない。挑まれれば誰であろうとも戦うという覚悟が覗き見える。

「止めておこう。何故、助けてくれた」

「浜松を抜けるには札が足りずに探しておりました。私は後ろの方になってしまうので困っていたのです」

「その得物ではな」

愁二郎は眉を開いた。刀ならば隠すことも出来るが、薙刀はそうはゆかない。鞘に納めていようが、何度も警察に呼び止められるだろう。その度に道場稽古のためなどと説明しているのだろうが、他の者に比べて時を食うのは間違いない。

「少し前を行っており銃声を聞きました。蠱毒の者ならば……そのような卑怯者は討つべきだと」

「卑怯か」

愁二郎は苦笑した。武士の中には確かに銃は卑怯という考えはあった。だが今の時代、士族でもそのような考えの者はいない。そのような古風な考えを守っているのが女ということに諧謔《かいぎゃく》を感じると共に、好ましく思ってしまった。

「頂いても？」

「勿論、そちらのものだ。こっちを頂く」

愁二郎は斬った男の首から札を取り、躰をまさぐるが他に持っている様子が無い。腿を斬られて悶絶していた男が呻くように言った。

「札は全て佐々木《ささき》が預かっている……」

「あの銃の男か。よかったな。そっちに少なくとも二十点あるぞ」

呼び掛けたが、女は少し唸った。

「十点しかありませんね」

「くそ……やっぱりそうか」

怪我を負った男は口惜しそうに零した。佐々木という男、拳銃で脅して残り四人分の札を預かっていたという。だが少し前の宿場で、夜に旅籠を抜け出すという不穏な行動を取っていた。どうも別に本命の仲間がおり、そろそろ四人を見切ろうとしていたのだろう。

「騙し騙されだな」

愁二郎はそう言いながら、その男の首の札も引き千切った。これで二点である。

「卑怯な」

また女が独り言を漏らした。

「嫌いらしいな」

「はい」

「名は？」

「先に名乗るのが――」

「すまない。嵯峨愁二郎だ」

愁二郎が遮って詫びると、女は玲瓏《れいろう》な声で答えた。

「秋津楓《あきつかえで》と申します」

「違っていたらすまないが、会津の人じゃないか？」

愁二郎は会津藩士が話しているのを幾度となく聞いたことがある。楓の言葉に何処か似た訛りを感じたのだ。

「ええ」

「婦女隊の……」

「よくご存じですね」

会津は文字通り藩を挙げ、女子どもまで動員して新政府軍に徹底抗戦した。その時、女だけで組まれた隊がある。それが婦女隊である。彼女らの苛烈な戦い振りは、男に全く引けを取らず、むしろ凌ぐほどであった。

「私はまだ幼かったので。母と姉が」

「そうか。余計な話をしてしまった。すぐに離れたほうがいい。じきに警察が来るだろう」

「そうですね。では、また」

楓は慇懃《いんぎん》に礼をすると、御油方面へと走り去っていった。再び薙刀に鞘は被せてあるもののあれは目立つ。かなり不利を承知で得物を変えぬのは、それが得意なだけではなく、矜持《きょうじ》のようなものがあるのだろう。

「えげつない女やったな」

響陣が茶化しながら道に出た。

「ああ、かなり強い」

「本当に凄い……」

双葉は小さくなった楓を見つめながら零した。

蠱毒に参加している女は数少ない。天龍寺でざっと見たところ一割にも満たなかった。武術に長けた女というは決して多くは無い。これは偏見ではなく事実である。それは徳川幕府が作り上げてきた理想の男女像に拠るところが大きく、明治となった今でも然程《さほど》変わってはいない。その上であれだけの強さを身に付け、すでに中盤を迎えた蠱毒で生き残っている。同じ女であることもあって、双葉は憧憬を抱くのだろう。

「色々だな」

決して赤坂の飯盛女が弱いという訳ではない。女も皆、それぞれの形で新しい時代をもがいているのだ。楓も、彩八も、双葉もまたそうである。そして、志乃も。愁二郎は一瞬過ぎった顔を振り切り、己たちもすぐに離れることを告げた。

――残り、三十五人。

陸《ロク》ノ章　碧眼の騎士

＊

一八五四年、九月。

瑠璃《るり》と灰を混ぜたような空の下、幾万の人々が蠢いている。断続的に銃や大砲が火を噴き、硝煙《しょうえん》は満ちていくばかり。戦場は霞が掛かったようになっている。

「フレンチめ。不甲斐なさすぎるだろう」

小高い丘の上で片膝を着いて戦場を見下ろし、ギルバートは鼻を鳴らした。

何故、この戦争が始まったのか詳しいことは解らないし、別に己が知る必要も無いと思っている。端的に言えばオスマン帝国とロシア帝国が揉めた。ロシアはオスマンの地に進軍して戦いの火蓋は切って落とされた。オスマンはロシアの猛攻の前に苦戦し、諸外国に援軍を要請。これに応える国が幾つも現れた。もっともその国々も単なる義憤ではなく、ロシアの躍進を抑えることに利があるからである。その中でも大国と呼ばれるのは二つ。一つはフランスである。今、この戦場でもオスマンと行動を共にし、ロシアと激戦を繰り広げている。ただしフランス軍の中でもまともに戦っているのは、歴戦の傭兵《ようへい》部隊のみであり、正規軍は今にも崩れそうな有様である。

もう一つの大国。それこそがギルバートの祖国、イングランドである。島国であるイングランドはロシアに宣戦布告し、ナポレオン戦争以来、実に約四十年ぶりにドーバー海峡を渡り、連合軍の一翼を担うことになったのである。

こうして各地で激戦が繰り広げられている。大国が加わったことで連合軍は押し返し、ロシアが守りを固めるクリミア半島へと進軍した。そして今、このアルマ川流域で一大会戦が開かれている。

ロシア軍三万八千に対し、連合軍五万七千と数では勝っている。が、地の利はロシア軍にある。大量の大砲を並べて迎え撃ち、さらに精強で知られたコサック騎兵が連合軍に切り込んで崩している。

「まずいな」

ギルバートは舌打ちをした。フランス正規軍が浮足立って混乱が生じている。このままだとスコットランド軍、オスマン軍の両翼に伝播《でんぱ》しそうである。

「あっ……旗が振られています」

部下が指差す。己たちの部隊に突撃を命じる合図である。

「正気とは思えません。暫し様子を見るべきです」

副官が首を横に振って止める。本来、己たちの部隊は両軍の力が拮抗《きつこう》した時、敵の側面を衝いて崩すのが任務であった。その為、この丘の裏に潜んで待機していたのだ。だが緒戦から連合軍は押されっぱなしで、そのような局面は一度も来ていない。

今の指示は当初とは違う任務。総崩れを止めろという意味である。勢い付いているロシア軍に飛び込むなど、命を捨てろと言っているに等しい。故に副官は気付かぬふりをし、様子を窺おうと進言したのだ。

「今、放っておけばどちらにせよ俺たちの負けだ」

ギルバートは尻についた砂を払いながら立ち上がった。

「しかし……今、突っ込めば死にに行くようなものです」

「任務だ」

ギルバートは短く答えると、曳《ひ》かせた馬に颯爽《さつそう》と跨《また》がった。副官ももはや止めるのは無駄だと悟り、苦笑しつつ馬上の人となる。部下百二十人。誰一人として徒歩はいない。騎馬である。

「俺たちで勝ちを摑むぞ」

ギルバートが静かに言うと、一同の頷きが重なった。陸の頂を越え、逆落としに砲弾の飛び交う戦場に向けて真一文字に突き進む。ロシア軍がこちらに気付き、聞き慣れぬ言葉で何やら叫んでいる。

「第十三竜騎兵隊だ!!」

ギルバートが雷鳴の如く咆哮すると、ロシア軍に明らかに動揺が起こり、中には「ワイバーン」と誰が呼び出したか解らぬ己の異名を喚く者もいた。このクリミア戦争において、第十三竜騎兵隊はすでに十八度の武勲を上げ、その隊長、

――ギルバート・カペル・コールマン大尉。

の名はすでに轟いている。

「構え《レディ》」

ギルバートの命と同時に、手綱から手を離して一糸乱れず銃を構える。

「狙え《エイム》」

狼狽しつつも、眼前のロシア兵もこちらに銃を向ける。

「撃てぇ《ファイアー》!!」

隊の全ての銃が放たれ、ロシア兵がばたばたと斃れていく。その間も馬脚は一切緩

めていない。まるで竜が翔けながら火焔《かえん》を噴いたかのように。

「懸《チャージ》かれ！」

銃を背に回し、一斉にサーベルを抜くと、狼狽するロシア軍に向けて躍り込んだ。竜騎兵隊は敵陣を真っ二つに切り裂いていく。ギルバートは馬上から敵を次々に斬り伏せていく。コサックの騎兵と擦れ違う。頭を下げて斬撃を躱しながら、左手でコサック兵の胸倉を掴んで馬上から攫った。その間、右手は徒歩の敵を一人屠っている。

「――――」

コサック兵が悲愴な顔で喚く。片手で軽々と持ち上げられていることが信じられぬのか。それともお前は何者だとでも問うているのか。

「騎士《ナイト》」

ギルバートは呟きで応じて馬首を転じ、宙に放り投げたコサック兵を叩き割った。

一八三三年、ギルバート・カペル・コールマンはイングランド北部、ヨークシャーで生まれた。コールマン家はヨークシャーの領主であるカーライル伯爵家に代々仕える騎士の家系である。父母共に極めて厳格な人であり、幼い頃から、

――騎士らしく、誇り高く。

と、耳に胼胝《たこ》が出来るほど言い聞かせられて育てられた。姉と妹がいるが、男は一人だけということもあり、特に期待を寄せたのだろう。僅か五歳から剣術、馬術、さらに砲術の厳しい訓練が行われた。ギルバートはその期待に応えるどころか、

「ギルバートはコールマン家始まって以来の天才だ」

と、父に言わしめるほどの成長を見せた。

まず同年代よりも常に躰が大きい。十五歳になった時には、すでに身長は6ft《フイート》1in《インチ》（一八五センチ）を超えた。それだけならば国中を探せばいないでもないが、皆が真に驚嘆したのはギルバートの膂力である。林檎を片手で容易く潰し、５００lb《ポンド》（二百二十六キログラム）は優に超える大岩を軽々と持ち上げる。脚力も並外れており、１００yd《ヤード》（九十一メートル）を10sec《セカンド》（十秒）も掛からずに駆け抜ける。確かに堂々たる身丈を誇り、巌の如き体軀をしているが、決して横に大きい訳ではない。体重は平均よりも遥かにあることから、医者曰く、人並み外れて筋肉が多い体とのことだ。

その怪力ばかり注目されがちであるが、ギルバートは手先も極めて器用であった。子どもの頃からサーベルを巧みに扱い、腕に自信のある大人を圧倒する。それに加えての剛力である。鍔迫り合いにでもなれば、そのまま膝を折るまで一気に圧し潰す。

相手のサーベルを叩き折ったことも一度や二度ではない。ギルバートを良く知るヨークシャーの者は、

——ギルバートには竜が宿っている。

と、大真面目に語っていたほどであった。

そのような次第であったから、ギルバートが十六歳で軍に入隊すると決めた時、その後の活躍を疑う者は一人としていなかった。

ギルバートの入隊直後の階級は少尉。騎士の身分が有利に働いたことはあるが、同じ騎士でもそれより下の階級から始まる者もいる。これはカーライル伯爵家の強い推薦もあったからだと聞いている。伯爵の顔を潰さぬためにも、ギルバートは寝食以外の全てを捧げて精進した。その甲斐もあって、十八歳の若さにして名誉ある竜騎兵部隊に配属されたのである。

竜騎兵とは銃を携えた騎兵のことである。銃から火を噴かせて突撃する様が、竜を彷彿とさせることからそのような名が付けられた。イングランド軍では一時廃止され、国王直属の近衛隊を指すものとなっていたが、きな臭い情勢が続いたことで復活させられたのである。二十一歳で三席になり、その時に例のクリミア戦争が勃発。ギルバートは第十三竜騎兵隊の一員としてクリミアへと向かった。

緒戦で隊長、副隊長が相次いで戦死する不幸に見舞われた。訓練とは全く違う。先ほどまで笑っていた者が、あっという間に物言わぬ肉塊となる。流石のギルバートも、

──これが戦争か。

と、慄《おのの》きはした。だからといって逃げ出そうなどとは決して思わぬ。本国の命だからという理由は当然のこと。オスマンの民は己たちを見れば歓喜し、涙を流して助けを請う。これを見捨てるのは騎士道に反する。

戦時下ということもあり、ギルバートは繰り上げで隊長に就任し、それに見合うように階級も大尉となった。とはいえ、隊を指揮したこともない若造である。本国も第十三竜騎兵隊は、もはやまともな活躍が出来るとは思っていなかったらしい。

が、ギルバートはその予想を覆し、各地の戦場でロシア軍を蹴散らし、敵味方から伝説上の竜の名、

──ワイバーン。

と、呼ばれる八面六臂《はちめんろっぴ》の活躍を見せたのである。

＊

開戦から二年後、クリミア戦争は勝者不在のままパリで終戦条約が結ばれた。ギルバートが本国に引き上げた時は二十三歳。レイラと結婚したのはその直後のことである。

レイラは二つ年下。故郷ヨークシャーの大農園主の六女で、ギルバートにとっては幼馴染ともいえる間柄であった。

男ならば誰しも一度は武術に興味を持つのかもしれない。ギルバートが一人で鍛錬をしている時も、集まって来るのは男ばかり。だがレイラはふらりと姿を見せ、飽きもせずに半日以上眺めているなどざらであった。しかも、何故かにこにこと嬉しそうなのだ。ある時、ギルバートが汗を拭きながら、

「何がおもしろいんだ」

と、尋ねたことがある。

「いつか凄い騎士になるんだろうなって。その途中を見ているって凄くない？」

レイラは無邪気に言った。騎士の家の青年たちが、よってたかって一人の農民を苛めていた時がある。そこに十一歳のギルバートが通り掛かり怯むことなく止めた。ギルバートの強さは知られ始めていたとはいえ、所詮は子どもだと侮っていたのだろう。実は持て囃されていることに妬心を抱いていたのかもしれない。青年たちは難癖

を付け、ギルバートも痛めつけようとした。が、ギルバートは瞬く間に青年たちを叩《たた》きのめし、

——恥を知れ。それでも騎士の家の子か。

と一喝し、怪我をした農民を負ぶって家にまで運んだ。

「あれ、私のお兄ちゃん」

「そうだったのか」

言われるまで気付かなかったし、当然のことと記憶から消していた。これがレイラと初めて長く会話した時であった。以後、何となく親しくなり、入隊してロンドンに移ってからも文通が続いていた。

当初、父はよき顔をしなかった。己には貴族か騎士の娘をと考えていたらしい。だがギルバートは頑としてレイラと結婚すると言った。これほどまでに主張するのは初めてということ、すでにギルバートの名は轟き始めていたことで、父も最後には渋々ながら折れてくれた。

レイラとの間には二男二女に恵まれた。家族の仲は頗るよく、子が可愛くて仕方が無い。長男、次男は早くも父のような騎士になりたいと言ってくれ、上の娘は父と結婚したいなどと出来ぬことをごねる。竜騎兵隊の部下たちからは、

——あのワイバーンが子煩悩だったとは。

と、揶揄《からか》われることもしばしばであった。

ギルバートに再び出陣の命が下ったのは二十九歳のこと。先は新大陸アメリカである。その前年からアメリカでは南北に分かれて内乱が起こっていた。両者の主張は様々な点で食い違う。だが最も代表的なのは、北部は奴隷解放を、南部は奴隷制維持を掲げていることであろう。北部は工業が急速に発展して奴隷はもはや必要なく、一方で南部は広大な農場を運営するために奴隷が必要だった。

そこで作られた作物の最大の輸出先が、イギリス王国なのである。イングランドとしては南部に勝って欲しい。とはいえ、世界的な潮流は奴隷解放に動いており、表立って援軍を出す訳にはいかない。そこで秘密裡に小部隊を送り、軍事顧問として南軍を支援すると共に、戦況を逐一本国に報せさせようとした。その任務にギルバートが選ばれたという訳だ。

「お父さんは悪い奴をやっつけにいくんだよね」

向かう先は告げられない。だが当然とばかりに、子どもたちは目を輝かせた。レイラが困った顔になる。ギルバートが内心では奴隷制に反対していることを知っているからだ。

「ああ」

ギルバートは静かに答えて、子どもたちの頭を順に撫でた。

一八六二年二月、ギルバートと竜騎兵隊から選抜した五十人がアメリカの地に着いた。イングランドの軍服も身に付けぬ隠密の援軍である。クリミアの英雄とあって、弱兵部隊は是非ともうちにと請うたらしいが、

──最前線で戦う俺たちこそ必要としている。

と強く要請した部隊があり、そちらに合流することとなった。

将軍の名は、トーマス・ジャクソン准将。南北戦争開始時から将兵の指導にあたり、後に一軍を率いて戦うことになる。マナッサスの戦いでは劣勢の中、猛攻を幾度となく撥ね返し、やがては敵を総崩れさせるまでに至ったことで、

──石壁《ストーンウオール》ジャクソン。

の二つ名で呼ばれた猛将である。堅固な守りでも定評があるが、それ以上に特筆すべきはその機動力である。数で不利な南軍を支えるべく、高速で移動して全ての主要戦域で戦っている。よほど統制が取れていなければ出来るはずがない。さぞかし厳格な男だろうと想像していただけに、邂逅《かいこう》でギルバートは度肝を抜かれた。

「コールマン殿、来てくれたか！」

本営に向かう途中、屯《たむろ》する兵の中から声が掛かったのだ。後に聞いたが、ジャクソンは兵たちと食事を摂《と》るのを日課にしているらしい。

ジャクソンは身丈も決して高い訳ではない。言葉を選ばないならば小男の部類である。鬚《あごひげ》こそたっぷりと蓄えているものの、二重の目は可愛らしく、やや禿《は》げ上がり掛けた頭髪が愛嬌《あいきょう》を増している。軍服も煤《すす》に紛れており、これが将軍だと教えられなければ絶対に気付かなかっただろう。

「船旅は大変だったろう。困ったことがあれば何なりと言ってくれ。もっとも応えられるかは解らんがな」

肩を叩いて呵々と笑うジャクソンに、ギルバートは一瞬のうちに惹《ひ》かれた。

ジャクソンの用兵は聞きしに勝るものであった。三月、南軍が全ての戦域で押されていることを知ると、カーンズタウンへ進出して北軍の首都ワシントンを脅かす構えを見せる。これによって北軍が兵力を集結すると即座に撤退。結果、各地の南軍が救われることになる。

五月初旬にはマクドウェルの戦いで、下旬にはフロントロイヤルの戦い、ウィンチエスターの戦いで北軍を撃破。

六月には北軍が援軍を送るが、クロスキーズの戦い、ポートリパブリックの戦いと二日連続で撃破して北軍を駆逐した。

　これらを纏めてバレー戦役と呼ぶようになるが、ジャクソンは一万七千の軍を率いて、四十八日の間に、実に６４６ml《マイル》（一〇三九キロメートル）を駆け抜け、五度の一大会戦にて勝利を上げた。打ち破った北軍の合計は何と六万を超える。南軍の士気はジャクソンの勝利で保たれていると言った有様である。その間、ギルバートもジャクソンと共に機動した。軍事顧問として派されたのに、何一つ教えることなどない。むしろ学ぶことの連続である。ギルバートは要所で竜騎兵を率いて北軍を打ち破った。ジャクソンには比べるべくもないが、その数は千を優に超えるだろう。その度にジャクソンは、

「流石、本物の騎士は違う」

　と、手放しで褒めてくれる。

「あんたのほうが余程騎士らしい」

　そのような砕けた口調で話せるほど、二人の関係は縮まっていた。

「まさか。俺にはそのような品が無い」

　ジャクソンの父は弁護士だったが、幼い頃に死んだ。その後しばらくして母親も亡

くなり、かなりの苦労があったらしい。故に兵の気持ちが解るのだろう。誰よりも働き、時には食事中に口に物を入れたまま眠ることもあった。

その後もまた戦いが続いた。ビーバーダム・クリークの戦いでは強行軍で駆け付け、何とか北軍を退かせたものの、そこからジャクソン軍は精彩を欠き始めた。無理もない。南軍は困った時のジャクソンとばかりに各地に呼びつけ、軍の疲労は極限を迎えていたのだ。

第二次ブルランの戦いでは側面奇襲を掛けて勝利。続くアンティータムの戦いでは大損害を受けて敗退。フレデリックスバーグの戦いでは大勝利。一進一退の攻防である。

怪我を負っても、病になっても、ジャクソンは陣頭に立ち続ける。二人で焚火を囲んでいた時、

「何故、そこまでする」

と、ギルバートは訊いたことがある。苦いコーヒーを啜って答えたジャクソンの返答は意外なものだった。

「この戦、いずれは負けるだろう」

「本気で言っているのか？」

「ああ、人も弾も足りない。何より糧秣《りょうまつ》が足りない。勝てるはずがない」

「じゃあ、このような戦いを続けても……」

意味が無い。そう言いそうになるのをギルバートは呑み込んだ。

「どうだろうな。だからといって話し合いでは解決しなかった。人はそれほど愚かなことだけは確かだ。それに……幾人もの教え子を送り出した。俺だけ出ない訳にはいかない」

ジャクソンは軍事教官として数百の士官を送り出した。その大半がすでにこの世にいないという。

「あんたは本当に奴隷を……」

奴隷制を維持したいのか。何故、そのような疑問を抱くに至ったかというと、ジャクソンに纏《まつ》わるある逸話が真しやかに語られているのだ。

ジャクソンが七歳の頃、母が死んだことで、バージニアで農場を経営していた父方の叔父に引き取られていた。この頃ジャクソンは農場の黒人奴隷に読み書きを教えていたという。奴隷に読み書きを教えることはバージニア州法で禁じられていたにも拘わらずである。

「いい奴らでな。薪を分けてくれたから、何か御礼をしたいと言った時に頼まれたのだ」

「やはり」

「少なくとも俺はな。だがそれほど世は単純じゃあない。奴隷制が無くなれば農場は立ち行かず、首を括るしかないものも山ほどいる。俺は己の信念を貫けなかっただけさ」

ジャクソンは自嘲気味に口元を緩めて続けた。

「だからこそ信念を貫く騎士に憧れているのかもな」

「騎士なんて」

確かに己は騎士らしくあれと育てられたし、それを守ろうとしている。が、すでに世の中では形骸化しているといってもよい。騎士の中にも邪悪な者もいるし、庶民の出でも立派な人もいる。眼前のジャクソンのように。

「本国に伝えろ。南軍はあと一、二年で敗れると」

「知っていたのか……」

「やはりな」

ジャクソンはふっと息を漏らした。イングランドが本気で南軍を支援する気ならば、外聞も気にせず大軍を派してくるはず。戦況を見守るのが一番の役目だと解っていたらしい。

「あんたはどうする」

「新たな世に俺の住む場所はない」

ジャクソンは一丁のリボルバーを取り出して中を見せた。一発だけ弾丸が入っている。南軍が敗れたとなれば、北軍を最も苦しめたジャクソンの命はない。死罪を免れたとしても、暗殺されるだろうと予測していた。ならばその前に、自らの手で、そう考えているらしい。ギルバートは必死に絞り出そうとするが言葉が出なかった。

「今まで共に戦ってくれてありがとう。明日からも頼む」

ジャクソンは残ったコーヒーを呑み干すと、茫然とするギルバートの肩を軽く叩き、宿舎へと戻っていった。

ギルバートは本国からの書状に目を疑った。何かの間違いかと問い合わせたが、間違いはないという。軍法会議に掛けられたくなければ従え、そうなれば困るのは家族ではないか。そのような脅しさえ付け加えられたほどである。

一八六三年春、北軍が大挙して押し寄せた。その数は何と十二万。劣勢の中、ジャクソンは賭けともいうべき策を上官に提案した。一万八千のみで迎え撃ち、ジャクソンが二万八千を率いて大きく迂回して北軍の左翼を衝くというものである。この策は見事に当たって、北軍は大混乱に陥った。ギルバートも十の兵を撃ち、三十を超える兵を斬った。

結果、南軍の大勝利である。が、こちらの被害も相当なもので、もはや戦争の継続は難しくなってきているのは明らかであった。

「二手に分かれる。本隊はこのまま本営に向かえ。俺と士官は偵察を行う」

本営への帰路、ジャクソンは命じた。ジャクソンの側近三十人、そしてギルバートとここまで生き残った竜騎兵三十人だけで森へと入る。

「五日後だな」

ジャクソンが唐突に言った。本国からの指令の一つは、

――五月十五日をもって本国に帰還すべし。

と、いうものであった。イングランドは南部アメリカを完全に見限ったのだ。それはすでに伝えていることである。

「時が無いぞ」

ジャクソンはさらに続けた。全て見抜かれている。ギルバートの胸が激しく高鳴る。本国から指令はもう一つあった。これよりイングランドは北部アメリカと親交を

温める。その一環として、手土産を用意しようとしている。ギルバートは下唇を噛みしめた。

「出来ない……」

「やれ」

「何が騎士だ……」

「己の守るべきものを守る。それが騎士だと思っていたがな」

「駄目だ。やはり――」

ギルバートが言い掛けた時、ジャクソンは高らかに叫んだ。

「英国は我らを裏切った！　ここで始末する！」

一斉に南軍兵がこちらへ銃を向け、竜騎兵隊は激しく動揺した。

「従うつもりはなかった！　たとえ罪に問われようとも！」

ギルバートは必死に弁明した。本国よりのもう一つの指令。それは、

――ストーンウォール・ジャクソンを討て。

というものであった。この南軍の英雄の首をもって、北軍と和解しようとする。おぞましい計画である。

「隊長！　どういうことです！」

「命令を！」

己の部下たちは何も知らず、悲愴《ひそう》な声を上げる。一方、ジャクソンの部下は事情を聞かされているらしく落ち着いている。

「ギルバート！　覚悟を決めろ！」

ジャクソンが鋭く咆哮した時、ギルバートの中で何かが弾けた。

「抗戦！　戦え！」

竜騎兵隊の銃が火を噴く。しかし、ジャクソンの部下の銃からは一発の弾丸も放たれなかった。弾が入っていなかったのだ。

「何で……」

数分後、ギルバートは血の海に沈むジャクソンの手を握っていた。全身に銃弾を受け、左手はサーベルの一撃で斬り落とされている。

「味方の誤射で……片付くようにしてある……早くこの地を離れろ……」

ジャクソンは口辺に血を浮かべながら続けた。

「どうせ死ぬつもりだった……これでいい」

「もう俺は……戻れない……」

ギルバートは唸るように漏らした。命に従った時、ギルバートの中で何かが崩れた。レイラにも、子どもたちにも、合わせる顔が無い。戻ったところで、きっと己は間もなく自死を選ぶだろう。

「失ったならば取り戻せ」

ジャクソンの声は震えていなかった。腰に手を伸ばして拳銃を掴む。

M1861シェリフズ。コルト社の最新のパーカッション式拳銃である。S&W社がすでにより扱い易い金属薬莢《やっきょう》を開発したが、特許があるためコルト社は使えない。だが間もなくその特許が切れるため、コルト社も金属薬莢を採用することが決まっている。つまりこの拳銃は最新にして最後のパーカッション式となると言われている。ジャクソンは時代の節目に立っていることを確かめるように、昨年よりこの拳銃を愛用していた。

「新たな時代を……お前ならば出来る」

と、儚《はかな》く微笑んだ。せめて楽にしてやらねばならない。解っている。ギルバートは引き金に指を掛けて、野獣の如く何度も唸る。が、どうしても引くことが出来なかった。

「隊長……もう……」

部下がそっと手に触れる。もうジャクソンは息をしていなかった。その顔は何故かとても穏やかなものである。

天よりぽつりと雫が落ちて来た。まるで死を悼むように降り出し、あっという間に驟雨《しゅうう》へと変わる。その中、ギルバートは天を仰いでただ哭《な》いていた。

＊

ギルバートは抜け殻のようになって死に場所を求めた。

本国に戦地が無いかと問い合わせたところ、一つだけあった。遥か東方の名さえ知らなかった国である。部下は本国へ帰国させ、ギルバートはたった一人でその地に向かった。

何処でも同じらしい。この国でも内乱が起きていた。ギルバートは「サツマ」という政府に逆らう勢力の軍事顧問として派遣された。だがこの内乱でも死ねなかった。本国が横浜の地から兵を引いた時、ギルバートはこの国に残ることにした。国からはレイラや子どもたちからの手紙が届くが、

——まだ、やるべきことがある。

と、いつもごまかしの返事をした。

ギルバートは海を見ていた。ジャクソンの拳銃シェリフズを手に。自らの顎に銃口

を当てた時、一隻の軍艦が眼前を横切っていった。

「ああ……」

ギルバートの頬に一筋の涙が伝う。船縁に文字がある。削って消そうとしたのか薄れていたが、

――Stonewall.

と、はっきりと読める。ギルバートは港まで駆けて来歴を訊く。南軍はフランスからこの軍艦を買い求め、死んだ英雄の名を冠した。終戦後、時を経て、この国に買い取られたという。この国での名は東《あずま》。東艦と呼ばれているという。

これは偶然なのか。いや、ジャクソンが止めに来たのだ。あの日、あの時の、

――失ったならば取り戻せ。

という声が波の音の間に蘇った。

本国から急を告げる手紙が来たのはその直後のこと。この国でも蔓延《まんえん》しているが、イングランドでもコレラが猛威を振るっているという。老父母はコレラで死んだ。妻子は何とか無事であるものの、故郷ヨークシャーでは凄惨な光景が広がっており、物価の高騰により飢え死ぬ者も出ているという。何かあったのは解っている。だけど、お願いだから戻って来て欲しい。レイラの切実な願いが綴られていた。

——少しだけ待ってくれ。一月後に発つ。

ギルバートがそう返事をしたのは、世間に流布されるとある奇妙な新聞を目にしたからである。これならば皆を救える。ジャクソンでもきっとそうしたはずである。ギルバートは古びた軍服を引っ張り出し、かつてのこの国の都へと向かった。

一

御油で一泊した愁二郎たちは白須加《しらすか》宿を通り過ぎ、新居《あらい》宿へと向かっていた。そこからは四蔵たちと落ち合う約束の浜松宿はもうすぐである。

この辺りの道は海が近い。波が打ち付けられた黒々とした岩場が右側に続いており、時には風に乗って飛沫が頬に触れるほどである。

御油の松並木で襲撃を受けて以降、一度も敵が襲って来ていない。もしかすると黒札を狙っているのは、全体の半分くらいなのかもしれない。

真に己の腕に自信のある者は、わざわざ黒札を狙わずとも、遭遇したものを片っ端から斬ってゆけばよい。そういう意味では一つの山場は超えたのかもしれない。とはいえ、居場所が知られるのは相当不利だとは感じている。

「あと少し欲しいな」

現在、松並木で得た二点を加え、四人の持ち点は五十五点。浜松は問題なく抜けられるが、やはり島田での合計六十点には足りない。しかも、進次郎の持つ十九点は、島田までは割れないのだ。その分、余計な点が必要になる。次も最後尾で進次郎以外の誰かが黒札持ちにならないように、早い段階で満たして一気に進みたい。

「ここらまで来てるやつなら、普通は十点近く持ってるはずや。一人でええんやがな……」

響陣の言葉は軽いが、鋭い眼光で周囲を窺っている。黒札を持ってからというもの、ずっとこの調子である。幾ら達人とはいえ消耗はする。それは愁二郎も同じ。やはり黒札は持つべきではない。

そうこうしているうちに岩場が切れ、代わりに白々とした砂浜が現れた。岩場では聞こえなかった波の鳴き声が耳朶に心地よい。

「おい、あれ」

響陣が低く言った。先刻より砂浜に人影はあったが、豆粒より小さく見えていたため様子が判らなかった。だが近付いて気付いた。不穏な雰囲気である。

数は五人。三対二の構図か。いや、どうもことはそう単純ではないらしい。すでに一人が負傷しているようで、血を流した腕を抑えて蹲っている。

「あれは……」

進次郎があっと声を上げた。

「ああ、坂巻伝内やな」

愁二郎は応じた。三人組の中に、藤川の先で襲って来た元新発田藩士の直心影流の遣いがいるのだ。すでに殺されたか、それとも仲違いしたのか、同じく遁走した宝蔵院流の槍遣い袁駿はいない。

「群れるのが好きらしいな」

響陣は苦笑した。坂巻伝内は早くも新たに徒党を組んだらしい。裏切り、裏切られの蠱毒では珍しいことではないだろう。

「愁二郎さん、あの人……」

双葉が呼び掛けたのは集団の中に一人、特徴的な男が混じっていたからだろう。一人の長い髪が、ややくすんだ金色に輝いていた。光の加減でそう見えるのかと思ったが違う。

「天龍寺で見たな」

比較的近くにいた西洋人である。東京では洋装に身を纏う官人を度々見ることがある。あれは確かフロックコートと呼ばれるものである。日本人でも火熨斗《ひのし》を掛けて皺一つないものを着ているのに対し、西洋人のそれはどうも古いものらしく、生地がへたってよれているように見えた。

腰には二つの得物。一つは剣。昨今の警官が差しているサーベルというものである。もう一つは斧。両手で扱う鉞《まさかり》のようなものではなく、鉈《なた》のような小さな手斧である。

「恐らく四蔵の話していた男だ」

達人の情報を出し合った時、四蔵が語っていた男の一人。身丈が六尺を越え、軍服を着ているという点、得物も符合している。もしそうならば恐るべき腕力の持ち主だと語っていた。

三人組はすでに刀を抜き放っており、西洋人は剣も斧も手には取っていない。怪我人に立ち塞がっているような恰好である。

「このまま行くぞ」

愁二郎はすり抜けられると確信した。まもなくこちらに気付くだろう。あの場は膠《こう》着《ちゃく》しており、こちらに構う余裕はないと見た。

集団の中でいち早く西洋人がこちらに気付き、愁二郎と視線が交わった。だが一瞥するだけですぐに対峙を続ける。

「もう一度言う。退け」

西洋人が話すのが聞こえた。日本語を操れるらしい。発音にも違和感は無い。

「貴様に関係なかろう！」

三人組のうち若い細身が叫ぶ。

「そうかもな。こっちの都合だ」

驚いた。発音がおかしくないどころか極めて流暢《りゅうちょう》な話し方である。かなり長い間、日本に滞在したのだろうか。

「凄く上手……」

「ああ、そうだな」

適当な相槌になってしまった。すでに愁二郎は別のことに思考を奪われている。

果たして西洋人は生き残れるのかということである。三対二とはいえ、西洋人の側に怪我人がいるようで、実質は三対一である。

「加勢は無用だ」

西洋人は僅かに振り向いた。彫りの深い相貌をしており、瞳は空を集めたかのように青い。口の周りに無精髭《ひげ》を生やしており、それもまた陽を受けて金色に輝いていた。

坂巻は己たちを襲って来た者だ。西洋人はそれを知らぬだろうが、そもそもこちらは助けるつもりなどない。

「夷狄《いてき》め。生意気な」

先ほどとは別の男。こちらは羽織袴姿。刀を引き寄せながら奥歯を鳴らすように言った。

「この国は文明開化を謳《うた》っているはずだが？」

西洋人は精悍《せいかん》な頰を緩めた。愁二郎の脚は止まっており、双葉たちも成り行きを見守る。

「やるか」

響陣が横に来て囁いた。どちらが勝ったとしても、

――残ったほうを仕留めて札を獲る。

と、いうことである。響陣の視線は西洋人に向いており、どうした訳か、その目に怒りのようなものが滲んでいる気がした。

「もう札を奪ったなら、殺す必要はないだろう」

西洋人は立てた親指で後ろの怪我人を指した。

「出さぬからこうしているのだ。それに生かしておいては、また奪いに来るかもしれぬ」

そう低く答えたのは坂巻伝内であった。

「弄《なぶ》り殺すのを見過ごす訳にはいかない」

西洋人はやはり淀みのない日本語を使う。

「貴様、まだ解らないのか。殺すか殺されるかだ」

坂巻は鼻を鳴らした。この男はかなり遣う。他の二人も第三関門の池鯉鮒宿を突破し、間もなく第四関門浜松宿に辿り着かんとする者。構えからも相当な実力者であることが窺えた。

「Never too late」

「何だ……」

聞き慣れぬ言語に、男たちは一様に眉を顰めた。

「自分を取り戻すのさ」

西洋人はゆっくりと腰のサーベルを抜いた。殺気が弾けんばかりに満ちる。

「訳の分からぬことを！」

坂巻の咆哮と共に、三人が一斉に襲い掛かった。

比喩ではなく突風が吹いたようにサーベルが唸った。細身の腕が宙に舞って絶叫が浜辺に響く。次の瞬間、西洋人は身を回して胴を薙ぎ払う。これは竜巻の如し。羽織袴の胴の半ばまで到達する凄まじい一撃である。

坂巻が刺突を繰り出した。西洋人の剣は二人目の胴に入ったまま。やられるかと思った時、西洋人は食い込んだサーベルを諦め、腰から素早く手斧を取って払い除けた。

「くそっ！」

坂巻は猛攻を加えるものの、西洋人は刀より短い手斧で巧みに捌く。波間に甲高い音が暫し響いた。だが西洋人は手斧で刀を絡め飛ばした。

「あっ――」

刹那、坂巻が刀を目で追う。その僅かな隙に、西洋人は右手で坂巻の胸倉を鷲摑みにした。

愁二郎は目を瞠《みは》った。双葉も口に手を当てて吃驚している。西洋人は片手で坂巻を宙高く持ち上げたのだ。恐るべき腕力《かいなぢから》である。

その時、腕を斬り落とされた細身が奇声を上げて斬りかかった。西洋人は手斧を豪と振った。依然、坂巻を持ち上げたままである。細身の首から沸々と血の珠が浮き出ると、すぐに滝の如く溢れ出した。

「は、離せ――」

坂巻は足を激しく動かし、両手で西洋人の手を剥がそうとする。

「OK」

西洋人は錆《さ》びた声で言った。衣服の上からでも腕の筋が躍動するのが解り、稲妻のような速度で坂巻を頭から地に叩きつけた。柔らかい砂場にも拘わらず、首が折れた異様な音がここまで届いた。

「あいつは何者だ……」

愁二郎は思わず零した。尋常でない怪力。手斧を振り抜いた速さ、そして卓越した武の技も備えている。坂巻たちも決して弱くなかったが、あっという間に蹂躙《じゅうりん》してしまった。

「You want to try?」

西洋人は掌を天に向けてこちらに突き出し、指を動かして招くような仕草をした。何となく英語だと解った。恐らく内容は、

――やるか？

と、いったところだろう。

「愁二郎さん、乗っちゃ駄目」

双葉が必死に止める。確かに当初は戦う気は無かった。が、愁二郎は考えを改めていた。

「ここで点を取れば島田を抜けられる」

まもなく第四関門の浜松ということを鑑みれば五十点あってもおかしくない。それを全て取れば島田どころか、第六関門の箱根まで四人で突破出来るようになるのだ。

「俺がやる」

また考えが符合したのか。響陣は海風で揺れる髪をなぞりながら低く言った。

「二人で来るか？」

西洋人は日本語で今度は呼び掛けてきた。まずこの問いだけで西洋人が達人だと解る。こちらで警戒すべきは己と響陣だと見抜いているのだ。

「いや、一人で十分だ」

「愁二郎さん！」

双葉は袖を引くが、愁二郎は首を横に振った。別に正々堂々という訳ではない。二人掛かりで戦った時、他の者に襲撃されれば双葉と進次郎が危ない。例えばあの薙刀使いの秋津楓くらいの腕の敵ならば、ものの十秒で二人とも殺されてしまうだろう。

「お前はどちらかというと苦手な類だろう」

愁二郎は真顔で言った。本心である。響陣は決して力が強い訳ではない。さらに暗器での翻弄を得意とするものの、あの男は強靭な体軀を持っている。二、三発受けるつもりで突進されれば、響陣としてはかなり苦しい。

「それでも……」

響陣はそれを理解しつつも退こうとはしない。冷静なこの男らしくない。

「勝つ見込みがあるほうがやるべき。俺だ」

愁二郎は潮風に溶かすように呟いた。西洋人の一撃は尋常でなく重い。が、当たらなければ意味がない。全てを避けて仕留めるには、武曲と北辰を駆使する己のほうがよい。舌打ちをしたものの、ようやく響陣も退き下がった。

「愁二郎さん……」

「いつかやらなければならない。待っていてくれ」

愁二郎は諭すように双葉に言うと、西洋人に向けて歩を進めた。その間、西洋人は怪我人に何か話しかけ、腰の革袋から白布を取り出して渡している。

「来たか」

青い目がこちらを見て不敵に笑った。距離は八間ほどである。

「ああ、何をしていた」

「三対一で弄《もてあそ》ばれていたので助けに入った」

「その上、怪我人の手当までするとは……お人よしなことだ」

「ただ金を得るだけでは意味がない」

まるで自らに言い聞かせる様な口調であった。

「正々堂々がよいと？」

「そんなところだ」

この男にも何か深い事情があることが窺えた。だがそれは己も同じである。府中で苦しんでいる妻子を、

――どんなことをしてでも救ってやる。

と、心に誓っている。

「愁二郎さん、いい人だよ。やっぱり――」

「お嬢さん、ありがとう。だがお気遣いはいらない」

双葉がやはり止めようとするのに対し、西洋人は微笑みと共に返した。

「少し待ってくれるか」

「ああ」

愁二郎は頷いた。西洋人はサーベルと手斧を束ねて脇に挟むと、ゆっくりとした動作で腰の革袋から紐を取り出し、長くうねった黄銅色の髪を無造作に結んだ。

「よい相手だ」

西洋人は少し口元を綻ばせた。髪を結ぶ間、愁二郎が言葉通り、何も仕掛けなかったことであろう。生き馬の目を抜く者ばかりの蠱毒では珍しいかもしれない。が、仮に仕掛けたとしても仕留められなかったはず。一瞬たりとも油断はしていなかった。

「名を訊いても？」

右手にサーベル、左手に手斧を戻し短く問うた。零れ髪のせいで野性味をより増して見えた。

「嵯峨愁二郎」

柄にゆっくりと手を落としながら答えた。

「元英国陸軍、第十三竜騎兵隊。ギルバート・カペル・コールマン」

「来い」

「ああ」

声と同時、いや追い越すような速さでサーベルが眼前に迫る。愁二郎は仰向けに倒れるように上半身を引く。眼前を刃が通ると同時、爪先を律動させて躰を立て直して抜刀した。ギルバートの喉元に刃が達する直前、手斧がぬっと視野に現れて受け止められた。

「変わった足遣いだな」

鉈が地を這うように右斬り上げにサーベルが襲ってきた。愁二郎は峰で叩き落としたが、今度は手斧の一撃が来る。愁二郎は左足で踏み切ると身を宙に舞わせた。背面で飛んでサーベルと短剣の間を潜り抜けたのだ。地に足が着くや否や、細かく斬撃を繰り出していく。しかし、ギルバートも手斧を小刻みに動かして応じ、時にサーベルで強烈な一撃を放って来る。砂が足に纏わりつき、跳ね上がって宙を舞った。

——右袈裟。

北辰を駆使して敵の動きを先読みする。が、ギルバートの攻撃は骨に響くほど重く、受け止めても刀が弾かれた。

愁二郎は俯きながら身を回した。項を手斧が掠めていくのが解かる。同時に繰り出した足払いがギルバートの膝裏を打ち抜いた。

景色がゆっくりと流れた。身を宙に浮かせるギルバートは、何故かよそ見をしていた。驚きの表情を浮かべ、尻から地に落ちてゆく。愁二郎が刀を振り上げた時、目の端に異様なものを捉えた。

刀を右手から左手へ。空いた右手を脇差へと移す。ギルバートは受け身を取り、座ったままサーベルを旋回させるように振りかぶっている。愁二郎は脇差を抜くと、弧の軌道の頂点に鋩が到達した時、五指を一斉に開いた。

「ぎゃっ！」

声を上げたのは、ギルバートに助けられた怪我人である。矢のように飛翔した脇差が喉を貫いた。男が口に筒を当て、こちらを狙っていたのだ。

「くっ」

サーベルを何とか受けた。左手だけで耐えられる圧ではない。愁二郎は素早く右手を戻して鍔迫り合いの恰好となった。

こちらは両手。一方、ギルバートは片手。しかも尻もちを着いた姿勢にもかかわらず押し切れない。それどころか顔を顰めて押し戻して来る。恐るべき膂力の持ち主である。

「馬鹿力め……」

唸る愁二郎に対し、ギルバートは野獣の如き咆哮を上げ、刀を弾き飛ばした。勢いで後ろに下がった愁二郎は、再び刀を躰の中心に据えた。ギルバートもさっと立ち上がり、手斧を握った左を前に半身を開いて構える。

「あの男は俺を狙っていた」

ギルバートは顎をしゃくって、絶命した怪我人、いや吹き矢の男を指した。

「どうだろうな」

咄嗟に躰が反応して脇差で仕留めたが、確かに吹き矢の狙いはギルバートだった。

だがどちらにせよ、続けざまに二発目の矢を吹いてこちらを狙っただろう。

「俺は死んでいたな」

ギルバートは苦い息を漏らし、両手をすうと降ろして棹《さお》立ちになる。それと同時に
発していた殺気が一気に霧散した。

「何の真似だ」

「負けだ。札を持っていけ」

ギルバートは剣を鞘に、手斧を腰へと戻した。

「おいおい……いらないのか」

「これでは意味がない」

皆目意味が解らない。だが青い瞳は真っすぐこちらを見据えている。

「もう一戦……という雰囲気じゃあないな」

愁二郎もゆっくりと鞘に刀を納めた。人は軽々しく斬れるものではない。相手を屠

るという気を躰に満たさねばならない。それが削がれてしまった。

「持っていけ」

ギルバートは改めて言った。

「吹き矢が狙っている先は俺も解っていなかった。お前もそれで余所見していたから、俺の足払いを受けたのだろう？」

「さあな」

ギルバートは両掌を天に向けて首を捻る。その頬に柔らかさが戻っていた。

「痛み分けでどうだ。札も山分けでな」

それでギルバートも納得したらしい。ふっと息を漏らして頷いた。二人で手分けして屍から札を探す。

愁二郎は己が仕留めた吹き矢の男を改めた。袋があり中から両端が朱色の三点の木札が出て来た。加えて男が首から下げていた「百六十五番」の木札。合わせて四点である。

「Are you kidding me?」

三人の躰を探っていたギルバートが苦笑する。

「何だ？」

「札が少ない」

坂巻伝内は首の「二百二番」の札の他、五点を持っていた。が、他の二人は前回襲って来た者たちと同様に、「五十五番」と「二百八十番」の首の札だけ。愁二郎も加わって探したが確かにどこにも無かった。

「少なくとも池鯉鮒宿までは持っていたはず……」

当然、参加者ならば池鯉鮒宿を突破する時に五点を持っていたはず。御油で襲撃して来た連中は拳銃男が札を預かるという名目で、実際は脅して使役していた訳だ。だが坂巻は自分の必要分しかもっていないため、またそれとは厳密には違う状態である。とはいえ、二回連続で似たような現象が起きていることは確かだ。

「呼んでもよいか？」

響陣の知恵も借りたいと考え、愁二郎は尋ねた。

「構わない」

ギルバートが了承したことで、愁二郎は手招きをして皆を呼び寄せた。

「まさか助けて貰って裏切るとはな」

響陣の顔は険しいものであった。

「見えてたのか。助けに来い」

愁二郎は小さく鼻を鳴らした。

「阿呆言うな」

ギルバートは響陣が助太刀しに来たと思い攻撃してくる。愁二郎もまた同様である。ギルバートとの約束を破ってしまったことで動揺する。そうなればまた違う決着になっていただろうと響陣は語った。

「それに正直なところ、そっちを狙ってるの解ったからな」

愁二郎が第一の標的ならば動いたかもしれないが、ギルバートならばよしと思っていたと、響陣は付け加えた。

「正直だな」

ギルバートはふっと息を漏らした。

「悪いか」

響陣は吐き捨てるように返した。

「ギルバートさんは強いんだね……」

双葉は感心したように漏らした。

「ありがとう」

素直にギルバートは感謝の言葉を述べた。日本人ならば謙遜から入るだろう。このあたりはやはり文化や風習の違いかもしれない。

「さっきまで戦っていたのに。変なの」

確かに先刻まで命のやり取りをしていた者と、共に推理をしているのだ。双葉には不思議に思えるのだろう。

「子連れで参加なのか……早く逃がしたほうがいい」

ギルバートは心配するように顔を曇らせた。

「違うんです。私も」

「何……お嬢さんが……」

はっきりとした二重瞼を瞬かせ、ギルバートは絶句した。

「ああ、それで共にいる」

愁二郎は双葉といる理由を端的に説明した。ギルバートは半ば茫然としたようであったが、全てを聞き終えると眉間を摘まんで、

「何てことだ……」

と、唸るように零した。

「東京を目指すつもりだ」

「そうか……それしかないだろうな」

ギルバートは二度、三度頷いた。

「ギルバートさん」

「何だい？」

双葉が呼ぶと、ギルバートは尋ね返した。戦っていた時の獅子《しし》の如き相貌とは打って変わり、柔和な顔付きである。

「日本語が上手だね」

「ああ、横浜に長くいたから」

ギルバートは自らを英国軍人だと言った。英国は薩長の支援を行い、幕府を打ち倒すのに大きな影響を与えた。武器の供給だけでなく、多数の軍事顧問を派している。新政府樹立後も横浜に駐留して警察や軍隊の設立に協力していたが、明治四年（一八七一年）に大軍での駐屯が主権を脅かすという日本の主張に応じ、大半が帰国の途に就いた。そこからも駐留軍は徐々に数を減らし、三年前の明治八年（一八七五年）三月二日、その全員が本国に引き上げたはずである。愁二郎がその疑問をぶつけると、
ギルバートは、

「意外と博識だ」

と、凛々しい眉を上げた。

「新聞で読んだ」

「確かに本国は引き上げを命じた」

「ならば何故、あんたは残っている」

「その場で退役したのさ。だが今は国に戻るつもりでいる。金も必要だ」

軍を退いた理由は言わなかった。が、ギルバートの故郷でも虎狼痢《コロリ》が猛威を振るっているらしい。彼らを救うための金が必要だと話した。

「金も……か。事情がある訳か」

再び尋ねかけたが止めた。先刻もギルバートは正々堂々と戦うことに拘った。何か深い事情があるのだろうが、聞いても栓の無いことである。

「そっちもだろう。お互い様だ」

蠱毒に参加する以上、皆が何らかの理由を抱えている。が、この短い間でも、己のそれが邪悪な理由ではないと解ったらしい。

「ところで札は？」

響陣は二人を交互に見て訊いた。

「それで呼んだ」

愁二郎は此度もあるはずの札が無いことを告げた。響陣は首を捻って暫し考え、

「恐らくそんな場所なんやろう。いや、時期といったほうがええか……」

と、推し量った。

「どういうことだ」

「最初とは違うってことや」

己の腕に自信がある者が集まったとはいえ、実力差は雲泥の差なのは明らか。関宿の三点まで弱い者を狙えば可能だったかもしれない。天龍寺の乱戦の中で札を奪って逃げた者もいるだろう。そのような者たちは池鯉鮒の五点を集めるのに苦労したはず。そこで考えるのが、

「徒党を組むってことや」

「確かに……あの辺りから増えたな」

愁二郎は頷いた。振り返ってみると関宿以降、無骨などの例外を除いて徒党を組んで襲撃して来る者ばかりであった。

「その通りだと思います」

進次郎が裏付けるように言った。進次郎も札を集めるのに苦労していたところ、番場に捕まって麾下《きか》に入るように強要された。

「それで池鯉鮒を抜けた後、次は何が起こると思う？」

「徒党どうしの戦い……いや、裏切りか」

「そうや」

響陣は苦々しく片笑んだ。彼らは全体の中で弱い部類に入ると自認したからこそ、徒党を組む発想に到ったのである。一方、単独で池鯉鮒を抜けられるような者は化物級ばかりが残っていく。二、三人の徒党ならば易々と粉砕するだろう。徒党を組んだ者たちがそれに気付いたならば、命がけで強者を狙うよりも、

――裏切って札を奪う。

と、考える。それでかつての仲間から札を奪われる者が続出しているのではないか。札を失った者は焦りから、藁にも縋るようになる。

この集団も二人が札を奪われた者たち。坂巻は何らかの理由で一人となり、彼らを利用しようと麾下に加えたようなことが推察出来る。

「なるほど。それならば坂巻だけが札を持っているのも納得出来るな」

「だから双葉と一緒にいるお前を誘ったって言ったやろう？　俺は早い段階からこうなるのは見越してたからな」

確かに響陣はそのようなことを言っていた。その予想が見事的中したという訳だ。

「なら、探しても無駄か」

愁二郎は絶命した者どもを見渡しながら零し、響陣はひょいと尋ねた。

「札はどうするんや？」

「山分けすることになった」

この場にあるのは十二点。互いに六点ずつということになる。その時、ギルバートが首を横に振って切り出した。

「俺はいい。持って行ってくれ」

「何故だ」

「そちらは四人。島田を抜けるには六十点いるだろう」

次は浜松なのに、何故かギルバートは島田のことを言った。

「まさか……」

「そちらの男が狭山進次郎だろう？」

ギルバートは眉間を開いた。

「気付いていたのか」

「height……身丈か？　他に顔付き、服装まで柊《ひいらぎ》から聞かされている」

ギルバートの言を受け、進次郎の顔が青く染まっていった。

愁二郎と響陣は共にいたから聞かされなかったのか。それとも担当者ごとに差があり、ギルバートに付いている柊がより詳しく語ったことも考えられる。ともかくそこまでの情報が伝わっているならば、度々襲われるのも納得出来た。

「だから島田まで急ぐのだろう。私はすでに十二点ある。浜松は抜けられる」

「いや、それは出来ない」

愁二郎が断ったが、ギルバートは尚も木札を全て持っていくように勧めた。

「私のことも思ってのことですよね……」

双葉が口を開いた。ギルバートは肯定も否定もせずに黙していると、双葉はさらに続けて尋ねた。

「もしかしてお子さんが？」

「ああ。男の子が二人、女の子が二人いる」

「やっぱり。その為にも必ず帰らなくちゃ。半分ずつにしましょう」

双葉はにこりと笑った。ギルバートは双葉の顔を暫し見つめていたが、

「解った。そうしよう」

と、苦く綻ばせて頷いた。こうして木札を六点ずつ分け合った。これで計六十一点。うち十九点が進次郎の持つ黒札分で、これは割ることができないから、あと三点

あれば島田を抜けられる点数である。

「早く離れたほうがいい」

愁二郎は街道のほうへと目をやった。この砂浜は見通しがよい。今はまだ怪しまれてはいないが、いずれ人が倒れていることに気付く者もいるだろう。愁二郎たちが離れようとした時、ギルバートが呼び止めた。

「一つ教えておく。島田まで急ぐつもりだろうが、その先もそのまま急げ」

「その先も？」

「詳しく言えば、五月二十日までに横浜を抜けたほうがいい」

「何かあるのか」

「蠱毒とは関係ない。英国の要人が来る」

その日、横浜港に英国の船が入る。そこに多数の要人が乗っているらしい。そのため日本側も軍を動員して厳重に警備するという。

そのような横浜に帯刀して入ろうとしても止められるし、場合によっては射殺されることも有り得る。それまでに横浜を抜けておかねば、次に警備が緩くなるのは二十五日のこと。蠱毒の期限である六月五日まで十日あまりしかなくなってしまう。横浜から品川までは十分に行けるが、途中でそこまで生き残った強敵と戦わねばならないことを考えれば心許ないだろう。

「解った。頭に入れておく。やはりあんたが先に離れたほうがいい」

今は集団でいるため目立たないが、ギルバート一人が残れば複数人が倒れていることに気付かれやすい。

「お言葉に甘えよう」

ギルバートはそう言って歩を進め始めた。元来、賢いのだろう。かなり難しい日本語を身に付けている。ギルバートは少し離れたところで振り返った。

「東京で会おう。Dance man」

「デンス……？」

愁二郎が眉を顰めると、ギルバートはふっと小さな笑いを残し、もう振り返ることは無かった。

「無茶しないで」

双葉は不安そうに言った。

「すまない。だが……ここで決めたかったんだ」

やはり島田は一気に抜けたい。もしそこで点数が足りなかったら、足止めをくらって、待ち構えていた者、後ろから迫る者に挟み撃ちを受けてしまう。双葉と進次郎の二人を守らねばならない今、それだけは何としても避けたかった。

「行ったぞ」

響陣が顎をしゃくって報せる。ギルバートの姿はすでに見えなくなっていた。

あの男が助力してくれれば、幻刀斎に挑むのに大きな戦力になるだろう。次に会った時には、持ちかけても良いかもしれない。

「浜松まで行こう」

愁二郎が言うのと同時にすぐに歩み出した。双葉は屍に向けて拝むように手を合わせ、その後に追い掛けてきた。この状況でも双葉はなおも優しさを失っていない。当初はそれが弱さに繋がると思っていた。が、今はそれが強さになるのではないかと感じている。愁二郎はそのようなことを考えながら、潮風に髪が揺れる双葉の顔を見つめた。

二

愁二郎たちが浜松宿に入ったのは、十二日の朝のことであった。夕刻にはなるものの前日に入ることも出来たが、それをせずに一つ前の舞坂《まいさか》宿で一泊した。今の状況を鑑みれば、一所にいる時は出来る限り短くしたほうがよいからだ。

ここまで来れば東京までの長い道のりもほぼ半ばまで来たことになる。双葉の他に響陣と進次郎。ここで四蔵、彩八と合流する。天龍寺で蠱毒のことを聞いた時は、一人旅になると予想しており、このように誰かと共に行くなど思ってもみなかった。

「人が多いね」

双葉は往来の左右を交互に見つつ言った。この間、小さな宿場が続いていたため、猶更そう思うのだろう。

「昔からそうさ。権現様所縁《ゆかり》の地だからな」

権現とは徳川家康《とくがわいえやす》のこと。家康はその生涯で幾度か居城が変わっているが、この浜松にいた頃から特に躍進した。故に浜松城のことを「出世城」などと言い、一目見ようと立ち寄る旅人も多いのだ。この宿場を待ち合わせの地にしたのは、人の多い方がかえって目立たないという理由もある。

浜松の待ち合わせ場所は四蔵が指定した旅籠。東京に赴く際、何度か使ったことがあるが出入り口が多く、ふいの襲撃に備えやすいという。屋号は「たつ屋」という。浜松宿のすぐ東を流れる天竜川《てんりゅうがわ》に由来するのだろうか、それとも旅立つということに掛けているのかもしれない。すぐに訪ねたところ、

「田中次郎様はすでにお越しです」

と、主人が教えてくれた。田中次郎は四蔵の偽名であり、軍籍にもその名が記されていると話していた。

四蔵が押さえたのは一階の最も奥の部屋。近くに勝手口があり、確かに逃げやすい構造となっている。

「開けるぞ」

外から呼び掛けてから、愁二郎は襖を開けた。四蔵は正面ではなく、むかってやや左の位置にいる。さらに左手に刀、右手は柄、膝を立てた恰好。実戦だけではない。この用心深さも四蔵の強さの理由であろう。

「来たか。後ろの男は」

解っているだろうが、四蔵は敢えて訊く。

「柘植響陣や。初めまして」

響陣は両腕を上げて掌を見せた。何者かが脅して仲間の振りをして、ここに連れて来させた。そのような僅かな可能性も排除するための問答である。やはり四蔵は慎重である。響陣もまたそれは心得ており、このような姿勢を見せたという訳だ。

「石部《いしべ》宿を過ぎたあたりで俺を見ていたはずだ」

「気付いてたんやな……流石やわ。お前の義弟は」

響陣は愁二郎の肩を小突いた。

「もう一人は狭山進次郎だ」

「何故ここに。しかも厄介なものを持っているらしいな」

四蔵は眉間に細い線を作った。進次郎のことは伝えてあるが、池鯉鮒で置き去りにするつもりだとも話していた。それなのに何故、帯同しているのかということだ。

「彩八が来てからでいいか？」

「構わない」

四蔵は頓着なく答えた。響陣と違い、進次郎の腕が然程でもないことも見抜いている。四蔵ならばたとえ眠っていたとしても、返り討ちに出来るから拘りも無い。

「いつここに？」

愁二郎は腰を下ろしながら尋ねた。

「昨日の昼だ」

「早いな」

「これだけ集まるのだ。不穏な者がいれば除いておきたかった」

浜松は参加者が必ず通らねばならぬ第四の関門でもある。それを見越して罠を張る者がいるかもしれない。他にも辿り着いたのはいいものの、札が足りずに血眼になっている者がうろついていることも有り得るからだ。

「どうだった？」

「一人いたので討った」

浜松宿に入って間もなく、尾行して来る者がいたらしい。目立つのを避けるため、来た方向に宿場を一度出たがやはり付いてくる。人気の無いところまで誘い込み、一合で刀を圧し折り、次の一撃で心の臓を貫いて仕留めたという。

「大した腕ではなかった。しかも首に掛けたもの以外、何故か札を持っていなかった」

「そっちもか」

愁二郎は己たちもそのような参加者に遭遇したことと、それに対する響陣の見立てを話した。

「なるほど。有り得るな」

四蔵はすぐに理解して頷く。

「俺たちは四人で六十一点。ただし、うち十九点は黒札として、一枚にまとめられている。そっちは？」

「丁度、十点で浜松に来た。故に十一点だ」

四蔵は最小限の点数を保とうとしているという訳でもないらしい。襲って来た者を悉く撃破していくと、たまたまその点数になったということだ。

「甚六は？」

「いや、見つからなかった」

四蔵は首を横に振った。宿場で訊き込みも行ったが、それらしい者を見たという話も出なかったという。

「こっちもだ」

池鯉鮒宿の時点で甚六が己たちよりも前に行っていることは確か。追いつくことは無かったということだ。

「彩八は予定通り姫街道を行っている」

東海道に付随する山の手をいく件の街道だ。途中で二手に分かれて探すことになり、彩八はそちらを探している。

「そうか。そろそろのはずだが……」

正確な時刻は判っていないが、約束の正午まで恐らくあと三十分ほどしかない。何かあったのかと心配し始めた時、表で主人が応対する声が聞こえた。が、なかなか跫音が聞こえて来なかった。怪訝に思った矢先、いきなり襖が開いた。

「私が最後ね」

彩八はさっと部屋の中を見渡した。

「全く跫音がしなかった」

「ものにしたらしいな」

愁二郎、四蔵と続けて言った。

「そのつもりで歩いてきたから」

禄存をものにするため、彩八は試行錯誤しながらここまで来たらしい。その結果、受け継いだ頃よりさらに聴力は高まり、自身の微かな跫音も捉え、それを消す歩行法のこつもある程度は摑んだという。

「そうか……」

愁二郎の脳裡には、微笑む三助の顔が浮かんだ。彩八が必死でものにしようとしているると聞けば、きっと三助はそのような表情になるだろう。

「その男が柘植響陣ね」

「よう判ったな」

「判らない訳が無い」

響陣はふっと頬を緩め、彩八は視線を横に滑らせる。

「さよか」

「そっちは？」

「狭山進次郎だ。ここにいる訳を話す」

愁二郎は池鯉鮒宿であったことの一切合切を話した。四蔵はちらりと双葉を見たのみで大きな反応を示さなかったが、彩八は小声で、

「また甘いことを……」

と、漏らした。

「彩八さん、ごめんなさい……」

双葉が口をぎゅっと結んで頭を下げる。

「勝手にすればいい。あんた達が決めたこと。私達はあくまで幻刀斎を討つための同盟を結んだだけ」

彩八は顔を背けながら言った。

「でも、彩八さんの言う通りだと思いました。誰かを守りたいのなら、私も強くならなければいけないと感じています」

「一朝一夕で強くなれたら苦労しない。それに……」

彩八がそこで言葉を止めたので、双葉は不安そうに尋ねた。

「何ですか？」

「いや、何でもない。事情は解った」

彩八は続きを言わず、話を打ち切った。

「甚六はどうだった」

四蔵が本題に切り込む。

「見つからなかった。でも見た者はいる」

彩八も宿場での聞き込みを行いながら進んだ。三ケ日《みっび》宿ではそれらしい者が泊まったと旅籠の女将が、茅場《かやんば》宿では茶屋の娘が饂飩《うどん》を掻っ込んでいたのを覚えていた。どうも甚六は姫街道を通っていたらしい。愁二郎は次の問いを投げかけた。

「姫街道を行くということは何かあったのだろうな……どれくらいの差だ？」

「約一日。厳密には二十時間くらい。急げば追いつける」

甚六の進む速度はやや落ちているという。騒動を起こした池鯉鮒から離れられたことと、自身も札を集めねばならぬことで、足を緩めたものと思われる。

もう一つの目的である対幻刀斎の同盟を持ちかけられそうな参加者を探すことについては、四蔵も彩八も、めぼしい者は見つからなかったという。

「解った。こちらの話だ」

「その子の他にも？」

彩八の視線の先は進次郎である。

「その子って……」

流石に進次郎も不愉快そうな顔になる。進次郎は二十三歳。彩八も捨て子であるため正確かは判らないが、進次郎と同じ二十三歳。修羅場の潜り様を考えれば、彩八からすると子どものようなものだろう。

「この蠱毒の黒幕の正体についてだ」

捕えた者を使って実験を行ったこと。そこから警視局内の何者かが蠱毒に関与している可能性が高いこと。そして、何か嫌な予感がすること。それらを纏めて話した。

「あんたの勘はよく当たるからな」

四蔵はぼそりと呟く。

「だから秘密裏に政府の要人に伝えることにした」

愁二郎が大久保と面識があることには、四蔵も彩八も流石に驚いた様子だった。それ以上にその繋がりが、人斬りをしていたことで出来たものだということにも。

そこから郵便局に行き、大久保には直に繋がらなかったが、その側近中の側近である前島密にまで伝えられたこと。この浜松で返書が届いているはずであることも告げた。

また、ギルバートに出会ったことも話した。味方にできるかもしれないことについても語った。

「まさか人斬りをしていたとはな……」

四蔵はやはりその事が一番驚いたらしい。御一新後のことは手短に話していたが、それ以前のことについて触れたのはこれが初めてである。

「兄弟と戦いたくないと逃げ出した甘い男だからな」

愁二郎は重々しく言った。自嘲している訳ではない。そのせいで、兄弟妹たちの中には継承戦よりも辛い目に遭った者がいるのだ。

「あの時に限ったことではない」

元々、己はよく言えば優しいと思われていた。しかし、師はその甘さが命取りになる、京八流の存続の弊害となると言い、幾度となく激しく折檻《せっかん》したものだ。結果、師の言う通り、京八流にとって己は害となった。そのような己が人を斬って生き延びるという道を取るとは、二人には想像が及ばなかったらしい。

「俺は兄弟を斬りたくなかった……他の誰を斬ろうとも……」

暫し無言の時が流れる。それを破ったのも、また愁二郎であった。

「今も同じだ。もう二度と斬らぬと誓ったのに、己が、双葉が、皆が斬られたくないから斬っている」

「俺も似たようなものだ。西南の役で多くの者を殺した」

四蔵の所属する広島鎮台からも軍が出た。同じく投入された警察と異なり、軍の武器は銃が基本である。

「銃を扱えるのか？」

「軍人だったからな」

「そうか……」

兄弟の中でも四蔵は最も剣の筋が良かった。子どもの頃から、きっと凄い剣士になるだろうと思い描いていたからか、銃を持つ四蔵の姿が俄かに想像出来なかった。

「剣に比べれば遥かに下手だ。だが……それでも容易く殺せる。それが銃というものだ」

三十年間、剣一筋に生きて来た達人を、たった半年の訓練を受けた者が瞬殺する。そのような光景は幾度となく見て来たという。見方を変えれば、銃とは訓練の時を縮めるものとも、相手の研鑽の時を粉砕するものともいえる。

「だからこそ苦しんでいる者もいる」

一年前までは善良な百姓だったような者が、戦場で何人もの命を奪うのだ。戦場では錯乱し、戦後も心を病んでいる者も多くいる。四蔵の部下にも数人いるらしい。

もしこれが剣ならばまた違った結果になったのではないか。人は高が半年で他人を殺められるようには出来ていない。そのように思うこともあるらしい。

「最近の銃の進化は目覚ましい。集団ならば特に気を付けた方がいい。俺たちでもやられる」

四蔵ははっきりと断言した。長い歴史の中、時に化物の如く語られた京八流遣いでもそうなのだ。如何にこの十数年で世が変わったかということが判る。誰でも化物になれるような時代が来てしまったとも言えるだろう。

「彩八は……」

愁二郎は唾を吞み込んだ。彩八の過去に付いては一切聞いていない。語りたくないならばよい。だが語るならば、それを受け止める責が逃げた己にはあると考えるようになった。

「大坂にいた。あとは日本中を」

「どういうことだ？」

四蔵も聞いていないらしく尋ねた。

「銀組《しろがね》っていう旅一座にいたの」

「銀組ってかなり有名だぞ……」

「疎い俺でも知っている」

愁二郎は漏らし、四蔵は頷いた。大坂を本拠としているが、年の半分は日本各地を回っている。軽業、曲芸のほか、日本古来の手妻《てづま》、西洋由来の奇術も取り入れ、毎年のように演目を変えることでも人気を博している。

「私が器用なのを知った前の親方が声を掛けて。食べていくのに困っていたから」

「目立っただろう？」

四蔵は訝しげに問うた。

「本番は目以外には覆面をしていたの。それが条件で入った。客も男だと思っているくらい」

「なるほど」

愁二郎も納得して頷いた。

「旅をしていれば、兄弟も見つかるかもしれないと考えたしね。まあ、皆きっと観に来る余裕なんて無かっただろうけど」

彩八は筋の通った鼻を小さく鳴らし、宙を見つめて続けた。

「色々見てみたかったの。山しか知らなかったから」

それは兄弟ならば皆が解る。世間を知らぬことは己たちを酷く苦しめた。だが見るもの全てが新鮮であったのは確かだ。当初は提灯《ちょうちん》一つにすら興奮したものである。

「その割に全く訛ってへんな？」

一区切りついたところで、響陣が割って尋ねた。大坂に長く住み、銀組にも大坂者が多かったという。彩八の喋り方は確かに上方訛りが無いが、その理由を愁二郎や四蔵は知っている。

「それも私たちは教え込まれてる」

京八流は施政者の剣。時には暗殺のために抜かれることもある。何処かの訛りが付けば、その時に目立ちやすい為だ。

「あんたこそ何で上方訛りなの？」

彩八は訊いた。幕臣である限り、江戸に居を構えているもの。愁二郎もかつて同じ疑問を抱いて尋ねた。

「とある人の真似や」

「伊賀訛りね」

「流石、日本中回っただけはあるな」

響陣は遠回しに肯定した。

図らずも皆の過去が少し知れた。だがそろそろ本題に戻らねばならないと思ったのだろう。四蔵が話を切り替えた。

「この後は？」

「今日の正午までに前島さんから返答がある。もう過ぎた頃だ。まずそれを受け取りたい」

「解った。郵便局だな」

「すぐ戻るから待っていてくれ」

「いや、俺たちも行った方がいいだろう」

四蔵は首を横に振った。

「人目に付くぞ？」

「ここからは、むしろそれでいい」

幻刀斎は継承者三人が手を結ぶことも想定しているだろうから、仮に見られたとしても構わない。先刻から話している通り、ここまで来れば裏切りが出ている組も多い。浜松を越えればもう三十人も残っていない中で、腕の良い四人が群れているとなれば、他の参加者に対しては相当な脅威になるだろう。この後、手分けで甚六を探すとなれば尚更。たとえ一人の時だったとしても、他の仲間の報復を恐れて手出ししにくい。故にむしろ知らしめておいた方が有利だと四蔵は語った。

「お前の義弟は賢いな」

響陣は顎に手を添えて唸る。

「昔から四蔵兄は頭が切れるから」

「馬鹿で悪いな」

彩八の言葉に、愁二郎は苦笑する。確かに昔からである。このような会話を兄弟間でもう一度出来るとは、数日前までは夢にも思っていなかった。故に未だ胸にじわりと込み上げるものがある。

「皆で行こう」

愁二郎は感慨を抑えつつ言うと、皆で旅籠を出た。宿場町を歩いていると、すぐに近付いてきた者がいる。橡である。四蔵と彩八が殺気を漲らせるが、蠱毒の担当だと説明する。

「嵯峨様、香月様、ご無事で何よりです」

「早いな」

「必死ですよ」

橡は苦みのある笑みを浮かべながら続けた。

「札を確かめさせて下さい」

「まだ浜松から出るつもりはない」

こちらには黒札がある以上、浜松を突破すれば、またそのことが他の参加者に知られるのではないかという懸念があり、郵便局での用が済んでからのほうが良いと考えた。

「もう知られています」

橡はちらりと視線を動かす。雑踏の中からまた一人向かってくる。進次郎付きの男、杜である。

「それに札があるならば、早いうちのほうがよろしいかと。何が起こるか解りませんから」

橡は言葉を継いだ。もし見せずにこの直後、誰かに札を奪われれば、たちまち浜松で立ち往生してしまう。が、見せてしまえば、次の関所である島田宿までに挽回すればよいということを暗に告げているのだ。

「随分と優しいな」

「お二方には東京まで残って頂きたいので」

椽は口角をくいと上げた。

「おい、柙。来い」

その時、響陣が手招きをする。すると物影からまた男が現れた。響陣付きの柙だ。

「流石ですな」

柙は苦々しい顔で近付いて来た。

「確かめろ。四人分や」

椽、杜、柙の三人で札を確かめる。進次郎は首に、十九点分の黒札がある。それ以外に、三人で三十点必要なところ四十二点。十分である。

「私たちもやっておく？」

「ああ」

彩八に促され、四蔵も頷く。互いに違うところに目をやると、その先からそれぞれ男が近付いて来た。各々の担当だろう。愁二郎は初めて見る男たちである。

「衣笠様、お気付きでしたか。いやはや、吃驚です」

他に比べて男は早口で忙しさを感じさせた。

「杷《さらい》、あんたが普通だと思っていたけど、随分と煩かったのね」

「そうですか？　はきはきしていると言って下さいよ。どうせ旅をするなら——」

「すぐ確かめて」

「はいはい。十二点ですね。十分です」

そのような話をしている最中、四蔵のほうでも札の確認が行われている。こちらはかなり上背があって目立つ。六尺二寸はあるだろう。身丈五尺八寸ほどの四蔵からすれば見上げるような恰好である。

「樗《おうち》です」

「知っている」

四蔵はさっと手を出し、残る手で襟を開いて首元の札を見せた。

「はい……十一点」

「文句はないな」

四蔵は新たに手渡された、十点を意味する両端が白色の札を素っ気なく袋へ入れる。新たな男の名は杷と樗。やはりここまで全て木偏の漢字一文字の名である。

「行くぞ」

愁二郎は皆に促した。これほどの数が集まればやはり目立ち、時折こちらを見る者がいる。大半は関係の無い者である。が、中には明らかに違う目で見ている者もいた。

「五時の方向」

四蔵が軍人らしい表現で囁く。参加者がいるのだ。愁二郎もほぼ同時に気付いており、彩八に向けて言った。

「頼めるか」

「もう聴いている。私と響陣を知っているみたい」

彩八は禄存を駆使し、雑踏の中の遠く離れた男たちの会話を捉えている。天龍寺で戦っているのを見て、かなりの強さだと知っている。それが手を組んだのはまずい。他も相当な連中かもしれない。そのようなやり取りをしているらしく、四蔵の予想通りとなった訳だ。仕掛けるつもりもないし、尾行も危険だと止めたらしい。

「急ごう」

「よき旅を」

これでこの言葉も何度目か。橡が深々と頭を下げる中、愁二郎たちは宿場の中を歩み始めた。

——残り、三十一人。

漆《シチ》ノ章　局戦

一

郵便局は宿場の外、街道からやや逸れねばならない。浜松郵便局はその地の名主の家を間借りしたようなものではなく、洋風造りの立派な建物である。ある程度の大きさの町では、近隣の基地局の役割も持たせて、このように新造されるのである。

「この局留めで電報が届いているはずです」

こちらも岡崎同様若い局員である。愁二郎は名乗った後にそのように告げた。

「ええと……少々お待ち下さいね……」

局員は探すが出てこない。見逃したのだろうと、もう一度初めから探す。

「ありませんね」

局員は眉を八の字にしながら言った。

「そのようなはずはない」

「そう申されましても……差出人のお名前は？」

「前島密」

「揶揄わないで下さい」

局員は呆れ笑いを浮かべた。自身の属する局の長なのだから、そのような反応になるのも無理はない。

「遅れてるんやないか？」

響陣が横から尋ねた。

「いや、あの人は時間に煩い。延期ならばその連絡だけでもする人だ。やはり今一度探して――」

愁二郎が局員に頼もうとした時である。後ろから声が飛んで来た。

「よく解っている」

「え……」

愁二郎が振り返る。待合いのために置かれた木椅子に座る洋装の男が三人。そのうちの一人は山高帽を目深く被っているため相貌は見えない。身に付けているものは、生地がよいからか青み掛かって見える。檳榔子黒《びんろうじぐろ》と呼ばれるものだ。

「久しぶりだな」

その男はすっくと立ちあがると、帽子の鍔を上げて片笑んだ。

「前島さん！」

「ええ!!」

愁二郎の声以上に、局員の吃驚が響き渡る。写真などでは見たことがあるのだろう。この騒然となっている様から、浜松郵便局の者も知らされていなかったらしい。

「この人が……」

双葉も驚きを隠せず、思わず手で口を覆う。剃刀《かみそり》を少し当てたような薄い眉、一重の目は小さく瞳もまた小さい。耳はやや尖り、鼻は右の孔《あな》のほうが大きく不揃い。口は大きく、唇も厚い。何処か蜥蜴《とかげ》を彷彿とさせる異相である。

「視察ではなく私用で来た。気にせずに働いてくれ」

前島は皆に声を掛けて、ようやく少し落ち着きが戻って来た。

「拳銃を持っている。二人ともだ」

四蔵が耳の近くで囁いた。前島以外の二人である。立ち方から見抜いたのだろう。こちらの警戒を鋭敏に察したらしい。

「舟波一之介《ふなみいちのすけ》と粳間隆造《うるまりゅうぞう》。私の秘書を務めている」

前島が言うと、紹介された二人が会釈をする。帯剣はしていないが元は武士であり、相当に武術の経験もあると見た。

「前島さん、何故ここに」

「直に話したほうが良いと思った」

愁二郎が問うと、前島は口辺を歪めた。そうせねばならぬほど、大きな事態になっているということだろう。

「局長、部屋を使ってもよいか？」

「と、当然です！　ご案内します」

前島に聞かれ、浜松郵便局の局長が額から汗を流しながら奥へと案内する。二十畳ほどの部屋である。長机に椅子が並んでいる。大きな局には会議の為、このような部屋があるらしい。

「掛けてくれ」

前島は手を少し宙に滑らせて促した。愁二郎が座ることで、双葉や進次郎も腰を掛ける。次に響陣が部屋の中を見渡してから、彩八は目を細めつつ座る。目と耳で罠は無いかと探っているのだ。

「俺は結構だ」

四蔵は舟波、粳間、二人の護衛から一寸たりとも目を離していない。先刻、銃の恐ろしさを語ったばかり。しかも武の心得があるとなれば、いよいよ気を引き締めている。

「私はそれでもいいが……粳間、舟波、拳銃をそこに置きなさい」

前島が部屋の隅にある小さな机を見た。

「しかし……」

舟波が渋い顔になる。粳間は四蔵を睨み付けていた。

「構わない」

前島が厳かに命じた。舟波は一丁、粳間は二丁の拳銃を取り出して机に置いた。

「モデル2ではない……」

進次郎がぼそぼそと呟く。

「よく知っているな」

前島は薄い眉を上げた。郵便配達員が拳銃を所持していることは話した。その拳銃というのがS&Wモデル2というもので、アーミーなどとも呼ばれる。高杉晋作《たかすぎしんさく》が坂本龍馬《さかもとりようま》に送った拳銃もこれである。

いってよい。

愁二郎は元々配達員だけあって、それだけは知っているが、他の銃の知識は皆無と
「解るのか？」

愁二郎は何げなく訊いた。進次郎は頷きつつ話した。

「粳間という方の銃は、二丁ともS＆Wモデル3です。モデル2に比べて口径が大きく、威力もその分あります」

粳間は目を細めて鼻を鳴らす。合っているらしい。

「舟波さんの銃は初めて見ましたが、恐らくはコルトM1877ではないかと……この銃は口径によって通称が変わります。それは32口径。通称、レインメーカーです」

「詳しい」

舟波はぼそりと零した。こちらも正解らしい。この拳銃は昨年売られ始めたばかりだという。前回の襲撃の時も進次郎は敵の拳銃を見事に言い当てたが、偶然ではないらしい。何故、それほど詳しいのか。皆が訝しがっているのを察し、進次郎は話し始めた。

「叔父《おじ》が変わり者でして……元幕臣でありながら刀より銃が好きなのです」

旧幕臣の一部は徳川慶喜《よしのぶ》と共に静岡《しずおか》県に移ったが、他は纏まった金を渡されて事実

上は放逐された。纏まった金といっても、二百五十年以上仕えたことを思えば雀《すずめ》の涙ほどの金である。進次郎の父はその金を元手に商いを始めた。いわゆる武家の商法で上手くいかない者が多い中、進次郎の父は小さな居酒屋を懸命に切り盛りしていた。

一方、他家に養子にいった叔父は、これからは銃の時代が来るとして猛勉強し、今では細々とではあるものの修理店を開いた。欧米ではすでにこのような職があり、

――ガンスミス。

と、いうらしい。叔父はいずれ政府の許可を取り、火薬の取り扱い、弾丸の自製も行いたいと嘯いている。そして、跡取りがいないことから、進次郎に後を継いではどうかと勧めてくれている。一応は月に数度通って勉強するものの、やはり不器用に商いをする父を見捨てられない。虎狼痢の流行で店が立ちゆかなくなるまでは、そのような日々を送っていたらしい。

前島は皆をぐるりと見渡しつつ言った。

「すでに気付いているだろうが、二人は秘書であると同時に護衛も担っている。故に官制ではなく、扱いやすいものを遣ってよいと特別に許可を与えている」

「そうですか」

愁二郎は相槌を打ちつつ、昔のことが頭を過ぎった。かつて己も前島の護衛を務め

たことがある。護衛者の得物も刀から銃へ。ここでも時代の流れを感じる。

「これで信じて貰えるか？」

前島が訊くと、四蔵は無言で席に着いた。

「わざわざ目立つことを……」

愁二郎は呆れるように言った。

「郵便局は私の城だ。ここのほうが漏れない」

前島の言葉には自信が満ち溢れていた。

「変わっていないな」

愁二郎は苦く頰を緩めた。緻密な頭脳を持ちながら、最善手のためならば時に大胆な行動も取る。それが上野房五郎、前島密という男である。

「本題に入る。大久保さんに会った」

電報を受け取った直後、内務省に向かって大久保利通に会ったという。まず大久保は、

――刻舟はまだ達者だったか。

と、表情を明るくしたらしい。

「覚えていてくれたんだな……」

愁二郎は漏らした。一時期とはいえ、大久保のことはたびたび護衛した。戊辰の戦で途中、薩摩軍に移ったのも、その時の縁によるものだ。とはいえ、大久保は今や国を代表する政治家。己のことなど忘れていてもおかしくないとも思っていた。

「そして、お前の電報の一切合切を伝えた」

大久保が淡い驚きを見せたのも束の間、話が進むにつれて顔の険しさ、眼光の鋭さは増していったという。大久保は全てを聞き終えた後、

──警視局の過激派の仕業か。

と、唸る如く言った。

「そのような者が？」

「ああ、存在する」

前島は眉間に皺を寄せて頷いた。警視局の前身である東京警視庁時代から、中級官僚を中心にそのような派閥が形成され始めていた。明治に入って創設された軍の権力が強まるにつれて、危機感を募らせた連中である。彼らは表向きには警察の待遇向上を主張しているが、権力の強化、自身の出世というのが本音だという。

だが彼らの思惑とは反対に、東京警視庁は警視局として内務省に統合。軍どころ

か、先んじて銃の携行が許された駅逓局にすら押され始めている。もっともこれは過熱する警視局過激派を抑制するため、大久保が警視局局長と協議してそのように仕向けたのだ。

しかし、昨年の西南の役で、薩摩の斬り込み隊に軍が散々に敗れる事態となった。政府はこれに対応するため、元武士が多い警視局から選抜された抜刀隊が編成された。

「うん……」

双葉が小さく相槌を打つ。双葉の父も旧亀山《かめやま》藩の武芸指南役であったため、そのうちの一人として戦線に送り込まれたので無関係ではない。

「あの活躍が奴らを勢いづかせた」

前島は話を続けた。抜刀隊は獅子奮迅の働きをし、西南戦争の形勢に影響を与えた。このことから警視局過激派は自らの必要性を説き、一気に派閥を大きくしているという。この蠱毒もその過激派が、何らかの意図を持って仕掛けているというのが大久保の見立てだ。

「こんな手の込んだことを何のために……」

愁二郎は静かに問うた。

「正直、理由は確固としない。これはあくまで大久保さんの仮説だ」

前島は前置きして語りを続けた。

今回、注目すべきは「武技ニ優レタル者」が集められたということ。西南戦争以降、不平士族の取り締まりはさらに強化されている。もう内戦を起こせるだけの力は残ってはいないと見ているが、ならば暗殺に乗り出して来る者が増えると見ているからだ。

それが能《あた》うような達人たちの首を三百人近く差し出す。警視局過激派はこれが大手柄になると考えているのではないかということだ。

「そんな……暗殺など露程も考えたことはありません」

進次郎が思わず言葉を発した。全くその通りであろう。

「その通り馬鹿げている。暗殺をした訳でも、企てた訳でもない。だが金で転ぶ輩は、時と場合によっては暗殺者になると妄信しているのだろう」

だからこそ莫大な金で誘き寄せたということだ。前島は細く息を吐いて言葉を継ぐ。

「もっともその金の出所も判らない。奴らだけで用意出来る額ではないからな」

「ならば金像も贋物《にせもの》かもしれないな……」

愁二郎が零した時、彩八が口を挟んだ。

「それはない」

「何故だ？」

「三助兄が本当の金だったと」

戦人塚から逃げる時のことである。彩八はそもそもこの蠱毒が幻刀斎の仕組んだものではないかと疑った。それに対して三助は幻刀斎があれほどの金を用意出来るはずがないと反論したという。だがそれも贋物ならば有り得る。彩八がそう言うと、

――間違いなく金の響きだ。全身がな。

と、三助は答えたという。仏像の指を叩き折った時の音。禄存で間違いなく全身が金で出来ていると判断出来たらしい。

「ならば協力している者がいるということだな」

前島はそのように断定して、さらに話を続けた。

「次にお前たちを監視している者が、如何にして連絡を取り合っているかだ。これは見立ての通り電報だった」

「やはり……」

「郵便局を使わずに電報を出せる者。一部の政治家を除けば警察だけだ」

基本的に電信機は郵便局にしかなく、これらは駅逓局の管理下に置かれている。だが警察はそれとは別に電信機を持っている。これでもって凶悪犯が逃亡した時には連絡して網を張ったり、事件に対して本局の指示を仰いだりしている。電信機があり、使用していることも、警察が関与しているということを裏付ける根拠である。

「使っているのも解ったのですか？」

「うむ。通信自体は全て傍受している」

電報はモールス信号を用いて行われる。これは駅逓局も全て傍受している。今月に入って、やたら警察が電報を使っていることは解っていた。だがこれは凶悪犯が出た時などには見られる現象であり、駅逓局としても然程問題にしていなかったらしい。

「内容も……」

「文言は解っている。だが暗号を用いており、なかなか内容までは特定出来ていない。今、私の部下が東京で解析を行っている」

前島は部下から優秀な者を選抜し、暗号解析に当たらせているらしい。そのことに拘わらず、何か新たな発見があれば、電報でもって報せるようにとも指示しているとのことだ。

「だが一つだけ解ったことがある。電報が打たれている場所だ」

暗号が解析されるまで内容は不明であるが、打たれている場所については解る。その大半がまちまち。これは過激派連中が電信機を持ち出し、所を変えて打っているからだと前島は見た。だがその内、一つだけ場所の変わらぬところがある。しかもその場所を目掛けて打たれる電報も、その場所から打たれる電報も、他の場所よりも群を抜いて多いというのだ。そのことから、その場所こそ蠱毒を催す者たちの本拠だと推察出来る。

「それは……」

「富士《ふじ》山麓。南側。地図上は何もない場所だ」

前島は軽く手を上げると、背後の舟波が一枚の紙を取り出した。その付近の地図であり、そこに掌大の丸が記されている。この範囲の何処かから電報が発せられているのは間違いないらしい。範囲の最も外側だったとしても、もっとも近い村から直線で三キロは離れている。他の省庁に近くの出身者がおり問い合わせたところ、ここには樹海が広がっているだけだという。

「大久保さんは何と」

現在、解っているのはこれが全てということで、愁二郎は大久保の考えを訊いた。

「そのまま伝える」

前島は預かってきた言葉を語り始めた。

まずこのような形でも息災にしていることを知れたのは嬉しい。すぐにでも黒幕を逮捕し、蠱毒から離脱させてやりたいが、それには暫し時を要する。それまでに止めてしまえば、蠱毒の主催者はお前を始末しようと試みるだろう。お前はともかく、連れているお嬢さんの命が危ない。こちらが壊滅させるまで、素知らぬ顔で旅を続けるのが望ましい。数日のうちに本拠を陥落させて全て終わらせるので、それまでは身を守ることに専念してくれ。どちらにせよ東京に来て欲しい。詳しい話を直に訊きたいということもあるが、

――久しぶりにお前と酒を酌み交わしたい。

と、大久保は最後に片笑んでいたという。

「大久保さんも変わらないな……」

愁二郎は零した。動くとなれば慎重かつ迅速。顔も見たことのない双葉のことを心より慮っている。そして、偉ぶらないところも。住む世界が違うとこっちが勝手に思っていたが、伝言から大久保は今もあの頃のままだと感じた。

「だから暫くこのまま耐えて欲しい」

前島は厳かに言った。

「解りました。本拠に踏み込むということですが……」

「大久保さんは川路《かわじ》にそのように命じた」

川路利良《としよし》。薩摩藩の準士分ともいうべき与力の出身である。西郷隆盛、大久保利通によって引き立てられた。銃の腕が頗る良く、禁門の変では長州藩遊撃隊《ゆうげきたい》総督の来島《きじま》又兵衛《またべえ》を狙撃するという大功を挙げている。

明治になってからは西郷の招きで官途に就いて出世を重ね、後に西洋の警察組織を学ぶために欧州に留学。帰国後、警視庁が創立されると初代大警視に就任した。

川路は早くから警察内の不満分子、過激派がいることを察知しており、大久保にこのことを相談していたという。警視庁を内務省に統合したのも、その相談があったからこそ。大久保にとって前島が右腕ならば、川路は左腕ともいえる存在である。

川路は今、視察のために群馬《ぐんま》に出張中であったが、大久保は電報を駆使して事態を伝えると、

——信を置ける者のみで隊を組み、富士山麓の本拠を落とせ。

と、命を飛ばしたという。

「このようなことを申し上げてよいのか解りませんが……」

愁二郎は歯切れ悪く漏らした。

「憚らずに言え」

「川路さんは……信用出来るのですか？」

蠱毒に警視局が絡んでいるのは間違いない。その局長である川路とて信頼出来ないのではないかということだ。

愁二郎も薩摩藩に寄寓《きぐう》している時、川路を見たことがある。一言、二言は会話もしたかもしれない。だが大久保や前島と異なり親しかった訳ではなく、その人柄についてもあまり知らないのである。

「偏屈な男だ。だが官を裏切るような男ではない」

前島は首を横に振った。

それは西南戦争における川路の行動が裏付けているという。西郷が下野した時、多くの元薩摩藩士がそれに付き従った。西郷の引き立てもあって出世したこともあり、川路も後を追うものと皆が思っていた。だが川路は、

――私情においてはまことに忍びないが、国家行政の活動は一日として休むことは許されない。大義の前には私情を捨ててあくまで警察に献身する。

と、表明して官に留まった。大久保はこのことを高く評価し、川路への信頼をさらに強めることとなったのだ。大恩ある西郷を捨ててまで、大義のために政府に残った

のである。今更、裏切るような真似はしないという。

二

「よ、よろしいでしょうか！」

戸の外で声が聞こえた。浜松郵便局の局長の声である。

「何だ」

「駅逓局より電報が届いております。かなりの量で今も打刻が続いております」

「もうそのような時刻か」

五月十二日の正午に浜松郵便局に到着する。前島が東京を離れてから判明したことを、午後一時に電報にて報告しろと出立前に指示していたらしい。

「起こしたものから順に持ってきてくれ」

「はい！」

局長は一度戻って、紙の束を持って来た。入り口で粳間が受け取って前島に手渡す。前島は紙を素早く捲っていく中で、

「よし」

と、小さく呟いた。

「どうしました」

「暗号が一部解析出来たらしい。凡その内容が見えてきた」

その上でこの間、富士山麓に向けて打たれた電報が半ば解析出来たという。数字を表す暗号、そして死ぬ、殺す、逃げるといった物騒な動詞が散見出来る。やはり富士山麓が蠱毒の黒幕の本拠である確信が強まった。

「次です」

舟波が次の束を受け取って渡す。

「何……」

前島が絶句するのが解った。

「何か」

「この二日、特に電報が飛んでいる」

「皆、浜松に近付く頃です。多くの者が死んでもおかしくない」

「いや、違う。富士山麓から、電報が飛んでいるのだ。これまでも多かったが、この二日に限ってはその三倍……中には警視局に飛んでいるものもある」

宛先はこの浜松近辺に半分。これは蠱毒に纏わる連絡と思われる。残り半分は警視局に打電されているという。

「どういうこと？」

彩八が思わず声を上げ、

「きな臭いな」

と、四蔵が静かに応じる。

「舟波、打電だ。討伐隊はもう出たかと警視局に問い合わせろ。川路は昨日戻っているはずだ」

「承知しました」

舟波は部屋から出て打電室へと向かった。その間、局長から運ばれてくる紙は粳間が一手に受けて前島に渡していく。

「警視局の中にも蠱毒に関わっている者がいるのはすでに明らか……だが何を企んでいる」

前島は呻くように言った。

「ちょっと見てもええか？」

響陣が血相を変えて席を立った。粳間が動こうとするが前島が手で制す。

「どうした？」

「今、少し見えたがそれが暗号か」

「そうだ」

この間、飛び交った暗号はそのままこちらに送り、解析出来たところだけは別に纏めて報告しているらしい。響陣の目に留まったのはその暗号の紙である。

「読み解けるかもしれへん」

「真か。しかし、何故……」

「百人組が共通で使ってた暗号に似てる」

百人組とは伊賀組、甲賀《こうか》組、根来《ねごろ》組、二十五騎組の総称である。長き泰平の間、それぞれ表向きにはただの武士になったと思われているが、一部には戦国の頃のように幕府の命を受け、隠密活動をしている者たちがいた。伊賀組における響陣もその一人である。

各組は基本的にそれぞれで動くため独自の暗号を使う。だが稀に大きな役目では、全ての組が協力してことに当たるように命じられる時もある。その時に使う共通の暗号があり、電報の文章はそれに酷似しているという。

「そのようなものが……誰も気付かなかった」

前島は驚きの顔になる。

「政府がきちんと旧幕臣を抱えてくれてたら、こうはならんかったやろうな。特に百人組みたいな下っ端もな」

響陣は皮肉交じりに返したが、そのような場合ではないと思ったのか真剣な面持ちで続けた。

「見せてくれ」

「頼む」

前島は席を譲り、響陣は立ったまま机に紙を広げる。時間にして十二、三分ほど。部屋の中に紙の擦れる音だけが響いた。

「おいおい……まずいぞ」

響陣がようやく発した言葉はそれであった。いつもの軽妙さは微塵もなく、その表情は固く強張っている。愁二郎は席を立って訊いた。

「読めたのか」

「ああ、覚悟して聞いてくれ。大きくは三つ……全部、悪い話や」

響陣の前置きに、前島は喉を鳴らして頷いた。

「一つ目、黒幕は警察内部の過激派やない」

「そんな馬鹿な」

「それよりもっと悪い」

「まさか……」

「ああ。警視局長、川路利良が黒幕と見てほぼ間違いない」

電報で名乗っている訳ではない。だが響陣は警視局の二番手にも指示を飛ばしているることに着目。これが出来るのは警視局長の川路しかいない。群馬に出張というのも嘘で、恐らくはその富士山麓の隠れ家にいるとのことだ。

「俄かには信じられん……」

前島が絶句した時、ちょうど舟波が部屋に戻って来て報じた。

「討伐隊は未だ出ていないようです。川路殿も戻っていないとのこと。あとこれが……」

舟波は新たな電報を前島に渡した。本件とは関係ないが、前島の耳に入れておいたほうがよいと考えたことらしい。

昨日、内務省の中にある地方局の者が訪ねて来た。石川《いしかわ》県士族六人が大久保利通の暗殺を企んでいるという情報を地方局は得た。地方局は直ぐに警視局にそのことを報告したが、川路に伝えておくといった軽い返事だったという。地方局の役人は対応の甘さを見てそこで引き下がらず、出張中の川路に電報を打って欲しいと迫る。役人の

前で確かに電報は打たれ、川路からも返答が来た。だがその内容が、

――石川県人に何が出来るのか。

と小馬鹿にしたもので、全く取り合う様子が無かった。これ以上は越権に当たるため引き下がったが、やはり晴れぬものがあり、大久保の右腕である前島が所管する駅逓局に持ち込んだらしい。

「真なのか……」

前島は眉間を摘まみながら唸った。石川県士族の襲撃が真に行われるかは判らない。ただ常ならば大久保の耳に必ず入れる案件である。やはり警視局は、川路は、何かがおかしい。

「ちょうどええ。それは二つ目に関係する」

響陣は再び話し始めた。

「ちょうどいいとは……？」

「川路は大久保を討とうとしている」

「何だと」

前島は目を見開いて茫然とした。

「大久保が討伐隊を出せと命じた時点で、川路は蠱毒のことが漏れたと察したはず」

響陣は机の上の紙をとんと指で叩いて続けた。

「そこに石川県士族の情報や。今なら暗殺してもそいつらのせいに出来ると腹を括った。いや、そもそもその情報を地方局に流したんも警視局かもしれん」

反旗を翻すと覚悟した時点で、かねてより持っていた情報を地方局に流し、それを警視局に戻させる。これならば暗殺しても石川県士族の仕業と出来る。川路としては失態であるが、少なくとも関与は否定出来るというものだ。

「川路め……」

前島は拳を握りしめた。この段になっては、もはや前島も川路の仕業だと確信を得たらしい。

「最後に三つ目。ええか？」

響陣は皆を見渡した。その顔が少し引き攣っている。

「何だ」

愁二郎が短く聞くと、響陣は深く息を吸い込んで答えた。

「そう時を置かず……警視局と静岡県庁第四課がこの浜松郵便局に乗り込んで来る」

その時である。まるで計ったかのように、局長が血相を変えて部屋に飛び込んで来た。

「お話し中に失礼致します！　今、表に四課が！」

「早速か」

前島は机に肘を突いた手を組んだ。

「気付かんかったんか？」

響陣が訝しそうに訊くと、彩八は苦々しい顔で返す。

「無茶言わないで」

「奥義は常に出している訳じゃない」

愁二郎は首を横に振った。武曲、破軍、文曲などは戦闘の時に遣っているのは判るが、一方で禄存、巨門などは遣っているのではなく、身体の強化と誤解しかねない。しかし、それは間違いであり、己の意志でもって発動せねばならない。またそれには相応の体力が必要であり、奥義の種類、個人差もあるが、時間にも限りがあるのだ。

「なるほどな」

響陣は得心したらしく、彩八に軽く頭を下げて詫びた。

「四課は何と？」

その間、前島は局長に尋ねている。

「ここに前島殿がいるはずで、しかも凶悪犯の人質になっていると…」

「そのような筋書きだな。安心しろ。この者らは凶悪犯などではない」

「それは承知しています。ここに駅逓局長はおられない。何かの間違いだろうと。しかし、四課は引き下がらず、入り口で押し問答となっています。相当な数です……」

局長は喉を鳴らした。その数は百を超える。この浜松ではこれほど多くの警邏を見たのは初めてだという。

前島はいないと主張したものの、四課は何を吹き込まれたか、

——お前たちも脅されているのだろう。救うから安心しろ。

などと言って全く引き下がらないという。踏み込まれるのは時間の問題である。

「俺たちはどうにかします。前島さんは外に」

愁二郎は勧めたが、前島は首を横に振る。

「警視局の者もいるはず。ここまでするからには、下手をすれば私も始末するつもりかもしれぬ」

己たちが前島と会ったのは確か。しかし、前島の城である郵便局での会話は、流石に主催者たちも把握出来ず、蠱毒のことを話したという確証はない。故に己たちを失格には出来ないだろう。

とはいえ、話していないとも思っておらず、これが公になることを相当焦っているはず。凶悪犯が殺した。あるいは救う過程で流れ弾に当たってしまったなどと理由付け、

——この場で前島を葬れ。

と、切羽詰まって指示している可能性も十分に有り得る。

「もはやこれは政府への造反……」

前島はそこまで呟くと、少し間を溜めて、

「駅逓局と警視局の戦だ」

と、低く宣言した。その後はすかさず指示を出す。

「局長、まずは局員と共に避難してくれ」

「しかし……」

「心配無用だ。巻き込んですまない」

前島が頭を下げると、郵便局長は慌てて押しとどめる。

「あ、頭をお上げください。仰せの通りに致します」

「頼む。出来るだけゆっくりと、時を稼いでくれると助かる」

局長は了承すると部屋を後にした。

避難が済むまで長くとも十分ほど。その短い時間で対策を講じねばならぬ。しかし、流石に動乱を駆け抜け、駅逓局の長にまで上り詰めた前島である。落ち着き払って皆に向けて言い放った。

「貴殿らは裏口から出るがいい」

「駄目。しっかり囲まれている」

彩八が耳朶にちょんと指を触れながら答えた。今は禄存を遣っているらしい。裏手からも複数の話す声が聞こえているという。

「ならば私たちが引き付けて時を稼ぐ。その隙を狙うがいい」

前島は自らを囮にすることを提案したが、愁二郎は首を横に振った。

「前島さんを見捨てられない」

「私は東京に打電しなければならない」

大久保が命を狙われていることも報せねばならない。その為にどちらにせよ残らなければならないということだ。

「報せるのは当然です。ただ……それだけでは不安です」

「大久保さんの警護は固い」

常に数人の屈強な護衛が付いており、移動に用いる馬車には鉄板が仕込まれていて銃への備えも万全だという。

「いえ、真に恐ろしいのは、本物の人斬りです」

刀は銃に淘汰されつつある。とはいえ、刀の利点がない訳ではない。弾数の制限もなければ、弾込めの必要もない。愁二郎やその兄弟、土佐の岡田以蔵、熊本の河上彦《かわかみげん》斎《さい》、薩摩の中村半次郎、そして、乱切り貫地谷無骨――。

これほどの達人が来た場合は話が別だ。このような者たちならば、たとえ十人、二十人の護衛がついていようが全て斬り伏せ、鉄の馬車からも引きずり出す。

確かにそれほどの者は滅多にいないが、愁二郎の脳裡に過ぎったのは、天龍寺で京都府庁第四課の剣客を一刀のもとに斬り伏せたあの覆面男である。あの男の剣はその域にあると感じている。もし、あの男を暗殺に投じたならば、大久保の身が危ない。

「動き出した」

彩八がぽつりと言った。外の声が聞こえて来る。局員を誘導する四課の声だ。彩八ほどの耳を持っていない己でも聴こえる。もう突入まで五分ほどしか残されていない。

「前島さん、俺を使ってくれ」

「しかし、巻き込む訳には……」

「巻き込んだのはこっちだ。今は皆で」

　愁二郎はなおも強く迫った。

「私たちの目的にも力を貸してくれるなら」

　彩八が言った。幻刀斎を討つという目的である。すでに甚六と合流出来て四人で戦ったとしても万全とは言えないため、少しでも多くの達人を集めたいと話していた。

　前島らの協力が得られるならば心強いところだ。

「何かは解らぬが、私に出来ることはするが……」

　前島は彩八を見つめた。

「どちらにせよ、向こうは俺たちも的に掛けるだろう」

　四蔵もまた同調した。

「響陣……」

「同盟を持ち掛けたんは俺や」

　響陣は苦々しくも不敵な笑みを見せた。

「私は選ぶ立場にありません」

　進次郎は引き攣りながらも精一杯の笑みを見せる。

「双葉」

「当然」

双葉は寸分の間も空けずに頷く。

「話は纏まった。最善手を打てるのはあんただ」

愁二郎が言うと、前島は茫然としていたが力強く頷いた。

「まず皆でここを切り抜ける。その後はこちらも守りつつ仕掛けたい」

「守りつつ仕掛ける？」

「誰か、一気に東京に入って大久保さんをお守りして欲しい」

前島も愁二郎の話に出た覆面の男が妙に気に掛かっているという。敵がすぐに準備を整えれば、大久保襲撃はすぐにでも有り得る。今すぐ自分と共に誰かが東京に向かって欲しいという。

「間に合いますか？」

愁二郎は訊いた。浜松から東京までまだかなり距離がある。夜通し走ったとしても丸二日は必要となって来る。

「伝馬《てんま》を使う」

等間隔に置かれた駅で馬を乗り継げる制度である。幕府が完成していたものを駅逓局が引き継ぎ、今ではさらに整備を進めている。

「それならば間に合うかも……しかし……」

二つ問題がある。一つはまだ己たちは蠱毒の途中だということ。誰も東京に入れるだけの三十点を持っていない。二つ目は馬を巧みに操れる者がいるかということ。少なくとも愁二郎は無理であるし、響陣も苦々しく首を横に振っている。

「俺は軍人だ。乗れる」

四蔵が静かに言った。

「いいのか……」

幻刀斎を討つのが四蔵の目的である。東京まで行けばその分機会は減ることになるのだ。

「どちらにせよ今は討てないことが解った。奴も東京まで必ず残るだろう。その時、約束通り力を貸せ」

「解った。約束する」

愁二郎ははきと頷いた。

「だが札が……」

「渡せばいいでしょ？」

愁二郎が言い掛けると、双葉が口を開いた。今、愁二郎たちは四人で六十一点、四蔵は十一点を保有している。東京に入るのに必要なのは三十点。つまり十九点を四蔵に渡せばよいことになる。

「なるほど」

「蠱毒の連中もこんな状況は想定もしてへんやろな」

愁二郎は感心し、響陣は頬を緩めた。双葉は四蔵に十九点丁度を渡し、

「お願いします」

と、頭を下げた。

「ああ」

四蔵は札をしっかりと握りしめ、前島に向けて言った。

「一刻を争う。急ごう」

「駅逓局の全力を尽くす」

前島はさらに付け加えた。

「舟波、横浜からはあれを使う。さらに速い」

「承知しました」

舟波は頷くと机に置いてあった拳銃を懐に戻した。

「あれとは？」

「工部省の中には、駅逓局と頗る親密な局が幾つかある」

前島がいうそれらは、管轄の省こそ違えども、協力せねば互いの仕事に大きな支障が出るからだという。電信を司る電信局などその最たるものだ。

「巻き込むことに……」

「駅逓局の全力を尽くすと言っただろう。それに最早、その局面に来ている」

確かにこれは、政府への反乱と言っても過言ではない。前島は表情を一層険しくして続けた。

「必ず力を貸してくれる局の一つに……」

「あと数人」

彩八が割って急かす。今、郵便局長は足が悪いふりをして、局員の介添えで向かうと時を稼いでいるという。残りあと三分も無いだろう。

「話し過ぎたようだ又にする。次は仕掛ける方だ」

前島は残り時間を鑑みて話を戻した。

「どのように？」

「富士山麓の本拠を衝く」

前島は凜然と言い放った。今、こちらは完全に後手に回っている。川路ら首謀者一味は油断しているだろう。逆にこちらが本拠を衝いて一挙に終わらせる手も打ちたいという。

「彩八、頼みがある」

愁二郎は改まった口調で言った。

「あんた……」

彩八は呆れたように溜息を零す。意図をすでに察したのだろう。

蠱毒の本拠となれば、かなり厳重な警備体制が敷かれていることが予想出来る。そこを衝くとなれば危険も大きく、

——俺が行くしかない。

と、考えている。となると彩八にも前島、進次郎、そして特に双葉を守って貰わねばならない。

「前島さん、そこには——」

「俺がええやろ」

愁二郎が言い掛けたのを遮った。響陣である。

「お前……」

「本拠は凡その場所しか解ってない。樹海の中から探し当てるとなると、俺が一番向

いてる。それに……」

「何だ」

「いや、他にも俺が向いていそうな理由があるかもしれんとな」

響陣は含みのある言い方で濁した。

「響陣さん」

双葉が不安げな顔を向けた。

「双葉、一つだけ頼みがある。富士山に向かうなら蒲原《かんばら》宿か吉原《よしわら》宿から。どちらにせよ島田宿の向こうや」

「十四点が必要ってことね」

次の関所である島田宿を抜けるには十五点が要る。本拠を奇襲するため、点数札を集めている暇はない。

「ええか?」

「勿論」

双葉は十四点を響陣に渡した。これで残りは二十七点。十九点の黒札を持つ進次郎はともかく、愁二郎、双葉の二人は浜松を通り抜けられぬほどに減ったことになる。

愁二郎の脳裡に橡のことが一瞬過ぎった。ここに来る前に橡は、せんから。

——それに札があるならば、早いうちのほうがよろしいかと。何が起こるか解りませんと、先に札を確かめることを勧めた。すでに警視局が動いており、逃走せねばならぬ事態になることを知っていたかもしれない。だが何故、わざわざ暗に助けるようなことをしたのか。一寸した気紛れなのか。それとも何か目的があるのか。

「今、局長が呟いた……どうかご無事でと」

彩八が告げたことで思案から引き戻された。局長は最後の一人として郵便局から出た。それは即ち、間もなく警視局、静岡県庁第四課が踏み込んで来るということを意味する。

「いよいよか。どうか頼む」

前島が力強く頷いた。

「皆……」

愁二郎は衆を見渡し、続けて毅然と言い放った。

「東京で会おう」

その瞬間、建物に人が入って来る物々しい気配がした。多くの跫音、踏み込みし者の声も耳朶に届く。

牽制のためだろうか。建物の裏手から攻防の始まりを告げるかのような一発の銃声が鳴り響いた。

＊

仄かな灯りが茫と照らす部屋に、一人、また一人と戻って来る。いずれの者の表情も固く強張っていた。

富士山麓にあるこの洋館には三十を超える部屋があり、四人の客にはそれぞれ豪華な客室を宛《あてが》っている。一日の大半を客室で酒を呑んで過ごす者もいれば、読書に没頭する者、遊戯室でチェスに興じる者もいる。

ただ正午にはこの部屋に集まって会議を行い、午後六時には晩餐会《ばんさんかい》を行う時だけは顔を揃えると決めている。

が、今は夜の十時。急遽、集まるように客室に秘書たちが呼びに行ったため、皆は何事か予期せぬことが出来したと解っているらしい。

「お察しの通り、ちと厄介なことになった」

皆が揃ったところで口火を切った。狼狽せぬように努めて柔らかに言ったつもりであるが、すでに手を小刻みに震わせている者もいる。その者は僅かな間も我慢出来ぬといったように尋ねた。その声もまたか細い。

「川路さん……厄介なこととは……」

川路利良。それが己の名である。胸の前で手を組みつつ、衆に向けて低く口を開いた。

「その前に、今も気持ちに揺らぎはないか確かめたい」

「変わりありません。士族は全て滅ぶべきです」

最も体格のよい男、榊原《さかきばら》が即座に応じる。

不平士族が起こした喰違《くいちがい》の変、佐賀の乱などで、大久保の命を受けて己は密偵を用いて動向を探ってきた。

西南の役でも同様である。部下の何人かは西郷の私学校生徒に捕まった。そこで死んだほうがましと思える拷問を受け、

――西郷を暗殺するつもりだった。

という嘘の証言をさせられた。これによって西郷に心酔する者たちは激怒し、遂には戦が勃発するに至ったのである。

戦が始まってからは、己は警視隊で組織された別働第三旅団を率いて九州《きゅうしゅう》の各地で戦った。後に西南の役で最激戦とも言われるようになった田原坂《たばるざか》の戦いにも参加し

ている。部下たちが次々に死んでいくのを見つめながら、

——こいつらは何だ。

と、敵に激しい怒りを覚えたのを今もはきと覚えている。己も武士の生まれには違いない。とはいえ与力という下級武士の家に生まれた。下に郷士という身分があるものの、与力は全うな武士として扱われず、上士連中から常に白い目で見られていた。上士連中は己たちだけが武士だと言わんばかりの態度を取り、やれ藩を守っているだの、やれ天下国家がどうだと高らかに語っていた。

が、明治政府の樹立後、彼らは不満を募らせて遂にはこのような反乱まで起こすに至った。不満なのは自らの待遇である。それは怠惰のせいだ。その証左に己は与力の身でありながら、日夜勉学に励み、身を粉にするほど働いて初代大警視まで上り詰めている。

それなのに彼らは、廃刀令や断髪などまで引き合いに出し、

——武士の尊厳を失った。

などとほざいている。何度も言う。不遇なのは自らの怠惰のせいなのに。そもそも己は武士という身分には何の拘りも無い。元が下級武士だったということもあるが、戊辰戦争、御一新を経て、武士がそのような下らぬ連中だと思い知ったからだ。

武士にも英邁《えいまい》な者と、愚鈍な者がいる。それは百姓、職人、商人であっても変わらない。獣や鳥を見てみるがいい。本来、能力のある者が生き残り、無いものは絶えていく。これが自然の摂理であったはずなのだ。それなのに人間だけが身分という得体の知れぬもので、怠惰、脆弱、劣等な種を守って来た。徳川幕府という牢獄が壊れたことで、ようやく生物としての本来の姿に近付いただけである。

それを理解せず、自らの欲心で暴れ回り、善良なる民を傷つける。そのような旧時代の亡霊どもは滅さねばならぬ。それが己の唯一の願いであり、使命であると思っている。

西郷は人物であった。恩もある。だが結果、彼も武士であった。他に思惑があったのかもしれないが、そのような亡霊に担がれたのだから言い訳は出来まい。西郷の起こした西南の役によって、亡霊の大半を滅ぼすことは出来た。

だが、未だ残っている。以降、乱を起こすようなことはしていないが、暗殺という、より狡猾《こうかつ》で、より冷酷な手段を用いて我を通そうと、憂さ晴らしをしようとする。

己は一人、また一人とその者らを捻り潰していった。地道ではあるが確実に数は減っている。このままゆけば、己が死ぬまでに亡霊退治は完遂出来る計算も立ってい

た。しかし途中で、

――これは死ぬまでに間に合わぬ。

と、いうことに気が付いた。思ったよりも亡霊の数が多かったことではない。亡霊討伐を邪魔する「それ」に気が付いたのだ。そのせいで途中から一向に捗らなくなったのである。

焦った。何とか「それ」を取り除かなくてはならない。一年間、そのことだけを考えて悩み抜き、ある時に閃《ひらめ》いたのがこの、

――蠱毒。

である。警視局は己に心酔している者が大半であり、こちらの賛同は難なく得られた。が、まだ不十分である。力が足りない。そこで己と同じように、亡霊どもを恐れ、憎んでいそうなものたちに声を掛けた。そして、協力を誓ったのが眼前のこの四人である。

「ありがたい」

大柄の男、三菱《みつびし》の榊原に向けて川路は軽く会釈をした。

三菱は土佐の岩崎弥太郎《いわさきやたろう》が海運業を始めたのをきっかけとして、明治七年（一八七四年）の台湾《たいわん》出兵を機に急成長を遂げた。昨年の西南の役でも軍事輸送を一手に引き

受け、その規模はますます大きくなっている。

「我々も覚悟をもって来ております」

薄い口髭の男、住友《すみとも》の諸沢《もろさわ》が次に口を開く。

三菱と異なり住友の歴史は古い。まだ織田信長が存命であった頃、蘇我理右衛門《そがりえもん》なる銀商人の泉屋《いずみや》がもとだと言われている。以降、金銀銅山の発掘、両替商も営んで財を築いて御一新を迎えた。

今年、住友が保有する国内最大規模の愛媛県別子《べっし》銅山が、政府の財源確保のため差し押さえられるということとなった。しかし、己が要人である岩倉具視《いわくらともみ》と繋ぎ、これは解除される見通しとなっている。そのような己に恩を感じている住友で声を掛けたのが、この諸沢だ。

「まあ、うちほど武士の無法に苦しめられたものはいないでしょうからね」

最も背の高い男は、三井《みつい》の神保《じんぼ》である。三井の前身は言わずと知れた豪商越後屋。徳川時代、幾度となく借金を踏み倒されたことで、二度と武士には金を貸してはならぬという家訓が出来たほど。

明治になって本業である呉服業が低迷したが、政府の財政を握っていた井上馨《いのうえかおる》と特別懇意にしていたことから、五年前に三井は銀行業を任されることとなる。二年前には日本初の私立銀行である三井銀行を設立。その年には徳川時代から続く両替店を発展させ、三井物産も同時に設立された。これによって三井は窮地を脱した。

「わ、私どもも……想いは同じです」

先ほどから動揺があった痩《や》せぎすの男、安田《やすだ》の近山《ちかやま》が絞るように言った。

安田の歴史はまだ然程でもない。幕末の頃、安田善次郎《ぜんじろう》なる越中国の郷士が江戸に出て、玩具店と両替商のもとで修業。

それから六年後に両替商と乾物屋を兼ねた安田屋を創ったのが、まだ十四年前のことである。動乱の時、幕府が市中の古金銀を回収するのを助けて莫大な資産を手に入れ、明治になるとそれを元手に太政官札の取引でさらに利を上げた。金融で成り上がった富商である。

一昨年には大蔵省からの勧めで第三国立銀行を設立。今後は経営不振に陥っている地方銀行の吸収、さらには西洋ではすでに一般的な保険にまで手を広げようと画策している。そのため安田にとっては政府との繋がりは重要である。

「金でしたら算段します」

諸沢が端的に言った。この蠱毒を思い付いた時、真っ先に考えねばならないのが金であった。故に誰が呼び出したか、「四大財閥」などと言われ始めている四家の中から、「これは」と思う人間に声を掛けたのだ。各地にばら撒いた豊国新聞、亡霊どもを釣るための金像、諸々の費用は、当主の知らぬところで、彼らによって拠出されている。

「幾ら使っても元が取れます」

榊原が鼻息荒く同調する。必ず乗って来ると確信した、能力と野心を持った者に声を掛けた。そして、それは見事に的中した。彼らもまた亡霊を憎み、それ以上に恐れている。それは彼らが富みし者であるからだ。

御一新の後、三菱、三井、住友、安田は財を積み上げている。このままだと貧富の差はどんどん広がるだろう。だが、それは己から見れば彼らが粉骨砕身働いているからであって何の問題も無い。不満があれば同じように働けばよいだけだ。そんな財閥も忌諱《きい》しているものが一つだけある。それが「乱」である。

乱は即ち無秩序であり、全てを根底から引っ繰り返す可能性を秘めている。財閥の中にはその乱に乗じて身を起こした家もある。その時はたまたま上手く波に乗れただけ。次はどうなるか解らない。全てが無になることも有り得る。彼らが今後も着実に商いをしていくために乱は防がねばならない。

その乱を起こす者は誰か。それが亡霊、武士である。彼らを根絶することは、彼らにとって十年後、百年後の利を守ることに繋がるのだ。四人はこれをすぐに理解し、己に力を貸すことを約束してくれた。

「有難いが金ではない」

川路が首を横に振ると、近山が不安そうに尋ねた。

「では、何でしょうか……」

「どうも大久保に露見したらしい」

「ひっ──」

近山は引き攣った悲鳴を上げた。

「落ち着け。続きを聞こう」

そう窘めたのは神保である。

「順を追って話す」

まず己はそのことを当の大久保より聞いた。警視局内部に胡乱《うろん》な動きをしている過激派がいるらしい。本拠の地も凡そ摑めているので急いで捕縛して欲しいと。

「つまり大久保はまだ私を疑っていない」

己の言葉で近山は安堵に胸を撫で下ろす。諸沢は馬鹿にするように鼻を鳴らし、

「続きをお聞かせ下さい」

と、促した。

「大久保の耳に何処から入ったのかを調査したところ……どうも前島らしい」

大久保が電報で己に指示を飛ばしたその日、前島が、

――急ぎご相談のことあり。

として訪ねて来ていることが解った。自分で仕掛けておいてというのも何であるが、蠱毒はかなり荒唐無稽なことである。状況に加えて、大久保がすぐに信じて行動を起こしたことからも、側近である前島が蠱毒について知ったと見て間違いない。

「しかし……前島は何処でそのことを？」

神保が怪訝そうに訊く。

「それだ。平岸《ひらぎし》」

部屋の隅で控えていた秘書長の平岸。蠱毒の状況把握、運営はこの者に任せている。

「はい。どうも参加者の一人が前島に報せたのではないかと見ています」

「何ですと。誰か解っているのですか!?」

榊原は顔を紅潮させた。

「確たる証拠がある訳ではありませんが、この者ではないかと」

平岸は一枚の紙をテーブルの上に置いた。皆が身を乗り出して覗き込む。

「百八番……嵯峨愁二郎……」

近山が読み上げると、平岸は頷いた。

「気に掛かって調べたところ、元郵便局員でした」

「故に前島か。しかし、一局員が前島と面識があるのですか？」

諸沢は不審そうに訊いた。

「嵯峨刻舟という名を聞いたことが？」

己の問いに皆が首を捻ったが、神保ただ一人があっと声を上げた。

「まさか……土佐の……」

榊原や諸沢も思い出したらしい。江戸を中心にいた近山だけが解らぬようで左右の顔を覗き込む。

「ああ、土佐、薩摩を渡り歩いた人斬りだ」

己がそう言ったことで、場が一気に凍り付くように固まった。

「その者が郵便局員に……？」

近山が恐々と訊く。

「私も数度会ったことがあるが知らなかった。前島の縁らしい」

川路が目配せをすると、平岸が代わりに話し始めた。

「しかも前島が動いたその日、嵯峨愁二郎は岡崎郵便局に入ったことが確かめられました」

「電報か」

榊原が忌々しく言うと、平岸は頷く。

「後に人をやって調べましたが、電報は確かに打ったが家族に向けてのもの。しかも蠱毒とは何の関わりもないことでした。しかし、何らかの偽装を施しているものと考えます」

「何故、今になるまで判らなかったのです」

諸沢は苛立ちを隠せないように指でテーブルを叩いた。参加者にはそれぞれ担当の監視者が付いている。郵便局に入ろうとした時点で何故止めなかったのか。さらに報告しなかったのかと詰め寄った。

「嵯峨愁二郎の担当は橡……水瀬玄《みなせはじめ》という優れた密偵だ」

これには己が答えた。佐賀藩の下級藩士から警視局へ。西南の役も含め、全ての士族反乱の内偵を行い生還した男である。己もその能力を高く評価している。

「が、如何せんよく言えば掟に厳しく、悪く言えば融通が利かぬ」

さらに続けた。郵便局に入ったことを何故報告しなかったのかと問われた時、水瀬は、

――蠱毒の掟を破った訳ではないので。

と、堂々と言い放ったという。このことが解ったのは、皆に思い当たることはないかと問い合わせた時、嵯峨愁二郎と行動を共にしていた柘植響陣という男の担当、柙と名乗る多羅尾《たらお》譲二《じょうじ》が報告したからである。平岸は頃合いを見て話を再開した。

「これで遅れを取ったのは事実。前島は東京を出ました」

「それは……」

近山がぐっと拳を握る。

「嵯峨愁二郎と合流するつもりかと。恐らく場所は浜松」

「それはまずいでしょう」

榊原にも流石に焦りの色が見えた。嵯峨愁二郎と合流されれば、蠱毒の全貌が知られることとなる。切れ者の前島ならば、黒幕が己であること、さらには財閥の人間が資金を出していることにもやがて辿り着くはずだ。

「しかし、何とか間に合いました。すでに手を打っております」

「どのように？」

諸沢は深呼吸して静かに尋ねた。

「まず一つ。静岡県庁第四課に前島を逮捕させます。そのどさくさに紛れて……」

平岸は手を刀に見立てて自身の首をなぞった。

「しかし、四課だけで対応出来るのですか。そこにはその人斬りもいるのでしょう!?」

近山は口辺に泡を浮かべる。が、これは他の者も同じ危惧を抱いたらしく馬鹿にするものは誰もいなかった。

「嵯峨愁二郎だけではありません」

九十九番、柘植響陣は行動を共に。七番の田中次郎、百六十八番の衣笠彩八も合流する見込みがある。これらは皆、嵯峨愁二郎に勝るとも劣らない達人であるらしい。

「猶更まずいでしょう」

近山は泣きそうな顔になりながら訴えた。

「四課だけでなく警視局から樹《うてな》と榑《ほくそ》……五泉《ごせん》悠馬《ゆうま》、東六市《あずまろくいち》の二人も向かわせています」

「確か撃剣大会で上位の」

榊原は自身も撃剣をやるため記憶していたらしい。五泉は今年の四位、東は三位になった男である。参加者の監視担当にはつかせず、このような時に備えて待機させていたのである。

「しかし、相手も……」

諸沢が言い掛けるのを、平岸は制するように言った。

「加えて軍も動かしています」

「ならば……」

「銃があるということです」

警視局と軍部は正直なところ仲が悪い。だが己からの頼みということで、軍部は貸しになると思ったのであろう。加えて前島がさらに軍部と仲が悪いということもある。すんなりと了承してくれた。

「さらに」

「まだ何か……」

これだけでも十分なのに執拗《しつよう》に手を打つことに、神保は驚愕を隠せないようである。

平岸は紙を掲げ、一点を指で示す。

「この男、嵯峨愁二郎に執着しているとのこと。四課には元警官だと説明し、助っ人として送り込みました」

「それは」

徹底ぶりに諸沢は苦笑し、他の者は憐れみの顔に変わった。

「そちらは解りました。しかし、大久保はどうするので？」

榊原が頷きつつ尋ねる。平岸は黙す。これは己の口から言うべきであろう。細く息を吐いた後、はきと言い切った。

「討つ」

「なっ――」

皆が驚愕するのも無理はない。世間では己は大久保に目を掛けられてここまで来たと思われている。しかし、事はそれほど単純ではない。大久保は己に、警察というものに強い警戒心を抱いている。故に独立した警視庁を解体し、内務省に警視局として取り込んだのである。駅逓局に銃の携帯を許し、警視局の要求を撥ね除けるのもまたそれが理由である。いずれは凌がねばならぬ壁だと考えていた。それが早まっただけのことだ。

石川県士族が大久保の暗殺を企てているというのも、今の己にとっては僥倖であった。暗殺を擦《なす》り付けることが出来る。

「大久保は暗殺をかなり警戒しているのでは……」

榊原は絞るように訊いた。

「櫻《さくら》を向かわせた」

櫻は己の、いや蠱毒の切り札である。天龍寺では京都府庁第四課の「疾風の安神《あんじん》」こと、安藤神兵衛を一瞬で屠ったことでも腕が確かであることを示した。この場にいる者には、この櫻の正体を告げている。

「ならば可能かもしれませんね」

「いよいよ川路殿の本気が解りました」

などと、口々に納得する。櫻にはそれほどの実績と信頼がある。面々をゆっくりと見渡した後、地を這うが如き低い声で宣言した。

「これより警視局と駅逓局の戦争を始める」

捌《ハチ》ノ章　浜松攻防

一

浜松郵便局は静岡県東部の統括局。常時十数人が内勤し、配達員の数は三十人にも上る。郵便局にはまだ珍しい二階構造であり、上には書類などが保管されていた。業務を行う執務室も四十三坪とかなりの広さである。電信機も執務室にあり、裏口から出るためにもここを通らねばならない。応接室から廊下、そして執務室の戸を一番に開いたのは愁二郎である。

「おお」

愁二郎は眉を開いた。執務室にはすでに警邏が満ち溢れている。その数は二十数人。今から局舎の中を探索せんとするところであろう。こちらがあまりに呑気に姿を現したため、皆が一瞬呆気に取られたような顔になった。

「まだ残っていた局員を発見――」

若い警邏が報告しようとするが、誰かが打ち消すように叫ぶ。

「そいつが賊だ！」

その声が響くより早く、愁二郎は執務室を駆け抜けている。

――多い。

正面の観音開きの扉が開け放たれており、まだまだ数がいることが解った。正面だけでこれならば、百は優に超える数で来ていると予想された。

走りながら、積まれた書類を払って舞い上げる。宙を漂う紙の間を行くのは愁二郎だけではない。すでに四蔵、舟波、彩八が執務室に飛び込んでいる。それぞれ書架の陰、引っ繰り返した机を楯に身を潜める。

「捕らえろ！」

「凶悪犯だ！　容赦するな！」

「手に余ったら殺しても構わぬ！」

などと警邏たちの声が飛び交う。

「駅逓局局長上級秘書、舟波一之介だ。前島局長謀叛《むほん》は虚報なり。即刻襲撃をやめるならば、当方は内務省に出頭する用意あり」

こちらとしても舟波が机を楯にして訴えるものの、

「往生際が悪い！」

「騙されるな！」

などと、間髪を容れずに返ってくる始末。事情を解っている者が信じさせないようにしているのか、川路を信じ抜いているのか、あるいは己が正義だと疑いもしていないのか。

「無駄だったな」

愁二郎が苦く呼び掛けると、舟波は大仰に舌打ちした。

「局長の命だからな」

百中九十九まで止まらない。解っているものの、前島はこちらの見解を伝えろと命じていた。それで止まらないならば、

――もはや容赦するな。

とも。この弁明拒否が合図となって、一斉に姿を現した。

愁二郎は待ち構えない。こちらから警邏の群れに向かっていく。降り注ぐ警棒を掻い潜って一人の膝裏を蹴り抜き、二人目を掌底で沈め、三人目を足払いで横転させ

に呼び掛けた。
愕に顔を染める男の顔が見えた。着地と同時、腕、腿と斬って沈めつつ、愁二郎は皆
たまま腰間の剣を抜き放った。迫っていたサーベルを弾き飛ばすと、その向こうに驚
その中、北辰が刃の来襲を告げる。愁二郎は残った軸足で床を蹴り、宙で身を回し
る。武曲を出し惜しむことはない。

「抜刀警官がいるぞ」
「十数人というところか」
四蔵は二人の抜刀警官に挟まれている。抜刀警官は気合いを発して同時に斬り掛か
る。次の瞬間、鉄に鋸を引いたような異様な音がした。サーベルは根本から折れて宙
を舞う。しかも二本とも。これこそ破軍である。
「なっ――」
抜刀警官が吃驚した時、四蔵はそれぞれに斬撃を加えて次の獲物、五、六人が纏ま
っている群れに突っ込んでいる。警棒、サーベルに拘わらず、四蔵の刀に触れれば二
つに分かれる。警棒の一撃が四蔵の脇腹を突いた。普通ならば卒倒するか、最低でも
呻くはずだが、四蔵は全く意に介さずに手首を斬り落とした。
あれほどの数に躍り込めば一撃を貰うのは仕方が無い。四蔵もそれは想定内。警棒

で突かれてしまったのではない。敢えて巨門を発して脇腹で受けたのだ。

「新手！　銃！」

彩八が抜刀警官の腕を斬り飛ばしながら叫ぶ。正面から続々と入って来る。いずれも警邏の制服ではなく軍服。手には西南の役で猛威を振るった、スナイドル銃を手にしている。

「撃《て》ぇ!!」

轟音が鳴り響き、硝煙が噴き上がった。紙が再び舞い上がり、甲高い跳弾の音が執務室を泳ぎ回った。銃兵がけたたましい悲鳴を上げた。銃撃の直後、彩八が飛び掛かっていたのだ。敵から見れば硝煙の中から、ぬっと姿を現したように見えただろう。

「次弾を――」

文曲が猛威を振るう。彩八は小脇差だけでなく、左で刺刀を抜いて、指示を出そうとした者の首を掻っ切る。二つの刃が竜巻の如く旋回し、次々に切り裂いていく。

それぞれの傷がさほど深くはないのは、仕留めることよりも次弾を撃たせないことを優先するため。禄存で撃鉄を引く音を捉えた順に、目で見るまでもなく斬っているのだ。

抜刀警官の猛攻をいなしている間に、さらに三人の軍人が踏み込み、彩八に銃を向けた。が、立て続けに何かに額を弾かれたように倒れる。

「上手いね」

小脇差と刺刀で抜刀警官の両腕を同時に刻み、彩八はふっと笑みを浮かべた。

「当然だ」

舟波は弾倉に弾を込め直しつつ鼻を鳴らす。コルトM1877レインメーカーが三度、火を噴いたのだ。

「いける！」

「確保！」

愁二郎と四蔵の声が重なった。作戦の第一は執務室に入った敵を押し返し、拮抗状態を生むこと。それが達せられた今、作戦の第二に移行する。

二人の呼びかけに応じ、応接室に続く廊下に繋がる戸が開き、粳間、前島、進次郎、響陣、そして双葉の順に執務室に入って来た。

「局長、ここです！」

舟波が呼び掛ける。粳間に守られながら、前島は前屈みで走って辿り着くと、床に降ろされた電信機を叩き始めた。内務卿大久保利通への直通電報を送るには合言葉、手順が必要であり、それはこの場では前島しか知らない。内容は、

――カワジ　ケイシキヨク　ムホン　バンゼンヲキサレタシ　ワレイソギモドル

と、いうものである。

「響陣！　進次郎と双葉を頼むぞ！」

愁二郎は机の上に滑り込んで、警邏の顔を蹴り飛ばした。

「任せとけ」

響陣は手裏剣、銑鋧、苦無《くない》の類は打たず、鎖分銅で警邏の額を撃ち抜き、返して抜刀警官のサーベルを絡め飛ばした。この後、富士山麓の敵本拠を急襲するにあたり、限りある飛び道具は、

――出来るだけ残しておきたい。

と、言っていたのである。こちらが次々に無効化しても、敵は続々と新手を投入してくる。百ほどだと思ったが、この様子だともっと多いのかもしれない。

「恐らく一個中隊出ている」

四蔵は銃剣をも粉砕しつつ、また一人を斬り伏せた。

「何人だ!?」

「約二百」

「多いな……」

「小隊長から順に討つ。それで崩れるはずだ」

「見分けが――」

「俺が見る」

この会話中も、愁二郎が三人、四蔵が二人を仕留めている。執務室には斬られた者たちが転がり、足の踏み場も無くなっている。まだ息のある者は局舎から引きずり出されるが、また新手が容赦なく踏みつけながら入って来る。

「警視局の犬が！」

粳間は二丁のS＆Wモデル3を使って弾幕を浴びせた。一丁でも凄まじい轟音。それが二つ重なって雷鳴を彷彿とさせる。

粳間は適当に撃っている訳ではない。腕は確からしく、銃兵の四、五人が絶命するか悶絶している。

「彩八、今舌打ちした男だ！」

四蔵は敵の銃弾を横っ飛びで躱しつつ叫んだ。彩八の小脇差がしなりつつ旋回して、軍人の一人を屠った。小隊長だったのだろう。銃兵たちに動揺が走るのが見えた。

「強すぎる！　弾込めする間が――」

「抜刀警官隊をさらに！」

軍人があちこちで喚く。銃兵が切り込みで崩れたのは西南の役で経験済み。それへの対応策が抜刀警官隊で銃兵を守るというものだ。今後、さらに攻勢が増すと直感し、愁二郎は銃兵を斬り捨てながら叫んだ。

「前島さん!!」

「あと少しだ！」

姿は見えぬが前島の声が聞こえる。

「刻舟！」

舟波が助けを求めた。敵の第一目標は前島密らしい。舟波は迫る敵を狙撃して除いている。進次郎いわく、極めて珍しいダブルアクション式という拳銃で、指で撃鉄を上げる必要がなく、引き金を引き続けるだけで弾を発射する。しかし、構造が複雑なため故障も多く、欧米では修理屋泣かせと言われているという。だがそれでも、迫る敵があまりに多く弾込めが追いついていない。

愁二郎は前島の警護に向かう。背後で己に狙いを付けている銃兵が視えた。書架に足を掛けて宙に飛ぶ。銃弾が脚のすぐ傍を通るのが解った。

「今の内に弾を」

愁二郎が静かに言い、警邏二人、抜刀警官一人、銃兵一人を瞬く間に沈めた。窓ガラスが次々に割れ、そこから軍兵が入り込んで来る。

「怯むな！」

「押せ！」

正面からは抜刀警官が二人。両人ともサーベルではなく日本刀をベルトに捻じ込んでいる。サーベルは脆い上に、使い慣れているものがよいと日本刀を用いる警官はいる。二人ともかなりの達人だというのは一見して解った。敵は第三波で一斉攻撃に出た。恐らくこの二人が切り札なのだろう。

「東六市と五泉悠馬！　相当に強いぞ！」

粳間が両手の銃を放つが、東と五泉はぱっと分かれて躱し、そのまま両翼から回り込むように突貫して来た。これも前島を狙っている。

「四蔵兄！」

「ああ、細身を任せる」

化野四蔵と東六市、衣笠彩八と五泉悠馬が激突する。

愁二郎は舟波と共に防戦する中、目の端で異様なものを捉えた。正面の扉の所に男が立っている。逆光のため相貌ははきとしないが間違うはずはない。愁二郎は今日一番の切迫した声で呼んだ。

「前島さん、まだか！」

「待て、待て、待て……終わった！」

「よし、急げ！」

作戦の第三は電報を打ち次第、撤退を始める。ただし裏口にも敵がいるだろうから纏まった戦力で脱出し、かつ残りは殿としてここで時を稼ぐ。

つまり前島、舟波、響陣、四蔵でまず撤退。響陣はそのまま富士山麓へ。残る三人はそのまま東京へ向かって大久保救出へ。

殿は愁二郎、彩八、粳間、そして進次郎と双葉。四蔵たちが退路を確保したところで、彩八の護衛で双葉、進次郎も逃げる。

愁二郎と粳間が最後の砦《とりで》となり、頃合いを見て退却。戦いの中で撤退戦が最も難しいということで、軍に長らく所属した四蔵が立案した作戦である。

――どうする。

愁二郎の頭が目まぐるしく旋回する。

四蔵は真っ先に撤退する予定であるが、まだ東六市なる男と対峙している。己が代わるか。いや、前島の護衛が薄くなる。真一文字に向かって来たら、粳間と舟波で防げるのか。いや、あの無秩序な男ならば、双葉や進次郎をまず狙うことも有り得る。
その時は響陣が一人で——。

二

そこまで考えた時である。この喧騒の中でも、はきと扉の男の声が聞こえた。

「やってるねえ。こりゃあ、極楽だ」

男は血風と硝煙で煙る執務室を見渡しつつ、ひた、ひたと歩を進める。陽射しから逃れ相貌もはきとした。やはり間違いない。

「貫地谷無骨……何故ここに……」

愁二郎が歯を食い縛った時、無骨がふっとこちらを見た。

「お、いたいた。やりに来たぞ」

「俺が目的か」

「当然だ。他に何がある」

無骨はべえと舌を出して鼻を鳴らした。

何故、此処にいるのかはこの際どうでもよい。執拗に己を狙っているということは解った。ただ裏を返せば興味があるのは己だけで、前島のことはどうでもよいと見た。

「お前の他も相当だなあ。何の褒美だよ……迷っちまうぜ」

無骨は四蔵や彩八を見て舌なめずりをした。

「くそっ！　こんな小娘に――」

「鼓動が速くなっているよ。小娘を相手に」

憤怒に顔を染める五泉に向け、彩八は嘲笑を浴びせる。五泉の猛攻は、躱され、払われ、いなされて、彩八に鋩も触れない。代わりに攻め続ける度、五泉の躰に大小の傷が刻まれていく。

「いつまで間合いを取るつもりだ？」

四蔵は冷ややかに東に向けて言う。東は四蔵と十分な距離を取り、斬撃を躱しつつ雀蜂《すずめばち》の如く必殺の時を窺っている。

「触れれば刀が折れるのだろう」

「刀だけじゃない。人も折れる」

四蔵の一言に、東は悪寒が走ったように身震いする。

「俺が動きを止める。銃でこいつを狙え」

東が背後の銃兵に指示を出した時には、四蔵の胸が微かに躍動しており、

「廉貞」

と、呟いた。刹那、四蔵が一気に間を詰めて突きを繰り出した。

「ぐっ——」

東は引き寄せた刀で払う。が、甲高い音と共に圧し折れ、刺突は逸れるどころか、緩まることもなく東の胸を深々と貫いた。

直後、銃声が鳴り響くが、四蔵は東の躰をずらして楯とした。東は無数の銃弾を受けて絶命した。いや、刺突で心の臓を貫いた時に死んでいただろう。あの呼吸は廉貞。身体能力を高めつつ、破軍の突きで仕留めたのである。

「おお……何だ、ありゃ。凄すぎるだろう。お前、俺とやるぞ！」

無骨が四蔵を指差した。四蔵は一瞥するのみでこちらに走って来た。

「仕留めた。彩八も間もなく終わる」

「ああ」

「やれるか？」

四蔵は無骨に向けて少し顎を振った。

「心配ない。大久保さんを頼む」

愁二郎が改めて言うと、四蔵は無言で頷いて前島、舟波と共に裏に向かった。

「愁二郎、俺も行く」

次にやって来たのは響陣である。双葉と進次郎を連れてやってきた。打ち合わせ通り、四蔵たちと退路を確保しつつそのまま退く。蠱毒の黒幕を打ち破ったとしても、出来なかったとしても、次に会うのは最後の関門である品川という約束である。

「ああ、後は任せてくれ」

「響陣さん、無理はしないで」

双葉は上目遣いに訴えた。

「解っている。同盟は続行やからな」

「うん！」

響陣はぐしゃりと双葉の頭を撫でると、身を翻して四蔵たちの後を追った。

「裏が崩れた！　増援を！」

小隊長と思しき者の一言で、執務室内の兵の一部が外に出て随分と攻勢がましになった。さらに東六市が難なく四蔵に討たれたことで、特に警邏、残り僅かな抜刀警官に動揺が走っている。愁二郎が響陣と会話している最中、さらにその狼狽は大きくなった。

「嘘だ……そんな……」

彩八と対峙していた五泉悠馬である。全身にはざっとみるだけでも二十数ヵ所の刀傷。最後は喉を掻っ切られ、零れ出る血を掻き集めるような仕草をしながら、どっと膝から頽れた。

「調子が悪いかも」

彩八は手首を回しながら吐き捨てると、また始まった銃撃を掻い潜ってこちらに駆け寄って来た。

「二人を頼む。打ち合わせ通りだ」

次は彩八たちが脱出する番である。ここから三つ先の宿場である掛川《かけがわ》宿で落ち合う段取りになっている。

「やれるの？」

彩八が四蔵と全く同じことを訊いたので、愁二郎は思わず頰を緩めてしまった。

「心配か」

「幻刀斎を討つのに困る」

「心配ない……やるさ」

粳間はやはり刀も遣う。一丁を腰のベルトに納め、拾った刀を右手に、残る一丁の拳銃を左手に奮戦している。ただでさえ兵が減り、さらに東、五泉を討たれた敵は恐慌に陥っており、粳間一人にさえ攻めあぐねていた。

「何を……」

彩八が怪訝そうに尋ねる。愁二郎が転がっていたスナイドル銃を摑んだからである。

「火を放つ」

この状況で最後は己と粳間の二人で逃げるとなれば、これくらいのことはせねばならない。散らばった書類を集め、火薬を塗すと、スナイドル銃の撃鉄で火花を散らした。ぱっと火が起こって燃え始める。さらに書類をくべて炎が大きくなったところで、愁二郎はそれを蹴り飛ばした。燃えた紙が飛び散って、散乱した書類に早くも引火して煙が上る。

「行け」

愁二郎が言ったその時である。警邏が折れた足を引きずりながら、

「宮本《みやもと》殿！　助けて下さい！」

と、無骨に必死に訴える。

「宮本……？　ああ、俺か」

無骨が不敵に口角を上げる。凡そのことが見えた。恐らく川路は無骨にこの場に己がいることを教えた。そして静岡県庁第四課や軍には、協力者「宮本某」と紹介して合流させたということだろう。

執務室の凄惨な光景と血の香りを堪能するように、無骨は時にぐるりと見渡し、時に深呼吸をして恍惚の表情だった。だが今の瞬間、ぱちんと何かが嚙み合ったかのように、目に激甚たる殺気が宿り、粳間に向けて歩を進める。愁二郎は鋭く呼び掛けた。

「粳間！　逃げろ！」

粳間はサーベルを片手で受け、拳銃でどうと抜刀警官の胸部を撃ち抜いたところ。銃声で聞こえなかったのか、

「何だ!?」

と、訊き返した。

「そいつは貫地谷無骨だ！」

「乱切り無骨か」

「えっ――」

粳間は躰に気合いを充満させて身構える。警邏や軍の中にも、無骨の名を知ってい

る者は少なくない。味方の中に無骨が混じっていたことに困惑している。

「戦うな！　退くぞ――」

「話が違うじゃねえか」

無骨の滑りとした声がはきと耳朶に届いた。横の彩八もさっと顔を顰める。

互いの距離は三間。粳間は拳銃をぶっ放す。しかし、撃ち抜いたのは無骨の残像。半歩左へと躰を移している。

「玩具《おもちゃ》は止めようや。色がねえ」

「賊が――」

間合いを一気に詰める無骨に対し、粳間の巨軀から、強烈な刀での一撃が降り注ぐ。

この無法者のどこにそのような繊細さがあるのか。無骨は刀で柔らかに受け止め、ふわりと絡め飛ばした。粳間はすかさず左手で拳銃を放つ。が、銃弾は訳の解らぬ方向へ飛び、警邏の頭を撃ち抜いた。無骨が粳間の左手を斬り落としたのである。

「粳間！」

愁二郎はすでに駆け出している。

「くっ」

粳間は苦悶に顔を染めるが、まだ諦めてはいない。すでに右手は腰のもう一丁の拳銃を掴んでいる。

豪、轟、業と、拳銃が火焔を噴く。無骨は躰を開き、首を振り、粳間の腕を鷲掴みにして引っ張る。三弾は全て当たっていない。

「よっ」

無骨は軽い気合いを発し、俎板《まないた》の上の鯉を斬るかのように、粳間の手の甲に向けて刀を叩き落とした。

「ぐああ！」

「斬れるな」

粳間の五指が落ち、拳銃も真っ二つに割れた。手首を狙わなかったのは、己の斬鉄が拳銃に通用するか試したかのように。

「この外道めえ！」

粳間はなおも体当たりを見舞うが、無骨はひらりと躱してどっと頭から倒れ込む。

「これ、引くだけで弾が出るのか？」

無骨は切り落とした粳間の左手をひょいと掴む。粳間は唸りと共に首を捻って睨み付ける。無骨は銃を向けて、掛かったままの粳間の指を引いた。銃弾は眉間を撃ち抜き、粳間の頭はどんと地に落ちた。

「新しい時代に、新しい自害だな」

無骨は呵々と嗤いながら、粳間の腕を放り投げ、

「俺たちは古くいこうぜ」

刮《かっ》とこちらに鋭い眼光を向けた。愁二郎は迫っている。その距離は僅か一間。二つの刃が宙で交わって火花を散らす。

「黙れ」

「やってみろ」

無骨はにんまりとして斬撃を放ち、愁二郎は払い除ける。互いに刃の応酬。周囲の者には二人に無数の白線が纏わりついているように見えるだろう。

思った以上に火の回りが早い。嬉しい誤算である。広がった焰は窓掛《カーテン》けにまで纏わりつき、黒白入り混じった煙を吐き散らしている。もう十分も経たずして執務室は赤に蹂躙されるだろう。絶好の頃合いである。

「彩八！　行け！」

愁二郎は輪舞の如く足を動かしつつ叫んだ。

「進次郎さん！」

双葉の声だ。ちらりと見ると、進次郎が燃えた紙を摑み、窓掛けに移して回っている。火の回りが予想より早かったのはこれが原因だったと悟った。

「お前も早く――」

「俺を見ろよ」

無骨の鬼気迫る一撃は受けるしかなかった。この細身の何処にこれほどの力があるのかというほど重く、愁二郎は後ろへと吹き飛ばされた。すぐに体勢を整えて迎え撃つ。とてもではないが進次郎を救いに行く余裕は無い。

「彩八さん、双葉と先に！」

進次郎は警邏から逃げ回り、スナイドル銃を拾い上げて銃口を向ける。弾が残っていなかったものの、警邏はあっと身を固めて足を止める。進次郎は銃を放り投げると、走りながらまた別の銃を拾った。今度は弾が残っていたらしく轟音と共に警邏の腿を撃ち抜いた。

「私もすぐに行きます！　早く！」

彩八は頷き、双葉の手を思いきり引いて走るのが辛うじて見えた。

「進次郎！　生き残れ！」

「はい！」

愁二郎の咆哮に、進次郎も必死の声で応じた。焔風が轟々と巻き始め、地獄絵図のような様相を呈し、警邏や軍人の中にも退避しだす者が続出している。

無骨はとんと大きく後ろに飛び退くと、転がった警官の頭に足を乗せ、刀を肩に担ぐような構えを取った。

「ようやく俺を見てくれるか？」

「早く逃げないと、お前も焼け死ぬぞ」

「それがどうした」

無骨は眉を開いて鼻を鳴らす。腕は超一級である。だがこの男、気がふれているとしか思えない。

「やはり宮宿で斬っておくべきだったな」

「そうだろ。まあ、あれはあれで楽しかったがな」

「まさか……」

あれほどの腕の者である。さらに多くの衆目もあった。今の今まで、適当なところで退避したと思っていたが、無骨の口振りに引っ掛かった。

「首は鳴海あたりに捨てといた。探すか？」

無骨は虚《うつ》けた顔を作った後、炎の忍び寄る天井に向けて高笑いを放った。

右京の強さはかなりのものであった。響陣、カムイコチャ、ギルバートなどと比べても遜色ないほどに。それが己と双葉の為に――。

頭の中で何かが音を立てて弾けるのを感じ、愁二郎は氷の如く言い放った。

「お前はもう死ね」

「出たな……刻舟」

無骨が愉悦に頰を緩めた時、すでに愁二郎は斬り掛かっている。無骨はちいと歯の隙間から声を漏らして受け止める。躰中を血が駆け巡るのを感じながら、愁二郎は息もつかせぬ連撃を繰り出し続けた。

「凄えな」

しかし、無骨は紙一重で躱し、すんでのところで受け止める。

力量は互角。僅かな隙が命運を分ける。どす黒い焰が室内を駆け巡り、熱波が頰を撫でる中、旧時代に置き去られたはずの奏でが響き渡る。

――何か。

己でも驚くほど頭は冷静であった。北辰を駆使して無骨の躰を隈なく視る。筋肉の動きを追い、無骨が苦手とする動きを看破しようとする。だがそのようなものは無い。どの筋も均等に機能しており美しささえ感じる。

——おかしい。

すでに再び刃を交えて二十数合。愁二郎はあることに引っ掛かった。無骨の頬に深い傷跡がある。前回に対峙した時には無かったはず。

さらに着流しの揺れる裾から覗く右足、熱風で捲れた右手にも傷がある。無骨に傷を付けられる者などそうはおらず、右京が付けたと見るのが自然である。右、右、右、そこまで考えた時、愁二郎の脳裡に閃くものがあった。

「武曲」

技そのものを鼓舞する不思議な心境となり、思わず声が零れ出た。旋風を脚に宿したかの如く脚の律動が速まる。

「くっ——」

撫でる程度だが初めて刃が無骨に届いた。場所は右肩、着物が切り裂かれて、沸々と血の珠が浮かぶところまで北辰は捉えている。

「まだまだ」

無骨の乱撃は加速する。決まった流派など無い我流。厳密にいえば様々な流派が混じっているように感じる。白刃の猛進を凌ぎつつ、愁二郎は刀を僅かな隙間に通す。

「があ……」

一閃の胴払い。何とか受け止めたものの、自身の刀が右脇腹に食い込んで、無骨は獣の如き呻きを発す。

――やはり。

愁二郎は確信を得た。無骨は右半身への攻撃への対応が遅れる。もっともそれは刹那ほど。右京のような余程の達人でなければ気付かない。その訳は――。

「ごうるあぁ!!」

無骨は唾を飛散させながら、凶剣を滅多打ちにする。愁二郎は鼻先で躱すと、旋回と共に脛を狙う。さっと無骨が脚を引いた瞬間、愁二郎は竜巻の如く斬り上げた。鉄槌《てっつい》に弾かれたかのように無骨の頭が後ろに弾かれた。背と首の力だけで瞬時に仰け反って致命傷を避けたのである。その勢いのまま後ろに転がり、無骨は膝を突いた。

「気付いたか……」

屈む無骨は手負いの獣を彷彿とさせた。ゆっくりと擡げた顔の右半分は鮮血に染まっていた。元の傷と合わさって右頬には十字が刻まれたようになっている。

「右目が見えていないとはな」

愁二郎は静かに言った。無骨の右目は光を失っている。白濁している訳でもなく気

付かなかった。恐らくそれは、

「義眼……」

愁二郎が零した。無骨は立ち上がって右の眼窩に指を突っ込む。取り出して掲げたのは精巧に作られた義眼である。

「飛車落ちってとこだ」

無骨は吐き捨てて義眼を放り投げる。

「だろうな」

病のせいか。それとも戦でか。いずれにせよ片眼でこの強さであることは俄かに信じ難いことであった。もし両眼が揃っていたら、どれほどだったのか見当も付かない。

「あー、違う。何て言えばいいんだ……」

無骨は首を捻り、懐からぞんざいに腰手拭いを取った。頰の血を拭うのかと思ったが違う。刀を床に突き立てると、右目を覆うように頭に括りつけたのである。

「こっちの方が強えんだよ」

不気味な笑みを浮かべた次の瞬刻、無骨は刀を引き抜いて突進してきた。壮絶な太刀筋を際で受け止めたが、無骨の刀は留まることなく狂乱する。

「何だと……」

　愁二郎は防戦一方となった。明らかに先刻までより速く、鉛を仕込んだかのように重い。布を巻いただけ、元々見えぬ右目を塞いだだけで、何故このようになるのか。理屈が皆目解らない。ただ、明らかに一段強くなっている。

「世の中そんなもんだ。道理が通らねえことのほうが多い」

　無骨の嗤いは柘榴を割ったかのように紅く、剣は時を追うごとに鋭さを増していく。

　焔は周囲を跋扈し、屍を蝕んで悪臭を放っている。窓掛けを伝って天井を焦がし、無数の火の粉が赤い雪の如く降り注ぐ。

　この業火である。すでに警邏や軍人も全て逃げ出して包囲に徹している。外からは消火を指示する声も聞こえた。進次郎の姿も見えない。上手く撒いて退いたのだろう。

　局舎に残るは剣客が二人。髪が焦げ、肌が渇き、唇がひび割れるほどの灼熱《しやくねつ》だが、斬撃と刺突の嵐は留まることはない。

　――持ってくれ。

　愁二郎は心中で呼び掛ける。武曲も、北辰も、遣い過ぎた。泥の中にいるように脚が重く、視野が刻々と狭くなっていく。

「うらぁ！」

かち上げで刀が弾かれ、無骨の満悦の顔が迫る。愁二郎は身を捻ったが間に合わない。死ぬ。その二文字が頭を過ぎったその時である。無骨が余所見をするのと、銃声が轟くのが同時であった。

「うっ……」

愁二郎は捻った勢いのまま、炎の散乱する床を転がった。胸を切り裂かれたが傷は浅い。一瞬の隙があったこと、無骨もまた身を捻ったことで、何とか致命傷は避けられた。

「てめえ‼」

無骨が鬼の形相で喚く先、拳銃を構えた進次郎がいる。

「愁二郎さん！　逃げて！」

再び銃が吼える。無骨は歯を剝き出しにして跳び、炎を纏いつつ転がるようにして躱した。

「進次郎……」

愁二郎は喉を鳴らした。進次郎の手にあるのは粳間の拳銃。壊わされていない方。

斬り落とされた粳間の手が握っていたものである。

「今のうちに！」

進次郎は無骨に狙いを定めながら叫んだ。愁二郎は苦痛に耐えながら、じりじりと足を動かして距離を取る。

「そんな玩具で……邪魔をするのかぁ……」

無骨はぬらりと立ち上がった。怒りを通り越したといったように、その頰はぴくぴくと痙攣していた。

「S＆Wモデル3……44口径。チップアップ方式から、トップブレイク方式に変え、自動で薬莢を排出するように。職人が苦心の末に作った代物だ。玩具かどうか試してみるか」

進次郎の声は震えていたが、恐怖を抑え込むように啖呵《たんか》を切った。

「おうおう、しっかりと狙えよ」

無骨は自身の眉間を指で叩いた。

「その手に乗るか。頭を狙わせて避けるつもりだろう」

「餓鬼が」

無骨は忌々しそうに吐き捨てた。一跳びで斬れるほど近くなく、確実に避けられる程遠くない。狙ったのか、はたまた偶然か、進次郎は無骨と絶妙な距離を取っている。

「それ、何発込めだ？」

無骨は問うが、進次郎は口を結んで答えない。

「あいつが三発撃って、俺が一発撃って、お前が二発撃った。もう弾は無いんじゃねえか？」

「知っているのは剣だけか」

進次郎は引き攣りながらも不敵に片笑んだ。

「S＆Wならやはり七発込めか」

「知っているじゃないか」

無骨が忌々しげに舌を打った時、進次郎の隣りまで来て、愁二郎は刀を構え直した。

「好きな時に撃て。それに合わせて俺が行く。あとは逃げろ……」

「退きましょう。双葉が待っています」

「面倒臭えな。腕くらい撃たれてもいいか」

無骨が独り言を零した時、鵺《ぬえ》の慟哭の如き鈍い音が響き渡った。天井が崩れて梁を巻き込んで落ちて来たのである。降り注ぐ瓦礫の中、無骨は弾けるように横に跳んだ。

「今だ！」

無骨との間に瓦礫が落ちたことで、愁二郎は進次郎の手を引いて駆け出した。無骨は怒号を発しながら瓦礫を蹴り飛ばすが、どかすのは無理だと悟って回り込もうとする。また瓦礫が降り注いで進路を塞ぎ、無骨は苛立ちを隠せずに喚き散らしている。

愁二郎は振り返ることなく、裏手の出口へと向かった。六間ほどの廊下はまだ火が回っていないが、陽炎が揺らめいて蒸し風呂の如くなっている。走りながら進次郎が器用に拳銃に弾を込める。

「お前……まさか……」

「実は空でした……」

進次郎は声を震わせた。このS＆Wモデル3は六発込めだという。だがS＆Wモデル1は七発込め。戊辰前後に暴れていた無骨が見たことがあるならば、そちらが最も可能性が高いと考えたらしい。

「無骨相手にはったりか。何てたまだ」

愁二郎は舌を巻いた。

「流石に肝も据わります。それに……恩を返したくて」

「ありがとう。助かった」

本心である。進次郎が助けに入らねば、己は無骨に間違いなく斬られていた。進次郎ははにかむように笑うと、弾倉を回転させながら枠に収めた。

「双葉のもとに行きましょう」

「ああ」

愁二郎は裏口の戸を開いた。風下に当たるため退避したのだろう。遠巻きに幾人か軍人がいるだけで、呆気に取られるほど出口を固めている者はいなかった。代わりに四蔵たちが仕留めた無数の骸が転がっていることから、怯んで立て直しのために後退したこともあろう。

混濁した煙が漂う中、まだいた、出たぞ、捕えろ、などの声が聞こえるが、進次郎が身を捻って銃撃を見舞うと、近付いて来る速さは鈍った。騒ぎで相当な野次馬も出ているらしい。局舎の裏の林を駆け抜け、雑踏の中に飛び込んだ。

鳴動が聞こえ、愁二郎は背後を振り返った。天井の一部がまた崩れ落ちたのである。そこから空を焦がれるかのように焰が手を伸ばしている。浜松郵便局舎はもはや深紅の業火に包まれていた。

愁二郎は再び前を向くと、もう二度と振り返ることは無かった。悲鳴と絶叫が渦巻く中、人波を縫うように駆け抜けていった。

――残り、二十八人。

玖《キユウ》ノ章　紀尾井坂へ

＊

明治十一年（一八七八年）、五月十四日も払暁から大久保利通は動き始めていた。午前六時から早くも面会の予定があったからだ。一時間足らずで身支度と簡単な朝食を済ませると、応接室に向かった。部屋に入ると四十路の男が一人。椅子に腰を掛けずに待っており、己の顔を見るなり頭を下げた。

「朝早くから申し訳ございません。どうしてもご挨拶を致したく参上しました」

「いや、私が詫びるべきだ。このような時間に呼び立ててすまない。腰を下ろしてくれ」

大久保が宙に手を滑らせると、男は会釈して腰を下ろした。

男の名は山吉盛典《やまよしもりすけ》と謂《い》う。米沢《よねざわ》藩士の林辺忠政《はやしべただまさ》の次男として生を享け、後に山吉家に養子として入った。山吉家は有名な赤穂浪士事件の際、吉良方（きら）として奮戦した山吉新八《しんぱち》の家である。山吉は学問に長け、胆力もあり、御一新の後は出世を重ねて福島《ふくしま》県令の座に就いている。

「ご多忙なのでしょう」

「何の」

大久保は気を遣わぬように微笑んだが、実際は目が回るほど多忙な日々を過ごしている。向こう数ヵ月は細かな予定が詰まっている。此度、山吉は公用で東京に出ていたが、福島県に戻るにあたり挨拶をしたいと申し出て来た。大久保としても一度会っておきたいと考えたが、予定を鑑みるとこの時刻しか無かった。

「福島はどうだ」

大久保は早速話を振ると、山吉は実情を語り始める。明治に入って十一年経つが、まだまだ問題は山積している。その一つ一つを解決していかねばならない。内務卿はその全てを取り仕切り、責を負うべき職である。疲れただの、眠たいだのと弱音を吐いている訳にはいかない。一所懸命に働いているつもりだが、己を糾弾する者も少なくない。

国会を開設しない、公共事業に資金を投じ過ぎている、諸外国との条約を改正しな

い。国を想う志士を排斥して内乱を誘発したなどが理由だ。このような趣旨を耳にした時、大久保は怒りを通り越し、

——無茶を言うな。

と、苦笑してしまう。

国会はいずれ開設する。そう遠くない先だ。まず国家の母体すら定まっていない今は時期尚早である。あと十年、いや五年もあればそこまで持っていけるかもしれない。その時、己は政《まつりごと》から離れて隠遁してもよいと思っている。

公共事業もそうだ。戦乱で国は荒れ果てたことで直さねばならないものは山ほどある。加えて東京に有り得ないほど人口が集中しているため、各地の産業は衰退し始めている。国が事業を放り込むことで職を保証し、これ以上の人の動きに制限を掛けねばならない。国家の予算だけでは足りず、大久保はこれに私財を投じるほど重大に考えている。世間では私腹を肥やしているなどと噂する者がいるが、そのせいで財産は底をついて借財までし、妻の満寿子《ますこ》には、

——我が家の予算も底をつきました。

と、苦笑される有様だ。

諸外国との条約もまた同じ。そう簡単に改正出来るならば苦労しない。いっそ、お

前がやってみるかと言いたい時もあるが、ぐっとそれを呑み込んでいる。

そして、国を想う云々――。

言われずとも解っている。解っているのだ。そのような者がいたことは。だが士族としての特権を失ったことに不満を持ち、駄々をこねる子どものようになっていた者も多かったのも事実。大久保とて内乱など引き起こしたかった訳ではない。しかし、どうにもならなかった。それは、

――西郷どんも解っておられるはず。

西郷は際の際まで挙兵に消極的だったと伝わっている。信条の違いにより袂を分かったものの、西郷も予想以上に士族の不満が溜まっていることに驚いたのではないか。もはやこれは社稷《しゃしょく》を揺るがしかねないと見て、彼らと敗者として滅ぶことで、国家を守る道を選んだのではないか。大久保にはそのように思えて仕方が無かった。

大久保は思案しながらも、山吉の報告を一切聞き逃していない。

「この頃、中村《なかむら》にて――」

と、山吉が言ったところで鸚鵡《おうむ》返しに問うた。

「中村？」

「ええ、相馬《そうま》にある地名です」

「なるほど」

頭の片隅で西郷のことを考えていたため、あの男のことが過ぎって思わず口に出してしまった。彼も国を憂えて共に奔走した仲間。西洋風に言えば、友と呼べるだろう。

――大久保さん、そちらは頼みあげもす。

最後となった日、別れ際に見せた昔と変わらぬ快活な笑みは、今も瞼の裏に焼き付いている。あの男は決して西郷と思想を共にしていた訳ではない。だがそれでも、共に行く道を選んだのだろう。

「四課ですが……」

「何かあったのか」

大久保が被せるように訊いたので、山吉は些《いささ》か狼狽の色を見せた。

「いえ……最近では不穏な事件も多く、増員を考えようかと」

「いや、それは今のままでやってくれ」

大久保は厳しい口調で命じたので、山吉は口を結んで頷いた。

四日前、己の片腕である駅逓局長、前島密が血相を変えて屋敷に駆け込んで来た。この応接室に招き入れると、前島は重々しく口を開いた。

──奇怪なことが起きています。

前島は淀みなく事情を説明した。俄かには信じ難いことであった。あまりに突飛過ぎたのである。だが前島にそのことを伝えたのが、あの嵯峨刻舟だと聞いて信用した。あの男はそのような嘘を吐くような類の男ではないと知っている。

前島はさらに調査を進めるべく、すぐに静岡県に向かうことになった。同時にもう一人の片腕とも言うべき男、警視局の川路利良に賊を検挙するように指示を飛ばした。

が、二日前に浜松にいる前島から電報が来て、大久保は絶句した。その内容というのが、

──カワジ　ケイシキヨク　ムホン　バンゼンヲキサレタシ　ワレイソギモドル

というもの。つまり一連の奇怪な事件の首謀者こそが川路であり、警視局を使って催しているということ。幾ら前島の報告とはいえ、これもまた易々とは信じられなかった。だがその直後、前島がいたはずの浜松郵便局が炎上したという報が入って、大久保は確信を得た。己の与り知らぬところで、とんでもないことが起こっていたらしい。その後、前島の消息は杳《よう》として知れない。

何故、川路はこのようなことを計画したのか。恐らくは不平士族を一掃するためだ

ろう。数年前までは反乱が相次いでいたが、不平士族も西南の役があってからは無謀を悟って兵を起こすのを諦めている。ある者は平和的に自由民権運動に身を投じ、またある者は潜伏して要人暗殺を窺うようになった。腕が立つ者を集めたのは、脅威となる暗殺者を炙り出すためと見てよいだろう。だがここで一つの疑問が浮かんだ。

——何故、すぐに始末しなかったのか。

ということだ。伝わった話に拠ると、参加者は京の天龍寺に集められた。禁門の変の折、長州が本営を置いた寺だ。そこで川路は、遊撃隊総督の来島又兵衛を狙撃し、功を挙げた。それを意識したというならば、川路もよほど感傷的になっているものと思われる。ともかく、この時に何故すぐに始末せず、わざわざこのような回りくどいことをするのかが解らなかった。

何か意味があるはず。昨今の情勢を見れば答えが見えるのではないか。一両日考え抜いた時、大久保の脳裡に閃くものがあった。

——知らしめるためか。

蠱毒の性質上、最大で九人が東京に入る。選び抜かれたこの者たちを利用し、世の風潮をがらりと変えるつもりなのだ。

凡そ何をするかも見えた。まずは前島と合流するのが第一。あと数日のうちに戻ら

なければ、前島は死んだと見るべき。その時は己一人でも、

——警視局を潰す。

と、決心している。

山吉と二時間ほど談合していると、屋敷が俄かに騒がしくなった。扉を叩く音がして、大久保は命じた。

「入れ」

秘書の鈴木《すずき》である。その顔が険しいことで、大事が出来したのだと察した。鈴木は山吉に一礼し、己の側に来て耳打ちした。

「宮内卿徳大寺《とくだいじ》実則《さねつね》様より、急ぎ参内してくれとのこと」

帝の身に何かがあったということだ。山吉も逼迫した事態だと察し、

「私はこれで」

と、辞することを告げた。

「お構いも出来ず申し訳ない」

「何を仰います。十分です」

「福島を頼むぞ」

「承知しました」

山吉は慇懃に礼をして部屋を出た。懐中時計を取り出して見ると、午前七時四十七分である。八時半までには行けるだろう。

「何があった」

「病に倒れられたとのことです」

鈴木は宮内省よりの使者が伝えたことを報告した。本日の午前六時過ぎ。帝《みかど》が胸の痛みを訴えられ、すぐに御典医が診たが容体が芳しくない。畏れ多くも万が一に備え、急ぎ参内して頂きたいとのことだ。

「すぐに出る。馬車を」

「しかし……まだ護衛が」

鈴木は険しい顔で止めた。前島は川路が己の暗殺も企てているとの報告をしている。以後、外に出る時は護衛を付けている。当然、警視局はあてにならない。軍より身元が確かな者を選抜したのである。

本来、今日は午前九時に外に出るはずだった。故に護衛は八時半に屋敷に来る予定であり、まだ到着していないのである。

「仕方あるまい。一大事だ」

大久保はそのように命じ、用意させた馬車にすぐに乗り込んだ。

「太郎、頼む」

「承知しました」

御者は中村太郎《たろう》。元々は大坂生まれの孤児であり、長きに亘って己の側に仕えている。太郎という名は己が付けたが、その姓はとある男が、

——太郎、おいん名字をやろう。

と、くれたものである。

「御所だ。赤坂《あかさか》だぞ」

「承知しております！」

中村は張りのある声で答えた。明治六年（一八七三年）に火事があって皇居が焼失した。故に今、帝は赤坂仮御所にお住まいになっている。かつての皇居ならば桜田門《さくらだもん》から入るが、今は赤坂仮御所東門から入るのが最短である。何度も送迎している中村もそのことは重々承知だと解っているが、焦りからそのような念押しをしてしまった。

——あの日も五月五日か。

頭にふと過ぎった。己は年号と日付けを覚えるのが得意である。癖といってもよい。皇居が焼けたのも奇しくも蠱毒の日、五年前の五月五日のことであった。直ぐに

蠱毒に結び付けてしまうあたり、やはり今はそのことが己の頭を多く占めているのだろう。

「出たか」

道に、という意味である。長年、御者を務める中村はそれだけで察し、

「はい。茱萸坂《ぐみざか》です」

と、すかさず答えた。屋敷の周囲をぐるりと回って坂を上る。名を茱萸坂と謂う。かつてあった九鬼長門守《くきながとのかみ》殿屋敷の前に出る小さな坂道であり、両側に茱萸の木が植えられていたことに由来する。

「曲がります！」

馬脚が速い。そのため揺れも大きく、中村は予め声を掛けた。

躰が左側に引っ張られて、大久保は座席に手を添えて支えた。右折したのである。

再び馬車は直進する。ここから突き当りのドイツ公使館までは暫し真っすぐな道が続く。

「道は」

「空いております。明日でなくてようございました」

大久保の問いに、中村が答えた。本日は五月十四日である。明日の十五日ならば売

掛金の回収などで、朝早くから活発に動く商人も多い。

――明日か。

ふいにまた記憶が過ぎった。十年前の五月十五日、上野寛永寺に立て籠もった幕臣と、新政府軍が衝突した。世に言う上野戦争である。とはいえ、あの時は旧暦を使っていたため、ちょうど十年という訳ではないが、思い出深い日付けであるには違いない。思えばあれからまだ十年しか経っていない。世の移り変わりの早さを感じずにはいられない。

「曲がります！」

「うむ」

また中村が呼び掛けた。ドイツ公使館の前を左に曲がる。この先を少し行って、三《さん》べ坂《ざか》に入れば御門はすぐそこである。さらに進んで右折。三べ坂へと入る。ここを登り切れば御門も見える。赤坂見附の桝形《ますがた》を抜ければすぐである。

「卿、よろしいでしょうか」

中村が唐突に断りを入れた。普段、無駄なことは一切口にしないため珍しいことだ。

「何だ」

「御所で何かが出来したのでしょうか……」

政に口を挟む男ではない。ますます珍しいことだ。

「お主とてそれは言えぬ」

「承知しております」

「では、何故訊いた」

「その……間もなく曲がります！」

「解った。思うところがあるならば申せ」

右折を告げるため中断したが、すぐに大久保は話を戻した。

「上田《うえだ》様はご病気なのでしょうか」

「宮内省の上田か……？」

宮内省から己に取次の使者として訪れるのは上田である。上田が何らかの理由で暇を取っている時は別の者が来ることもあるが、極めて稀なことであった。大久保はほっとして、中村に訊いた。

「今日は上田ではなかったのか⁉」

「はい！　しかも代わりにお越しになったのは、お目に掛かったことの無い御方です。故に訝しんで――」

「しまった！」

大久保が声を上げた時、馬車はがたがたと音を立てて左に曲がった。次の瞬間、中村が鋭く叫ぶ。

「曲者です！」

大久保は馬車の窓を開け、顔を出して前方を窺った。赤坂見附への入り口の辺りに、十人ほどの男が道を塞いでいる。その距離は二十メートルも無い。何故、警邏がいないのかは考えるまでもない。奴らこそが曲者なのだ。

「引き返せ！」

「はっ！」

一度は応じたものの、中村はすぐに叫んだ。

「背後にも曲者！」

大久保は首を捻って後ろを見た。すると今来た道にわらわらと人影が見えた。こちらも十人ほど。退路も塞がれた恰好である。

「突っ切れ!!」

「承知！」

大久保はさっと窓を閉め、壁に手を突いて衝撃に備えた。あの数はどうにもならない。しかも恐らくは警視局の手練ればかりであろう。中村が二頭の馬に必死に鞭を当てる音がした。

「内務卿の馬車と知っての狼藉《ろうぜき》か!!」

中村が痛烈に叫ぶが、寸とも返答は無い。聞き慣れた一斉に刀を抜く音が耳朶に届いた。馬車が激しく揺れる。二、三人を撥ねたところで、馬が嘶《いなな》いて縦の衝撃が走った。

「一頭、斬られました！」

中村はすぐに斬られた馬を解き放ち、残る一頭で走らせようとした。が、その間に完全に取り囲まれた格好となった。

「卿……申し訳ございません」

馬車から飛び出すか。それともここで待ち受けて刀を奪い、一人ずつ討ち取るか。どちらにせよ切り抜けられる可能性は低い。それでも大久保は、

「まだだ。諦めるな」

と、中村と自身を叱咤した。

ひたひたと跫音が近付いて来る。どちらかを決めねばならない。少しでも時を稼ぐほうがよいと考え、大久保は身を捻って馬車の戸に正対するように待ち構えた。

その時である。一発の銃声が鳴り響いた。敵が拳銃を放ったのだと思ったが、馬車の中に弾丸は飛び込んで来ない。それどころか悲鳴が上がっている。

「卿！　舟波殿です！」

中村が歓喜の声を上げた。

「前島のか！」

駅逓局長前島密の上級秘書である。秘書とはいうものの一刀流の達人であり、近頃では拳銃を駆使して粳間と共に前島の護衛を務めている。

「何故ここに！」

「早過ぎる!!」

曲者たちの狼狽える声が聞こえ、

「貴様らを止めようとするのが、駅逓局だけだと思ったか！」

という舟波の声も聞こえた。なるほど、あれを遣っていち早く東京に入ったのだ。

「大久保を急ぎ討て！」

刺客の一人が喚いた。何者かが外から馬車の戸に手を掛けた。が、再び銃声が轟いて、

「ぎゃっ――」

と、いう悲痛な声が戸越しに聞こえた。

「大久保卿！　中村、伏せろ！」

舟波が呼び掛ける。中村、また発砲。中村の近くの敵を撃ち抜いたらしい。続いて悲鳴が立て続けに起こった。

「誰だ！」

「こいつは蠱毒の――」

などという声が馬車の周辺で渦巻く。再び拳銃の咆哮。その直後に舟波が、

「今、戸を開ける者は味方です！」

と、叫ぶのが聞こえた。戸が音を立てて開き、朝の光が差し込んだ。そこにいたのは端正な顔をした和装の青年であった。青年は襟巻をすっと下にずらし、

「ご無事ですか」

と、訊いた。その間、青年は背後に襲い掛かった刺客の首を片手で斬っている。

「貴殿は……」

「広島鎮台所属第四工兵中隊附伍長、田中次郎。いや……」

青年は身を翻して、刺客たちに向けて刀を構えつつ、

「化野四蔵。嵯峨刻舟の義弟です」

と、静かに名乗った。

「刻舟の……」

「兄に頼まれて参上しました」

刺客が怒号と共に斬り掛かる。が、四蔵が払うと、飴《あめ》細工の如くぽきりと折れた。四蔵の返す刀で刺客は両断されて地に沈んだ。

「大久保卿を頼む！」

舟波は刀を振り下ろした刺客の手を掴み、もう一方の手にある銃を脾腹に押し当て、どうと弾丸を撃ち込んだ。さらにもう一発放ち、白刃を潜り抜けながら弾を込める。

「死にたい奴は来い」

四蔵の挑発に乗り、数人が一斉に掛かって来る。が、どの者の刀もあっという間に粉砕され、折れた刃が馬車に突き刺さった。刺客たちは為すすべなく倒されていくが、それでも諦めようとはしない。

「お前は天龍寺の男だな……」

四蔵が呟く。刺客たちは頬かむりをして顔の下半分を隠している。が、その男はそ

れだけでなく編み笠を目深に被っていた。編み笠の男は、四蔵の肩越しにこちらをちらりと見た。大久保は僅かに覗くその両眼を、

――何処かで。

かつて見たような気がした。編み笠の男は何も返さず、腰の刀に柔らかに手を落とす。

再び銃声。それと同時に編み笠の男はさっと身を捻る。舟波の銃撃を咄嗟に躱したのである。それを合図に再び他の刺客も襲って来た。それに待ち構えた四蔵が応戦する。一方、編み笠は舟波に向かった。相手が入れ替わったような恰好だ。

「レインメーカー……」

編み笠の男が呟く。この声にも聞き覚えがあった。

「きょ、きょ、卿！　あ、あれは！」

この事態でも動じなかった中村が、声を震わせて奇声を上げる。

「よく知っているな。軍人か？」

舟波は銃口を向けながら問うたが、編み笠はこれには答えなかった。

「血の雨を降らせ」

舟波は冷酷に言い放つと同時、人差し指を引いた。編み笠は横跳びに躱して駆け出す。舟波は二発、三発、四発と銃撃を続けるが、編み笠はじぐざぐに走って避けつつ

間合いを詰める。

迫られたことで、舟波は頬を強張らせたが、至近距離で五発目の弾丸を放った。

「が――」

銃弾は天空目掛けて飛んだ。舟波の右手は肩から両断されたのである。編み笠が放った居合いは雷光の如き。目で追うことも適わなかった。このような抜刀をする者を、大久保はただ一人しか知らない。

「ちぃっ」

舟波は諦めていない。すぐさま残った左手で飛んだ右手を追い、拳銃を分捕ると横向きのままぶっ放した。

「うぅ……」

舟波の決死の一弾も、編み笠はひらりと躰を開いて躱す。それだけでなく返す刀で舟波の喉を深々と貫いている。舟波が膝から頽れると、編み笠はぴゅっと刀の血を払った。この仕草も間違いない。

「桐野様です!!」

中村は名字をくれた恩人の名を叫んだ。

桐野利秋。維新前の名は中村半次郎。その無双の強さから、

――人斬り半次郎。

の異名を取った。何事も真綿の如く吸収し、剣だけではなく頭脳も優れており、維新後は出世を重ね、陸軍少将にまで上り詰めた。しかし、西郷と共に下野。西南の役の終盤、額に銃弾を受けて戦死したはずである。

「真に……」

大久保が茫然としていると、編み笠を取り、頬かむりを下へとずらした。顔に深い傷が増えていたものの間違いない。桐野利秋である。いや、その眼光は中村半次郎の時のそれであった。

「大久保さあ、悪かが斬られてくれ」

半次郎の目には凶が宿っている。それでいて酷く哀しげに見えた。ひた、ひたと、半次郎が歩を寄せる。まるで時がゆっくりと流れるような錯覚を受けた。

この男に狙われては万に一つも生き残れぬ。大久保も流石に覚悟を決めかけたその時、さっと間に影が飛び込んで来た。化野四蔵だ。

「まさか人斬り半次郎とはな」

四蔵は疾風の如く連続で剣を見舞うが、半次郎は首を振り、躰を舞わせて躱す。だが四蔵の斬撃はさらに速くなり、ついに半次郎は刀で受けた。どういった仕組みかは判らないが、四蔵の剣に触れれば全てが折れている。今回もそうなるものと思ったが、半次郎の刀は折れない。

「破軍が通じないだと……」

「その技は破軍というのか」

口調は薩摩弁ではなく、維新後に努めて使った標準語になっている。四蔵はなおも斬撃を加えるが、半次郎はそれを刀で受け、いなしていく。

「滑らせれば壊れはせん」

「そんな事が――」

四蔵にとって初めてのことなのだろう。頭で判っていても出来るはずがないということか。半次郎が鋭く気合いを発す。猿叫《えんきょう》、示現流《じげんりゅう》特有の叫び声である。半次郎の猛攻に対し、今度は四蔵が受け手に回る。遂に半次郎の刀は、四蔵の胴を捉えた。両断されたかと思ったが、四蔵は横に飛ばされたものの息をしている。

「どうなっている。確実に斬れていたはずだ」

「巨門を遣ってこれか……」

半次郎は眉間に皺を寄せ、四蔵は脇腹を押さえて立ち上がる。刺客が隙を衝いて馬車を襲おうとするのを、四蔵は片手で一刀のもとに斬り伏せた。四蔵は馬車を背後に立ちはだかると小声で囁くように言った。

「卿、他に抜け道は」

「見附では厳しいか……清水谷《しみずだに》ならば」

一瞬の逡巡の後、四蔵は言った。

「では、合図で走らせて下さい。前島様はすぐそこまで来ています」

あの中村半次郎と戦うだけでも凄まじいのに、刺客から己を守ることも考えねばならぬとなれば分が悪いと考えたのだろう。

「解った。お主は……」

「ここであの男を止めます」

四蔵の息遣いがおかしい。肋骨《ろっこつ》が折れたのかと思ったがどうも違う。呼吸に規則性があった。

「廉貞……頼む」

四蔵は謎の言葉を静かに吐くと、かっと頭を上げて地を蹴った。先ほどよりも明らかに動きが速い。馬車の進路を塞ぐ刺客三人が瞬く間に骸に変わった。

「今です！」

「太郎！　清水谷だ！」

「はい！」

三つの声はほぼ同時に発せられた。一頭のみとなった馬車が走り始める。半次郎は疾駆して馬車の戸に手を掛ける。

「桐野……お前……」

大久保の呻きに、半次郎はもはや何も答えなかった。五指に力を籠めて車内によじ登ろうとする。どんと天井から激しい音がし、次の瞬間、視界の中に四蔵が空から降って来た。馬車によじ登って飛び降りたのだ。その手には刀。半次郎の頭を割らんとしている。

「ぐっ――」

初めて半次郎の顔が苦悶に歪み、ぱっと手を離して四蔵の一撃は躱した。

「抜けました！」

中村が嬉々とした声で叫んだ時、大久保は窓から首を出して後ろを見た。激戦はすでに再開しており、両者の白刃が朝の光を受けて煌々と輝いていた。

＊

四蔵は猛攻を加え続けた。この男、守りに入ってはこちらが殺られる。破軍、巨門、廉貞の全てを駆使しているが、それでも何とか凌いでくる。

石川県人による襲撃を企てているとも聞いている。本当ならば一刻も大久保から離れたくはない。が、半次郎たちを止めるので精一杯である。遠回りでほぼ危険のないだろう清水谷に導びけただけでもよしとせねばならない。大久保の馬車は清水谷を目指し、やがて折れて見えなくなった。

「間もなく軍が来る」

四蔵は半次郎に向けて言い放った。半次郎は動揺を見せなかったが、残った数人の刺客は明らかに狼狽している。嘘ではない。前島は共に東京に入ったが、

――軍に援軍を要請する。

と、市ヶ谷《いちや》に向かった。

間もなく軍が出る。こうなれば幾ら半次郎といえども一たまりもない。

「仕方ない。退くぞ」

思いのほか半次郎はあっさりと引き下がった。刺客たちは悔しがるよりも安堵しているようだ。四蔵としてもこれ以上、奥義を出し続けるのは厳しい。大久保の命を守るという目的を達せられた以上、ここで退くのが得策であろう。

「ところで……化野四蔵、札はあるのか？」

半次郎は鞘に刀を納めつつ訊いた。油断は出来ない。先ほど見たこの男の居合いは、常軌を逸した速さであった。

「ああ、三十点ちょうどな」

「そうか」

半次郎は精悍な頰を苦く緩めた。

「またにしよう」

「また？」

四蔵は眉根を寄せた。

「蠱毒で東京に入れる数は最大で九人。そうなれば、ちと半端だと思わんか？」

「そういうことか」

「東京ではおいも入る」

半次郎はふいに低い薩摩訛りとなった。蠱毒を勝ち抜いた九人に、中村半次郎を加えて十人。話の流れから何かをさせるのは間違いない。

「また殺し合いか」

「それは皆が揃ってからの楽しみにしておけ」

半次郎がふっと息を漏らしたその時、遠くのほうで馬の嘶《いなな》きが聞こえた。清水谷の方角。大久保が逃げた先である。

「上手くいったようだな」

半次郎は口を結ぶと、片手でそちらに向けて拝んだ。

「まさか……」

「石川県士族がやってくれたようだ」

半次郎が安堵したような溜息を漏らしたことで、四蔵は全てを察した。

川路はこちらが護衛に現れることも想定していた。石川県士族では己たちには太刀打ち出来ないだろう。故にまず半次郎らに襲わせ、それで討てればよし。討てなくとも護衛を引き付ける。そして、石川県士族には、

――大久保は清水谷を通る。

と、情報を流しておいた上、最悪でもそちらに誘導する。あとは石川県士族が計画通りに大久保を討ってくれる。そのような筋書きを立てていたのだろう。

「貴様……」

四蔵が殺気を蘇らせたのを、半次郎は鋭敏に感じ取ったようで一歩下がる。

「またにしようと言っているだろう」

半次郎が手を掲げると、刺客たちはぱっと散って走り去っていった。やがて半次郎

もゆっくりと身を翻して歩を進め出す。が、全く隙が見当たらなかった。

「お前の担当は確か樗だったか。こんなに早く進まれれば追いつけんじゃろう。代わりに告げてやるか……」

半次郎は振り返りもせず、歩みを止めることも無く、独り言のようにぶつぶつと言った。乾いた風が砂塵を巻き上げる中、半次郎は首だけで振り返る。

「七番田中次郎……いや、化野四蔵。東京一番乗りを認める」

半次郎は錆びの効いた声で言い放つと、再び前を向き、もう二度と振り返ることなく黄金の煙の中へと溶け込むように消えていった。

――残り、二十三人。

（地ノ巻　了）

「壱ノ章　仏生寺弥助」は、「小説現代」二〇二二年四月号に掲載されました。その他は書き下ろしです。

|著者|今村翔吾　1984年京都府生まれ。2017年『火喰鳥　羽州ぼろ鳶組』でデビュー。'20年『八本目の槍』で第41回吉川英治文学新人賞を受賞。同年『じんかん』で第11回山田風太郎賞を受賞。'21年「羽州ぼろ鳶組」シリーズで第6回吉川英治文庫賞を受賞。'22年『塞王の楯』で第166回直木賞を受賞。他の著書に、「イクサガミ」シリーズ、「くらまし屋稼業」シリーズ、『童の神』『ひゃっか！　全国高校生花いけバトル』『てらこや青義堂、師匠　走る』『幸村を討て』『蹴れ、彦五郎』『湖上の空』『茜唄』（上・下）などがある。

イクサガミ　地《ち》

今村翔吾《いまむらしょうご》

2023年5月16日第1刷発行

講談社文庫

定価はカバーに
表示してあります

発行者──鈴木章一
発行所──株式会社　講談社
東京都文京区音羽2-12-21　〒112-8001
電話　出版（03）5395-3510
　　　販売（03）5395-5817
　　　業務（03）5395-3615
Printed in Japan

KODANSHA

デザイン—菊地信義
本文データ制作—講談社デジタル製作
印刷———大日本印刷株式会社
製本———大日本印刷株式会社

ISBN978-4-06-528012-6

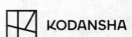

講談社文庫刊行の辞

二十一世紀の到来を目睫に望みながら、われわれはいま、人類史上かつて例を見ない巨大な転換期をむかえようとしている。

世界も、日本も、激動の予兆に対する期待とおののきを内に蔵して、未知の時代に歩み入ろうとしている。このときにあたり、創業の人野間清治の「ナショナル・エデュケイター」への志を現代に甦らせようと意図して、われわれはここに古今の文芸作品はいうまでもなく、ひろく人文・社会・自然の諸科学から東西の名著を網羅する、新しい綜合文庫の発刊を決意した。

激動の転換期はまた断絶の時代である。われわれは戦後二十五年間の出版文化のありかたへの深い反省をこめて、この断絶の時代にあえて人間的な持続を求めようとする。いたずらに浮薄な商業主義のあだ花を追い求めることなく、長期にわたって良書に生命をあたえようとつとめるところにしか、今後の出版文化の真の繁栄はあり得ないと信じるからである。

同時にわれわれはこの綜合文庫の刊行を通じて、人文・社会・自然の諸科学が、結局人間の学にほかならないことを立証しようと願っている。かつて知識とは、「汝自身を知る」ことにつきていた。現代社会の瑣末な情報の氾濫のなかから、力強い知識の源泉を掘り起し、技術文明のただなかに、生きた人間の姿を復活させること。それこそわれわれの切なる希求である。

われわれは権威に盲従せず、俗流に媚びることなく、渾然一体となって日本の「草の根」をかたちづくる若く新しい世代の人々に、心をこめてこの新しい綜合文庫をおくり届けたい。それは知識の泉であるとともに感受性のふるさとであり、もっとも有機的に組織され、社会に開かれた万人のための大学をめざしている。大方の支援と協力を衷心より切望してやまない。

一九七一年七月

野間省一

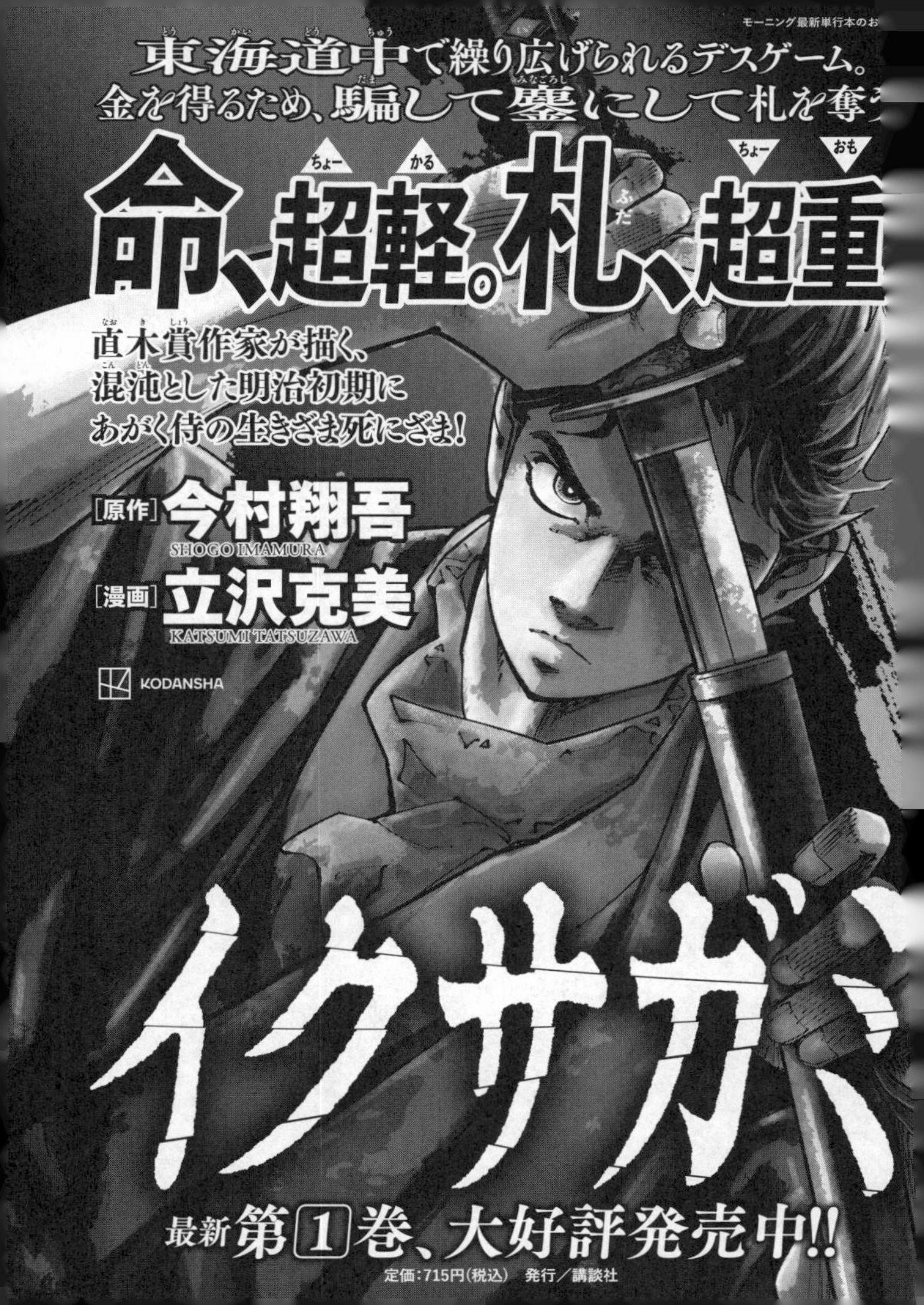

モーニング最新単行本のお
東《とう》海《かい》道《どう》中《ちゅう》で繰り広げられるデスゲーム。
金を得るため、騙《だま》して鏖《みなごろし》にして札を奪
命、超《ちょー》軽《かる》。札《ふだ》、超《ちょー》重《おも》
直《なお》木《き》賞《しょう》作家が描く、
混《こん》沌《とん》とした明治初期に
あがく侍の生きざま死にざま！
[原作]今村翔吾
SHOGO IMAMURA
[漫画]立沢克美
KATSUMI TATSUZAWA
KODANSHA
イクサガミ
最新第1巻、大好評発売中!!
定価:715円(税込)　発行／講談社

李良枝

石の聲 完全版

解説=李栄　年譜=編集部

三十七歳で急逝した芥川賞作家の未完の大作「石の聲」（一～三章）に編集者への手紙、実妹の回想他を併録する。没後三十余年を経て再注目を浴びる、文学の精華。

い－3
978-4-06-531743-3

リービ英雄

日本語の勝利／アイデンティティーズ

解説=鴻巣友季子

青年期に習得した日本語での小説執筆を志した著者は、随筆や評論も数多く記してきた。日本語の内と外を往還して得た新たな視点で世界を捉えた初期エッセイ集。

りC3
978-4-06-530962-9

宇江佐真理　晩鐘〈続・泣きの銀次〉
宇江佐真理　虚ろ舟〈泣きの銀次参之章〉
宇江佐真理　室の梅〈おろく医者覚え帖〉
宇江佐真理　涙堂〈琴女《ことじょ》癸酉《きゆう》日記《にっき》〉
宇江佐真理　あやめ横丁の人々
宇江佐真理　卵のふわふわ　八丁堀喰い物草紙・江戸前でもなし
宇江佐真理　日本橋本石町やさぐれ長屋
浦賀和宏　眠りの牢獄
上野哲也　五五五文字の巡礼〈魏志倭人伝トーク　地理篇〉
魚住　昭　渡邉恒雄　メディアと権力
魚住　昭　野中広務　差別と権力
魚住直子　非・バランス
魚住直子　未・フレンズ
魚住直子　ピンクの神様
上田秀人　密封〈奥右筆秘帳〉
上田秀人　国禁〈奥右筆秘帳〉
上田秀人　侵蝕〈奥右筆秘帳〉
上田秀人　継承〈奥右筆秘帳〉
上田秀人　簒《さん》奪《だつ》〈奥右筆秘帳〉

上田秀人　秘闘〈奥右筆秘帳〉
上田秀人　隠密〈奥右筆秘帳〉
上田秀人　刃傷〈奥右筆秘帳〉
上田秀人　召《めし》抱《かかえ》〈奥右筆秘帳〉
上田秀人　墨《ぼっ》痕《こん》〈奥右筆秘帳〉
上田秀人　天下〈奥右筆秘帳〉
上田秀人　決戦〈奥右筆秘帳〉
上田秀人　前夜〈奥右筆外伝〉
上田秀人　軍師の挑戦〈上田秀人初期作品集〉
上田秀人　天主信長〈表〉〈我こそ天下なり〉
上田秀人　天主信長〈裏〉〈天を望むなかれ〉
上田秀人　波乱〈百万石の留守居役㈠〉
上田秀人　思惑〈百万石の留守居役㈡〉
上田秀人　新参〈百万石の留守居役㈢〉
上田秀人　遺臣〈百万石の留守居役㈣〉
上田秀人　密約〈百万石の留守居役㈤〉
上田秀人　使者〈百万石の留守居役㈥〉
上田秀人　貸借〈百万石の留守居役㈦〉
上田秀人　参勤〈百万石の留守居役㈧〉

上田秀人　因果〈百万石の留守居役㈨〉
上田秀人　忖《そん》度《たく》〈百万石の留守居役㈩〉
上田秀人　騒動〈百万石の留守居役⑪〉
上田秀人　分断〈百万石の留守居役⑫〉
上田秀人　舌戦〈百万石の留守居役⑬〉
上田秀人　愚劣〈百万石の留守居役⑭〉
上田秀人　布石〈百万石の留守居役⑮〉
上田秀人　乱麻〈百万石の留守居役⑯〉
上田秀人　要《よう》訣《けつ》〈百万石の留守居役⑰〉
上田秀人　梟《ふくろう》の系譜〈宇喜多四代〉
上田秀人　竜は動かず　奥羽越列藩同盟顛末　㊤万里波濤編　㊦帰郷奔走編
上田秀人　戦端〈武商繚乱記㈠〉
上田秀人ほか　どうした、家康
内田　樹　下流志向〈学ばない子どもたち　働かない若者たち〉
内田　樹・釈　徹宗　現代霊性論
上橋菜穂子　獣の奏者〈Ⅰ闘蛇編〉
上橋菜穂子　獣の奏者〈Ⅱ王獣編〉
上橋菜穂子　獣の奏者〈Ⅲ探求編〉
上橋菜穂子　獣の奏者〈Ⅳ完結編〉

講談社文庫　目録

上橋菜穂子　獣の奏者〈外伝 刹那〉
上橋菜穂子　物語ること、生きること
上橋菜穂子　明日は、いずこの空の下
上野　誠　万葉学者、墓をしまい母を送る
海猫沢めろん　愛についての感じ
海猫沢めろん　キッズファイヤー・ドットコム
冲方　丁　戦の国
上田岳弘　ニムロッド
上野　歩　キリの理容室
内田英治　異動辞令は音楽隊！
遠藤周作　ぐうたら人間学
遠藤周作　聖書のなかの女性たち
遠藤周作　さらば、夏の光よ
遠藤周作　最後の殉教者
遠藤周作　反逆(上)(下)
遠藤周作　ひとりを愛し続ける本
遠藤周作　周作塾〈読んでもタメにならないエッセイ〉
遠藤周作　新装版 海と毒薬
遠藤周作　新装版 わたしが・棄てた・女

遠藤周作　深い河《ディープ・リバー》〈新装版〉
江波戸哲夫　新装版 銀行支店長
江波戸哲夫　集団左遷
江波戸哲夫　新装版 ジャパン・プライド
江波戸哲夫　起業の星
江波戸哲夫　ビジネスウォーズ〈カリスマと戦犯〉
江波戸哲夫　リストラ事変〈ビジネスウォーズ2〉
江上　剛　頭取無惨
江上　剛　企業戦士
江上　剛　リベンジ・ホテル
江上　剛　起死回生
江上　剛　瓦礫の中のレストラン
江上　剛　非情銀行
江上　剛　東京タワーが見えますか。
江上　剛　慟哭の家
江上　剛　家電の神様
江上　剛　ラストチャンス 再生請負人
江上　剛　ラストチャンス 参謀のホテル
江上　剛　一緒にお墓に入ろう

江國香織　真昼なのに昏《くら》い部屋
江國香織他　100万分の1回のねこ
円城　塔　道化師の蝶
江原啓之　スピリチュアルな人生に目覚めるために〈心に「人生の地図」を持つ〉
江原啓之　トラウマ あなたが生まれてきた理由
大江健三郎　新しい人よ眼ざめよ
大江健三郎　取り替え子《チェンジリング》
大江健三郎　晩年様式集《イン・レイト・スタイル》
小田　実　何でも見てやろう
沖　守弘　マザー・テレサ〈あふれる愛〉
岡嶋二人　解決まではあと6人〈5W1H殺人事件〉
岡嶋二人　99％の誘拐
岡嶋二人　クラインの壺
岡嶋二人　ダブル・プロット
岡嶋二人　新装版 焦茶色のパステル
岡嶋二人　チョコレートゲーム 新装版
岡嶋二人　そして扉が閉ざされた〈新装版〉
太田蘭三　殺《さつ》・風《ぷう》景《けい》〈警視庁北多摩署特捜本部〉
大前研一　企業参謀 正・続

講談社文庫　目録

講談社文庫　目録

加賀乙彦　殉教者
加賀乙彦　わたしの芭蕉
柏葉幸子　ミラクル・ファミリー
勝目　梓　小説家
桂　米朝　米朝ばなし〈上方落語地図〉
笠井　潔　梟《ふくろう》の巨《おおい》なる黄昏《たそがれ》
笠井　潔　青銅の悲劇(上)(下)〈瀕死の王〉
笠井　潔　転生の魔〈私立探偵飛鳥井の事件簿〉
川田弥一郎　白く長い廊下
神崎京介　女薫の旅　放心とろり
神崎京介　女薫の旅　耽溺《たんでき》まみれ
神崎京介　女薫の旅　秘に触れ
神崎京介　女薫の旅　禁の園へ
神崎京介　女薫の旅　欲の極み
神崎京介　女薫の旅　青い乱れ
神崎京介　女薫の旅　奥に裏に
神崎京介　I LOVE
加納朋子　ガラスの麒麟〈新装版〉
角田光代　まどろむ夜のUFO
角田光代　恋するように旅をして
角田光代　人生ベストテン
角田光代　ロック母
角田光代　彼女のこんだて帖
角田光代　ひそやかな花園
角田光代 石田衣良 ほか　こどものころにみた夢
川端裕人　せちゃん〈星を聴く人〉
川端裕人　星と半月の海
片川優子　ジョナさん
神山裕右　カタコンベ
神山裕右　炎の放浪者
加賀まりこ　純情ババアになりました。
門田隆将　甲子園への遺言〈伝説の打撃コーチ高畠導宏の生涯〉
門田隆将　甲子園の奇跡〈斎藤佑樹と早実百年物語〉
門田隆将　神宮の奇跡
鏑木　蓮　東京ダモイ
鏑木　蓮　屈折光
鏑木　蓮　時限
鏑木　蓮　真友
鏑木　蓮　甘い罠
鏑木　蓮　京都西陣シェアハウス〈憎まれ天使・有村志穂〉
鏑木　蓮　炎罪
鏑木　蓮　疑薬
川上未映子　そら頭はでかいです、世界がすこんと入ります
川上未映子　わたくし率 イン 歯ー、または世界
川上未映子　ヘヴン
川上未映子　すべて真夜中の恋人たち
川上未映子　愛の夢とか
川上弘美　ハヅキさんのこと
川上弘美　晴れたり曇ったり
川上弘美　大きな鳥にさらわれないよう
海堂　尊　新装版 ブラックペアン1988
海堂　尊　ブレイズメス1990
海堂　尊　スリジエセンター1991
海堂　尊　死因不明社会2018
海堂　尊　極北クレイマー2008
海堂　尊　極北ラプソディ2009
海堂　尊　黄金地球儀2013

2023年3月15日現在